CLAUDIA ROSSBACHER (HRSG.)

SOKO Graz – Steiermark

GEKOMMEN, UM ZU MORDEN Beschauliches Graz? Idyllische Steiermark? Von wegen! Das Böse ist bekanntlich immer und überall. Davon wusste schon die steirische Popgruppe EAV – Erste Allgemeine Verunsicherung – ein Lied zu singen. Und das gilt erst recht, wenn das »Syndikat«, die Vereinigung deutschsprachiger Krimiautorinnen und –autoren, in Graz einfällt, um dort vom 2. bis 7. Mai 2017 mit 200 Auftragskillern aus Deutschland, Österreich und der Schweiz ihre legendäre Criminale zu veranstalten. Doch damit nicht genug: Ihre literarisch-kriminellen Spuren ziehen sich von der steirischen Landeshauptstadt weiter über Gleisdorf, Stainz, Wies, Leibnitz, Riegersburg nach Gratwein-Straßengel und Frohnleiten – allesamt Tatorte, die in spannenden Kurzkrimis verewigt wurden.

© Sarah Koska

Claudia Rossbacher, geboren in Wien, war nach dem Studium der Tourismuswirtschaft Model, Texterin und Kreativdirektorin in internationalen Werbeagenturen. Seit 2006 arbeitet sie als freie Autorin in Wien und der Steiermark. Aus ihrer Feder stammen zahlreiche Kurzkrimis, Kriminalromane und ein Reisebuch (»Griaß eich in der Steiermark«). Für die Criminale-Anthologie 2017 »SOKO Graz – Steiermark« fungiert sie nach »Wer mordet schon in der Steiermark?« zum zweiten Mal als Herausgeberin. »Steirerblut« wurde als ORF-Landkrimi verfilmt, »Steirerkind« folgt in der nächsten Staffel. Alle Steirerkrimis von Claudia Rossbacher konnten sich monatelang in den österreichischen Bestsellerlisten behaupten. »Steirerkreuz« wurde zudem mit dem Buchliebling 2014 ausgezeichnet.

Bisherige Veröffentlichungen im Gmeiner-Verlag:
Steirerpakt (2017)
Steirernacht (2016)
Enter ermittelt in Wien (Band 2) (2016)
Hillarys Blut (E-Book Only, 2016)
Wer mordet schon in der Steiermark? (2015)
Steirerland (2015)
Steirerkreuz (2014)
Enter ermittelt (2013)
Griaß eich in der Steiermark (2013)
Steirerkind (2013)
Steirerherz (2012)
Steirerblut (2011)

CLAUDIA ROSSBACHER (HRSG.)

SOKO Graz – Steiermark

Kurzgeschichten zur Criminale 2017

GMEINER SPANNUNG

Personen und Handlung sind frei erfunden.
Ähnlichkeiten mit lebenden oder toten Personen
sind rein zufällig und nicht beabsichtigt.

Besuchen Sie uns im Internet:
www.gmeiner-verlag.de

Im Ehnried 5, 88605 Meßkirch
Telefon 07575/2095-0
info@gmeiner-verlag.de

1. Auflage 2017

Lektorat: Claudia Senghaas, Kirchardt
Herstellung: Julia Franze
Umschlaggestaltung: U.O.R.G. Lutz Eberle, Stuttgart
unter Verwendung eines Fotos von: © dudlajzov / fotolia.com
Druck: GGP Media GmbH, Pößneck
Printed in Germany
ISBN 978-3-8392-2078-8

INHALTSVERZEICHNIS

VORWORT

Geschätzte Leserinnen und Leser!

Dass Sie dieses Buch gerade in Ihren Händen halten und es hoffentlich demnächst mit großem Vergnügen verschlingen werden, beweist einmal mehr, dass der Krimi aus der Literatur nicht mehr wegzudenken ist. Auch ein Blick auf die Büchertische der Buchhandlungen und in die Bestsellerlisten bestätigt eindrucksvoll, wie viele Leserinnen und Leser gar nicht genug von literarischem Mord und Totschlag bekommen können.

Besonders erfreulich für uns deutschsprachige Krimiautorinnen und -autoren, die wir uns zu Hunderten in der Autorengruppe »Syndikat« zusammengefunden haben, ist die steigende Beliebtheit heimischer Krimis. Vor übersetzten Titeln, etwa aus dem skandinavischen und englischsprachigen Raum, brauchen sich unsere Werke keineswegs zu verstecken. Dabei sind die Unterschiede in der deutschsprachigen Kriminalliteratur so groß wie die Regionen selbst, in denen die Tatorte angesiedelt sind. Gemeinsam ist den meisten eines: Immer mehr Leserinnen und Leser finden Gefallen an bekannten Schauplätzen, vertrauter Mentalität und authentischer Sprache.

Einen weiteren Beweis dafür, dass Verbrechen in der Heimat besonders spannend, unterhaltsam und abwechslungsreich sind, liefert die vorliegende Anthologie, die anlässlich der »Criminale Graz – Steiermark 2017«, dem größten Branchentreffen der deutschsprachigen Krimiszene, erschienen ist. Und nicht nur in der steirischen Landeshauptstadt wird munter gemordet, auch in den ach so idyllischen ländlichen Regionen lebt es sich gefährlich. Zumindest literarisch.

Die nachfolgenden 15 Kurzkrimis stammen von deutschen, österreichischen und Schweizer Autorinnen und Autoren, unter denen sich Preisträgerinnen und Preisträger sowie Nominierte des renommierten Friedrich-Glauser-Preises aus den letzten Jahren befinden. Außerdem Kolleginnen und Kollegen, die sich durch besonderes Engagement im »Syndikat« hervorgetan haben, und nicht zu vergessen: etliche Lokalmatadore, die Graz und die Steiermark bestens kennen. In ihrer aller Namen wünsche ich Ihnen spannende und vergnügliche Lesestunden!

Herzlich
Ihre Claudia Rossbacher
Autorin und Herausgeberin

ANNAFEST

BEATE MAXIAN

Der Jungfernsprung war ihm zum Verhängnis geworden. In den Tod war er gestürzt, der Wirt vom Gasthaus »Sommerstein«. Wanderer hatten ihn entdeckt. Sie waren von der Burgruine Gösting kommend nach Raach gewandert, am Tag des Annafestes vor vier Jahren. Wie das Unglück passieren konnte, wurde nie aufgeklärt. Der Hobisch Alois kannte den Weg wie seine Westentasche. Ging er doch sonntags gerne zur Burgtaverne hoch, um den Blick über Graz zu genießen, wie er behauptete. Doch seine Frau, die Gerda, wusste, dass er in Wahrheit wegen dem Schweinsbraten oben war, den es dort einmal die Woche gab und der angeblich besser schmeckte als ihrer.

»Die weiße Frau wird's g'wesn sein«, hatte Gerda gesagt, und niemand hatte ihr widersprochen. Obwohl das keine reale Gestalt war, sondern ein Wesen, das laut einer Sage um Mitternacht am Fels erscheint, sich drei Mal in die Tiefe neigt und danach händeringend in der Burgkapelle verschwindet. Man ließ der alten Wirtin vom »Sommerstein« jedoch den Glauben, denn die Vorstellung, dass der Alois dort gestorben war, wo sich die Tochter des letzten Burgbesitzers Wulfing von Gösting aus Liebeskummer in die Tiefe gestürzt hatte, gefiel ihr. Nachdem ihr Mann gefunden worden war, hatte Gerda ihre hellblaue Dirndlschürze der Grazer Alltagstracht ein Jahr lang gegen eine schwarze getauscht. Die Gastwirtschaft aber, die war keinen einzigen Tag geschlossen worden. Und natürlich war auch dem Alois sein Leichenschmaus im »Sommerstein« abgehalten worden. Mit eiserner Disziplin führte die Wirtin die Geschäfte fort. Obwohl der Gerda schon bewusst war, dass sie ohne die Mitarbeit ihrer Tochter Eva und ihres Schwiegersohns Anton die anstrengende Arbeit nicht mehr schaffen würde. Sie waren eine große Hilfe, und Gerda achtete darauf, dass alles, was den Gasthof betraf, in ihrem Sinne geschah. Die beiden hatten sich bewährt, und Eva würde bald die neue Chefin werden.

In einem Jahr.

Am Annafest.

Der Tag der Entscheidungen.

Unglück am Berg. Schicksal und Zukunft. Unterschrift beim Notar.

Gerdas Großvater hatte wichtige Entscheidungen stets an diesem Tag getroffen. Und auch ihr Vater hatte die Weichen für die Zukunft der Wirtschaft am Namenstag der Heiligen Anna gestellt. An diese familiäre Sitte hielt sich auch die Gerda.

Natürlich hatte der Tag mit den Gepflogenheiten im Gasthof »Sommerstein« nichts zu tun. Vielmehr ehrte man an diesem Tag die Mutter Marias, ergo Großmutter des Jesuskindes, beim Frühschoppen. Dennoch hielt die Gerda an der Tradition fest, an diesem Tag wichtige Entscheidungen zu treffen. Das war sie dem Andenken ihres Großvaters schuldig. Historische Tatsache hin oder her.

Ein Jahr ging schnell vorbei, doch bis dahin war noch sie die Wirtin, und sie war eine gute Wirtin. Genauso, wie sie eine gute Köchin war. Keine Nouvelle Cuisine, wo man nichts auf dem Teller hatte und viel zahlen musste. Hausmannskost war ihr Geheimnis. Steirisches Backhendl, Selchkäseknödel in Kürbiskernschrot, Ofenbratl und vieles mehr. Die Zutaten bekam Gerda ausschließlich von Bauern aus der Umgebung. Vor allem beim frischen Schweineblut für die Bluttommerl achtete sie mit Argusaugen auf die Qualität. Sie hielt nichts davon, Lebensmittel im Großhandel zu kaufen, bei denen man nicht genau wusste, woher sie kamen. Jede Sau, jedes Huhn und jedes Lamm, das sie ihren Gästen als Köstlichkeit servierte, kannte die »Sommerstein«-Wirtin sozusagen persönlich. Für Vegetarier gab's Eierschwammerlsterz, Polentaknödel, Kürbiscremesuppe, Steirerkassuppe oder eine Kernöleierspeis.

Gerda Hobischs Kürbiskernschnitzel waren weit über die Grenzen von Graz hinaus bekannt und hatten den Gasthof zu dem gemacht, was er heute war.

So sollte es auch bleiben.

*

Eva band umständlich die Schürze über ihre Jeans. Sie brauchte Zeit, um das soeben Gehörte zu verdauen. Vor wenigen Augenblicken war ihre Welt noch in Ordnung gewesen. Sie hatte die Pfannen und Töpfe auf dem großen Herd platziert, hatte ihren Mann in die Kühlkammer geschickt, um die Lebensmittel zu holen, die sie fürs Kochen zum Annafest brauchte. Um elf Uhr ging's los, dann wollten die Leute etwas zu essen auf den Tisch. Und dann hatte ihr Anton zwischen Kommen und Gehen mitgeteilt, dass er die Gastwirtschaft verkaufen wolle, sobald ihre Mutter sie ihr übergeben hatte. Einfach so. Noch dazu an den größten Konkurrenten ihrer Eltern, den Helmut Kovic vom »Steigerhof«.

Im Oberen Gösting gab es viele Lokale. Alt und Jung trafen sich dort. Die Wirte vertrugen sich. Doch der Kovic und der Hobisch waren sich nie grün gewesen.

»Schon dein Vater hat verkaufen wollen. Das hat mir der Kovic erst neulich g'sagt«, behauptete Anton. »Aber deine Mutter …«

»So ein Blödsinn. An den Kovic verkaufen«, unterbrach Eva scharf und tippte sich dabei an die Stirn. »Niemals. Der hat dich angelogen. Angebote hat er dem Vater wohl gemacht. Immerhin war er schon lange scharf auf die Wirtschaft, weil das »Sommerstein« die beste Lage in Gösting hat. Siehst ja!« Sie klopfte mit der Hand auf ein offenes Buch. »Auch heute sind wir ausgebucht. Wie jedes Jahr zum Annafest, und was ich gehört hab, sind beim Kovic nicht einmal zehn Tische voll. Also, warum hätten die Eltern verkaufen sollen? Die Wirtschaft läuft gut.«

»Nur weil wir am Annafest voll sind, heißt das noch lange nicht, dass die Wirtschaft gut läuft. Schau dir mal die Zahlen genauer an, Eva!«

»Ich kenn die Zahlen, und so schlecht, wie du tust, sind sie nicht. Gut, das G'schäft ist schon ein bisserl zurückgegangen. Aber mit den Feiertagen, den Touristen im Sommer, Weihnachten, Muttertag und dem Annafest gleichen wir das schon wieder irgendwie aus.« Sie sah Anton direkt in die Augen. »Und verkaufen, merk dir das, werden wir so und so auf gar keinen Fall.« Evas Stimme wurde lauter. »Der Gasthof ist der Mama ihr Ein und Alles. Schon ihr Großvater war hier Wirt, dann ihr Vater, jetzt sie, und in einem Jahr werde ich die Wirtin sein. Ein Verkauf bringt die Mama ins Grab.«

»Na, die Hebamme wäre daran nimmer schuld«, erwiderte Anton murmelnd. »In einem Jahr wird überschrieben, und danach wird an den Kovic verkauft. Das ist mein letztes Wort. Außerdem hab ich das schon mit ihm verhandelt. Ich hab nicht vor, mein Leben lang hinter einer Bar zu stehen, Wein auszuschenken und Bier zu zapfen. Ich habe Tischler gelernt, Eva. Ich will an den Wochenenden freihaben. Im Sommer in den Urlaub fahren. Und mich nicht krumm und bucklert arbeiten müssen, damit die anderen gut essen und saufen können.«

»Und was soll ich dann tun? Beim Kovic als Kellnerin arbeiten, oder was?«

»Du kannst auch zu Hause bleiben. Ich kann meinen alten Job in der Tischlerei wiederhaben. Mit meinem ehemaligen Chef hab ich schon g'redt.«

Eva schnappte nach Luft. »Du hast das alles schon besprochen? Ohne mir vorher etwas zu sagen? Sag einmal, spinnst du?«

»Ich bin kein Wirt, wollt auch nie einer sein, Eva. Das Ganze hier …«, er machte eine Handbewegung, die das gesamte Haus mit einbezog, »hab ich doch nur dir zuliebe mitgemacht. Und wenn in einem Jahr überschrieben wird, ist das unsere Chance.«

»Unsere Chance? Was für eine Chance?«

»Regelmäßige Arbeitszeiten. Urlaub. Freizeit, wenn die anderen auch freihaben. Davon rede ich doch die ganze Zeit.«

»Anton, das hier ist ein alter Familienbetrieb. Das hast du gewusst, bevor du mich geheiratet hast. Das ist nicht irgendein Job, das ist … das ›Sommerstein‹. Das steht für Tradition.«

»Pfeif auf die Tradition.«

»Anton! Sag, drehst du jetzt vollkommen durch? Das funktioniert so nicht. So nicht! Und außerdem: Wem, glaubst du, wird das Haus überschrieben? Mir! Ich entscheide hier, was getan wird und was nicht.«

»Was willst du damit sagen, Eva? Dass ich in Zukunft dein Hausmeister bin? Dann kannst du künftig auch gleich die ganze Arbeit machen, und damit meine ich nicht kochen oder die Gäste bewirten. Damit meine ich Reparaturarbeiten, Rasen mähen, mit den Bauern um den Preis verhandeln. Und weil wir gerade beim Reden sind: Das Fleisch habe ich diesmal woanders gekauft. Der Unger-Bauer hat mich zwar angerufen, aber ich hab ihm gesagt, dass wir ab sofort beim Großhändler einkaufen, weil's billiger ist. Nur damit du's weißt – Frau Chefin.«

Wütend schenkte Eva sich einen Gelben Muskateller ein und ließ den Wein ihre Kehle hinunterlaufen. Dann sagte sie mit einem gefährlichen Unterton in der Stimme: »Du gehst da jetzt hin und machst das rückgängig. Wenn das die Mama erfährt … du weißt, dass sie mit dem Unger-Bauern in die Schule gegangen ist, wir dort einen Freundschaftspreis bezahlen, und er immer beste Qualität liefert. Mein Großvater hat schon bei seinem Großvater die Sauen eingekauft. Wenn die Mama das erfährt, kannst du deinen tollen Plan, an den Kovic zu verkaufen, sowieso gleich begraben, dann gibt es nämlich kein Überschreiben. Verstanden?«

In diesem Moment ging die Tür auf, und Evas Mutter betrat die Küche. Sie trug ihr Grazer Alltagsdirndl mit weißer Bluse, dunkelblauem Leib, rot-weiß gemustertem Kittel und hellblauer Schürze. Gerda trug immer Tracht. Eva würde sich später, nach dem Kochen, auch ein Dirndl anziehen. Das gehörte zum Erscheinungsbild des »Sommersteins«.

Anton rauschte mit rotem Kopf und ohne ein Wort des Grußes an seiner Schwiegermutter vorbei.

»Was ist denn mit dem los?«

»Ach nichts«, sagte Eva und versuchte, eine gleichmütige Miene aufzusetzen. »Er hat nur das Fleisch gebracht.«

Ich bring ihn um. Ich bring diesen Scheißkerl um, dachte sie.

Annafest.

Der Tag der Entscheidungen.

Verantwortung übernehmen. Blut vergießen. Veränderung nutzen.

Die Sorgenfalten auf Evas Stirn entgingen der Mutter nicht.

»Können wir jetzt endlich anfangen? Die Gäste kommen bald«, sagte Eva gereizt.

»Es wird sich schon alles ausgehen.« Gerda Hobisch öffnete das Küchenfenster. Das Wetter versprach einen schönen Julitag. Die ersten Wanderer zogen vorbei, auf dem Weg zur 900 Jahre alten Burgruine. Lediglich 20 Minuten dauerte der steile Aufstieg. Am Ende wurde man mit einem atemberaubenden Blick auf Graz belohnt. Der Ortsteil Gösting lag über der Mur und hatte sich über die Jahrhunderte hinweg seine ländliche Struktur erhalten. Etwas, das nicht nur Gerda Hobisch schätzte, sondern auch die Grazer Bevölkerung.

Auf dem Rückweg würden sie in ihrem Gastgarten Platz nehmen, weil die Musik zum Annafest sie anlockte.

Gerda wandte sich um und betrachtete das Fleisch, das auf der Anrichte lag. »Der Unger hat aber auch schon mal bessere Qualität geliefert. Die Schwarte ist zu dünn. Das werd ich ihm von der Rechnung abziehen. Der Anton soll …«

»Die Schwarte ist eh ungesund«, unterbrach Eva.

»Aber wichtig für den Geschmack«, widersprach Gerda, und ihre Tochter wusste, dass sie recht hatte.

»Mama, am besten sag ich's dir gleich, der Anton hat das Fleisch diesmal nicht beim Unger gekauft«, gab Eva zu.

Gerda Hobisch runzelte die Stirn. Das tat sie immer, wenn ihr etwas missfiel. Zu mehr Emotion ließ sie sich selten hinreißen. Die alte Wirtin wurde niemals laut. Wenn sie wütend war, klopfte sie Schnitzel, passierte Tomaten oder zerdrückte Kartoffeln für ein Püree.

»Und warum?«

»Der Anton meint, der Unger ist zu teuer. Er hat es beim Großhändler viel billiger bekommen.«

»Das ist aber nicht dasselbe«, protestierte die alte Wirtin in ruhigem Ton. »Wie wollt ihr die Qualität und damit den guten Namen erhalten, wenn ihr minderwertiges Zeug kauft?«

»Anton meint, wir müssen wirtschaftlich denken«, sagte Eva mit einem dünnen Lächeln auf den Lippen. Von dem Streit erzählte sie ihrer Mutter nichts. Sie würde weitere Verhandlungen zwischen Anton und Kovic zu verhindern wissen. In Gedanken begann sie, mehrere Möglichkeiten durchzuspielen. Erstaunlich. Alle endeten mit Antons Tod.

»Pah! Wirtschaftlich, dass ich nicht lache. Wenn das Essen schlecht schmeckt, bleiben die Gäste aus. Basta. Denk daran! Du bist die nächste Wirtin. Du entscheidest. Denn du hast ein Erbe zu tragen, und das heißt Qualität. Und dein Mann wird an deiner Seite stehen und es mittragen.

Ich bin mir sicher, dass er es verstehen wird, wenn ich ihm den Unterschied zwischen dem hier«, sie hob das Fleisch in die Höhe, »und dem Fleisch vom Unger zeige. Es ist ähnlich wie beim Schnaps, da hat er es doch auch eingesehen.«

»Klar, weil der Greschnig ersoffen ist«, widersprach Eva.

Vergangenes Jahr hatte Anton die Idee gehabt, einen neuen Schnaps ins Sortiment aufzunehmen. Obwohl der Greschnig Otto dafür bekannt war, dass er seinen Schnaps streckte. Eva und Gerda hatten zwar protestiert, aber schließlich doch nachgegeben. Und eines Tages war dieses Problem im wahrsten Sinne des Wortes ins Wasser gegangen.

Am Annafest.

Dem Tag der Entscheidungen.

Tiefer Fluss. Dunkle Nacht. Grausamer Fund.

Der gute Mann war in der Mur ertrunken. Er war nachts in den Fluss gefallen und untergegangen.

»Zu viel gestreckten Schnaps gesoffen«, hatte Gerda gemeint, zeitnah die Flaschen des Greschnig in den Ausguss geschüttet und die hochgeistigen Getränke wieder bei ihrem alten Schnapsbauern bestellt. Beim Greschnig im Keller hatte die Polizei dann jede Menge Frostschutzmittel gefunden. Seine Frau hatte sich das Ganze nicht erklären können. Aber das hatte auch niemand erwartet. Und der Leichenschmaus war wieder einmal im »Sommerstein« abgehalten worden.

»Den Unterschied schmeckt doch keiner.« Anton war, von den beiden unbemerkt, in die Küche getreten und hatte das Gespräch mitbekommen. Er wuchtete eine Kiste Kürbisse auf die Ablage.

»Glaubst du wirklich, dass die Gäste den Unterschied nicht schmecken?« Gerda griff nach dem Gemüse, hielt es ihrem Schwiegersohn vor die Augen. »Schau! Hier, der Kürbis zum Beispiel. Er muss auf der Zunge zergehen und trotzdem bissfest sein. Wenn wir den verarbeiten, etwa zu Kürbisgulasch, muss die Qualität ganz einfach schon vorher stimmen. Das ist wie mit der Schwarte beim Fleisch.«

Anton machte eine verächtliche Handbewegung und verließ die Küche wieder. Eva schaute ihm hasserfüllt nach.

Ohne ein weiteres Wort darüber zu verlieren, schaltete Gerda Radio Steiermark ein. Umberto Tozzi sang »Ti amo«.

Die alte Wirtin begann, den Schweinebauch in zwei Zentimeter dicke Streifen zu schneiden. Danach rieb sie die Stücke mit Salz und Knoblauch ein. Das Würzen übernahm sie immer höchstpersönlich, obwohl Eva das Kochen bei ihr gelernt hatte und darin fast genauso perfekt war. Das hatte schon öfter zu heftigen Diskussionen geführt, weil Anton meinte, Gerda solle noch vor dem Überschreiben nach und nach der Eva die Küchenleitung übergeben, und sie solle sich zurückziehen. »Wenn ihr mir das Kochen nehmt, kann ich gleich sterben«, hatte sie den beiden erklärt. Für sie war klar, dass sie auch nach der Übergabe noch in der Küche stehen würde.

Schweigend arbeiteten die beiden Frauen Hand in Hand. Ein eingespieltes Team. Eva schnitt währenddessen Karotten, Sellerie und Kartoffeln in grobe Würfel. In einer Pfanne röstete sie geviertelte Zwiebeln an, gab das Gemüse und ein wenig Tomatenmark dazu. Sie löschte mit drei Esslöffeln Wasser, goss danach mit dem restlichen Wasser auf, bis das Gemüse bedeckt war.

Das Würzen und das Belegen des Gemüses mit dem

Fleisch übernahm wieder Gerda. Eva drehte indessen die Temperatur des Ofens auf 170 Grad Celsius. Ihre Mutter schob das Ofenbratl ins Rohr. »Hast du dir schon Gedanken darüber gemacht, wie du die Wirtschaft führen wirst?«, fragte sie ihre Tochter.

Annafest.

Der Tag der Entscheidungen.

Plan erstellen. Problem lösen. Wirtin werden.

Unmerklich zuckte Eva zusammen. »Nein, habe ich nicht«, gab sie zu, während sie Topfen, Mehl, ein Ei, Butter und etwas Salz in eine Schüssel gab. Als Nächstes stand nämlich die Herstellung der Selchkäseknödel auf dem Kochplan.

Während ihre Tochter die Zutaten zu einem Teig verarbeitete, rieb Gerda den Selchkäse für die Füllung, der in Folge mit Topfen, Ei, Majoran, Pfeffer und Salz vermischt wurde. »Das solltest du aber, denn ein Jahr ist bald vorbei.«

»Was schlägst du vor?«, fragte Eva. Sie deckte den Teig mit einem Küchenhandtuch zu und stellte ihn in den Kühlschrank. Er musste nun eine halbe Stunde lang rasten.

»Ich würde dir raten, dass du keine wichtige Entscheidung aus der Hand gibst. Du bist jung, kannst verhandeln, kennst die Bauern und du bist die Wirtin vom ›Sommerstein‹«, sagte sie eindringlich. »Glaub mir, jeder will mit dir ins Geschäft kommen. Jeder.«

Einen Moment lang glaubte Eva, dass ihre Mutter den Streit mitbekommen hatte. Oder wusste sie gar von Antons Plänen? Der Grazer Ortsteil Gösting war wie ein Dorf. Viele kannten einander, und Gerüchte machten schnell die Runde. Aber wie Eva ihre Mutter kannte, hätte sie ihre Tochter schon längst darauf angesprochen, wenn ihr etwas zu Ohren gekommen wäre. Gerda Hobisch war immer für den geraden Weg.

Die alte Wirtin formte aus der Selchkäsemasse kleine Knödel und legte sie auf eine Platte ab, die sie danach kurz in die Tiefkühlung schob.

Eva formte den Topfenteig zur Rolle, von der sie kleine Stücke abschnitt. Darin wurden die kleinen Selchkäseknödel eingeschlagen. Gerda stellte einen großen Topf Salzwasser zu. Darin wurden die Knödel einige Minuten gekocht, bevor sie in gerösteten Kürbiskernen gewälzt wurden.

*

Am Abend war es spät geworden. Die Gäste hatten an diesem Tag oft gewechselt. Einige hatten sich so wohlgefühlt, dass sie den Frühschoppen ausgeweitet hatten und erst kurz vor Mitternacht satt und zufrieden nach Hause gegangen waren. Anton hatte unter dem Vorwand, noch Luft schnappen zu wollen, das Haus verlassen. Gerda war sich sicher, dass ihr Schwiegersohn direkt zum Kovic gegangen war. Eva und sie hatten gemeinsam die Küche aufgeräumt und sich danach in ihre Schlafzimmer zurückgezogen.

Um halb drei Uhr morgens saß Gerda Hobisch schweigend am geschlossenen Fenster und starrte auf die dunkle Straße hinaus. Sie konnte nicht schlafen, hatte kein Licht gemacht, wollte nachdenken. Der Streit, den sie heute belauscht hatte, erinnerte sie an den Streit, den sie selbst mit ihrem Mann oft geführt hatte. Sie hatte den Verkauf an den Kovic schon damals zu verhindern gewusst, und das musste sie jetzt auch wieder tun. Unter ihrer Matratze hatte sie ein kleines schwarzes Buch versteckt. Darin bewahrte sie ihr dunkelstes Geheimnis auf.

Annafest.

Der Tag der Entscheidungen.

Dringender Handlungsbedarf. Wichtige Eintragung. Schwarzes Buch.

Sie holte es hervor, schlug es auf.

»Alois Hobisch: Abgestürzt. Sechs.«

Bis dahin hatte sie gezählt, dann hatte sie ihn unten aufschlagen gehört.

»Otto Greschnig: Ertrunken nach übermäßigem Alkoholgenuss.«

Sie hob den Kopf, blickte noch einmal durch das geschlossene Fenster. Morgen würden neue Ausflügler kommen, hinauf zur Burgruine steigen, und einige von ihnen würden nicht in der Burgtaverne, sondern bei ihnen einkehren. So war das schon immer gewesen. In Gedanken setzte sie gebackene Hendlbrust in Kürbiskernpanier und als Dessert Weinstrauben auf die morgige Tagesmenükarte, danach malte sie in ihrer schönsten Schrift zwei weitere Namen in das schwarze Buch.

Den von ihrem Schwiegersohn Anton und jenen von Helmut Kovic.

Sicher war sicher. Den Todeszeitpunkt und die Todesursache würde sie in Kürze nachtragen. So wie sie es immer getan hatte.

Annafest.

Der Tag der Entscheidungen.

Nachdenken. Verbessern. Erledigen.

IM HERZEN DIE SONNE

ALEXANDER PFEIFFER

Block hatte sich die Zeit im Flieger mit einem Kriminalroman vertrieben. Irgendwas über einen ständig betrunkenen Ex-Polizisten im New York der 70er-Jahre. Block war kein großer Leser, aber er hatte irgendwann herausgefunden, dass einen die Menschen in Zügen und Flugzeugen in Ruhe ließen, wenn man die Nase in einem Buch stecken hatte. Niemand versuchte, einen Lesenden in ein Gespräch zu verwickeln. Er hatte also die knapp anderthalb Stunden von Frankfurt bis Graz überstanden, ohne sich über Haustiere, Kinder oder ähnliche Plagen unterhalten zu müssen.

Am Flughafen Graz-Thalerhof stieg er in ein Taxi, und 20 Minuten später setzte ihn der Fahrer in Gleisdorf ab. Über der kleinen Stadt spannte sich ein makellos blauer Himmel mit einer Sonne, die man speziell für die Gleisdorfer und ihre Gäste dort hingehängt zu haben schien. Block schirmte seine Augen mit der Hand ab, drehte sich einmal um die eigene Achse und nahm die Umgebung in sich auf. Blitzende Fensterscheiben, eine überdimensionale Eistüte an der Hauswand über seinem Kopf, direkt an der Straße eine kleine Mauer, die mit Sonnenblumen bemalt war.

Block zog seinen Rollkoffer hinter sich her und betrat die Pension Messner. Die junge Frau an der Rezeption begrüßte ihn mit einem Lächeln, das weit über ihr Gesicht hinauszugehen schien. Block registrierte das Blau ihrer Augen. Fast wie ein weiteres Stück des Himmels draußen vor der Pension.

Block meldete sich unter dem Namen Johannes Keller an und zeigte eine Kreditkarte vor, die auf diesen Namen lautete. Er erhielt seinen Zimmerschlüssel und wandte sich bereits der Treppe zu, als ihre Frage ihn mitten in der Bewegung stoppte.

»Fahren Sie Rad?«

»Was?«

»Fahrrad«, lächelte die junge Frau. »Ob Sie gerne radeln, meine ich.«

Block sah sie an. Jetzt registrierte er auch ihre Haare. Blond. Wie Sonnenstrahlen, dachte er und schüttelte unwirsch den Kopf.

»Fahrrad?«, wiederholte er schwerfällig.

»Ja«, sagte sie, noch immer lächelnd. »Es lohnt sich. Hier in Gleisdorf, meine ich.«

»Ich bin geschäftlich hier«, sagte Block.

»Dann nehmen Sie sich doch zwischen Ihren Geschäften ein bisschen Freizeit.«

Wieder schüttelte Block den Kopf, wandte sich erneut der Treppe zu. »Ich habe überhaupt kein Fahrrad dabei.«

»Kein Problem«, sagte die junge Frau, und ihr Lächeln schien ihn festzuhalten. »Sie können in Gleisdorf offiziell leider keins leihen. Aber wir haben ein Rad hier im Haus. Ein Gast hat es zurückgelassen. Wenn Sie möchten, können Sie das benutzen, solange Sie hier sind.«

Block ließ die Schultern hängen, starrte die Frau an. Schließlich straffte er sich, griff nach seinem Koffer und schüttelte ein letztes und abschließendes Mal seinen Kopf.

»Nein danke«, murmelte er und machte sich auf den Weg zu seinem Zimmer, dessen Einrichtung in Rot und Orange gehalten war. Der Spiegel an der Wand hatte die Form einer Sonne. Block betrachte kurz sein bleiches Gesicht darin, dann packte er seinen Koffer aus.

Viel war nicht darin. Zwei Hemden zum Wechseln. Unterwäsche, Socken, eine schwarze Hose. Ein Kamm. Der Kriminalroman, den er im Flugzeug gelesen hatte. Ein sehr altes Nokia-Handy und eine neue SIM-Karte in einer Plastikfolie. Ein Foto, das Block vorsichtig nahm und auf das Kopfkissen des Hotelbetts legte. Darauf war das Gesicht eines Mannes zu sehen. Dünnes Haar und blasse Haut. Vielleicht 40 Jahre alt. Keine besonderen Merkmale – so hätte es wohl in einer Polizeiakte gestanden.

Block verstaute sein Hab und Gut im Kleiderschrank, dann verließ er die Pension, um sich ein Restaurant zu suchen. Er war noch nicht weit gegangen, als er am Hauptplatz auf ein Gebilde aus Stahl und Glas stieß, das in der Sonne funkelte und die ganze Stadt mit Licht zu überziehen schien. Wieder musste er seine Augen mit der Hand abschirmen. Die fünf massiven Äste dieses Stahlbaums ragten über seinen Kopf und schienen bis in den Himmel zu reichen. Fast wie die glitzernden Bankentürme in Frankfurt. Nur dass diese Skulptur hier Lebensenergie ausstrahlte und nicht absaugte. Eine seltsame Mischung aus Technik und Natur, die der Sonne entgegenwuchs und zugleich ihre Strahlen bis in jede Ritze der Stadt verlängerte.

Als er am nächsten Morgen auf dem Weg vom Frühstücksbüffet zu seinem Zimmer an der Rezeption vorbeikam, sprach ihn die Frau mit den Sonnenhaaren und den Himmelaugen wieder an.

»Haben Sie es sich überlegt?«

Block hielt in der Bewegung inne. Starrte die Frau an. »Überlegt?«

»Ja«, lächelte sie. »Das mit dem Fahrrad.«

»Oh«, sagte Block.

»Sie können es gerne benutzen.«

Block zögerte. Dann murmelte er: »Es wäre tatsächlich nicht schlecht, wenn ich mobil wäre, solange ich hier bin.«

»Soll ich Ihnen zeigen, wo es steht?«

Block zuckte mit den Schultern. Zehn Minuten später saß er im Sattel und radelte durch Gleisdorf. Von oben die Sonne, von vorne der Fahrtwind. Die steirische Luft schien so ganz anders als die in Frankfurt. Als würde sie sich in seinen Lungen ausbreiten und dort Platz schaffen. Einen Platz, den es vorher nicht gegeben hatte.

Er drehte eine Extrarunde durch die kleine Stadt, vorbei am Solarbaum, über den Rathausplatz und durch den Stadtpark, schließlich entlang der Gleise bis zum Bahnhof und von dort entlang des Flussufers der Raab, noch einmal vorbei an der Pension, bis er vor dem Modehaus Schabernig hielt und abstieg. Er ließ das Fahrrad vor dem Geschäft stehen und trat ein. Eine junge Frau mit dunklen Haaren und akkurat geschnittenem Pony nahm sich sofort seiner an.

»Kann ich Ihnen helfen?«

»Das will ich hoffen«, sagte Block und zog das Foto des Mannes ohne besondere Merkmale hervor. »Kennen Sie diesen Mann?«

Die Frau machte große Augen, trat einen Schritt von Block weg und hielt eine Hand vor ihren Mund.

»Das heißt, Sie kennen ihn«, konstatierte Block.

»Natürlich«, hauchte die Frau. »Das ist doch Herr Tanner. Von nebenan. Aus dem Bestattungsunternehmen, meine ich … Hat er was verbrochen?«

Block lachte. »Wie kommen Sie denn darauf?«

»Na, ist das denn nicht immer so in den Krimis? Dass die Polizei mit dem Foto von einem rumläuft, der gesucht wird? Von einem Verbrecher?«

»Keine Ahnung«, sagte Block. »Ich kenne mich da nicht so aus. Aber ich glaube kaum, dass der Mann auf dem Foto hier von der Polizei gesucht wird. Herr Tanner, sagten Sie, ist sein Name?«

Die Frau nickte. »Er ist immer so freundlich. So hilfsbereit.«

Block lächelte sie an. »Seit wann arbeitet er denn nebenan?«

Die Frau legte den Kopf schief, dachte nach. »Etwa ein Jahr, würde ich sagen. Ich bin schon seit fünf Jahren hier beschäftigt, wissen Sie, und ich kenne alle unsere Kunden, die Nachbarn sowieso. Und der Herr Tanner, das ist ein ganz Netter. Noch nicht so lange hier, aber ein ganz Netter. Er hat doch keinen Ärger, oder?«

»Ach was.« Block winkte ab. »Wenn er je welchen gehabt haben sollte, ist der jetzt endgültig ausgestanden.«

»Da bin ich aber froh.«

»Und ich erst«, verabschiedete sich Block.

Draußen vor dem Geschäft griff er sich sein Fahrrad, schob es ein Stückchen, vorbei am Bestattungsunternehmen Eden. Schaute dort durch die Fensterfront. Und bekam auch den Mann zu sehen, den die Verkäuferin nebenan als Herrn Tanner bezeichnet hatte.

Block entschied sich für eine weitere Extrarunde. Umfuhr Gleisdorf einmal großzügig und atmete noch mehr von der würzigen steirischen Luft, bevor er in die Pension zurückkehrte, das Fahrrad abstellte und duschte.

Mit einem Handtuch um die Hüften kam er aus dem Badezimmer. Er ließ sich auf dem Bett nieder, holte das alte Nokia-Handy hervor, öffnete es an der Rückseite und setzte die SIM-Karte ein, die er mitgebracht hatte. Dann wählte er eine Nummer in Deutschland mit der Vorwahl von Frankfurt.

»Keller hier«, sagte er. »Ich soll Grüße ausrichten von Tante Simone aus Gleisdorf.«

»Das heißt, du hast sie gesehen?«

»Oh ja.«

»Wie schön«, sagte die blecherne Stimme aus dem Apparat. »Dann grüß sie bitte ganz herzlich zurück.«

»Werde ich machen. Aber ich soll doch wohl nicht mit leeren Händen bei ihr aufkreuzen?«

»Natürlich nicht. Ich habe jemanden vor Ort. Du triffst ihn morgen um 15 Uhr im Café Paradies. Das ist direkt neben deiner Pension.«

»Ich weiß«, sagte Block. »Ich hab die Eistüte gesehen.«

»Was?«

»An der Hauswand, meine ich. Da ist diese … Wie auch immer.«

»Morgen«, wiederholte die Stimme aus Frankfurt. »15 Uhr. Dann bekommst du mein Geschenk für Tante Simone.«

Block nickte dem Handy zu und beendete die Verbindung.

Es war die Sonne, die Block am nächsten Tag weckte. Er hatte die Vorhänge vor seinem Fenster nicht zugezogen, und das Fensterglas verlängerte ihre Strahlen bis in jede Ritze des Zimmers. Er kam ruckartig vom Bett hoch, stellte sich unter die Dusche und rubbelte sich anschließend im Licht der Sonne, das von draußen hereindrang, trocken. Im Spiegel an der Wand sah sein Gesicht überhaupt nicht mehr bleich aus.

Nach dem Frühstück schwang er sich auf das Fahrrad. Wählte dieselbe Route wie am Tag zuvor. Vorbei am Solarbaum, am Rathausplatz, am Bahnhof und der Raab bis zum Modehaus Schabernig, wo er abstieg und sein Fahrrad stehen ließ. Diesmal ging er nicht in das Geschäft. Stattdessen steuerte er den Eingang daneben an. Den des Bestattungsunternehmens Eden. Durch die Fensterfront konnte er den Mann ohne besondere Merkmale sehen. Herrn Tanner. Er trat ein und begrüßte ihn.

»Guten Tag, Herr Engelmann.«

Die blasse Haut des Mannes wurde noch ein bisschen blasser. Fast durchsichtig.

»Wer sind Sie?«, japste er.

»Keller«, stellte Block sich vor. »Johannes Keller.«

»Das ist nicht wirklich Ihr Name«, sagte der blasse Mann.

Block nickte. »So wie Tanner nicht Ihrer ist.«

Der blasse Mann stand zwischen zwei Särgen. Dunkles Holz. Ein Geruch nach Ewigkeit in der Luft. »Würdevoll Abschied nehmen«, stand auf einem Prospekt, den Block auf der Ladentheke sehen konnte.

Der Mann ohne besondere Merkmale, den die Verkäuferin nebenan Herr Tanner genannt hatte, schaute an Blocks

Kopf vorbei zur Ladentür. Als müsste dort jeden Moment jemand auftauchen, der die Situation auflösen könnte.

»Was wollen Sie von mir?«, fragte er.

»Ich soll Ihnen Grüße ausrichten. Von Ihrem ehemaligen Chef in Frankfurt.«

»Ich hatte nie einen Chef in Frankfurt.«

»Ich denke schon. Und er ist immer noch *mein* Chef.«

»Ach ja?«

»Ja«, sagte Block. »Ein wichtiger Mann im Frankfurter Bahnhofsviertel. Aber das wissen Sie ja. Schließlich haben Sie bis vor etwa einem Jahr noch die Kasse für ihn gemacht, die Buchhaltung und alles andere. Oder wurde die Erinnerung daran zusammen mit Ihrem Namen ausgelöscht, Herr Engelmann? Falls ja, würde ich wetten, das ist passiert, als Sie angefangen haben, mit diesem Staatsanwalt zu reden.«

Der Mann, den die Verkäuferin nebenan Herr Tanner genannt hatte und den Block als Engelmann kannte, sagte gar nichts mehr.

Block sah sich um, nickte anerkennend. »Er hat sie komfortabel untergebracht, Ihr Staatsanwalt. Das muss man ihm lassen. Sie sind ordentlich bezahlt worden für Ihre Kooperation. Neuer Name, neuer Job, neuer Wohnort. Bisschen weit weg von zu Hause, aber vom Feinsten … Dafür haben Sie ja auch erstklassiges Material geliefert. Was sich in der alten Heimat derzeit alle fragen: Werden Sie denn auch vor Gericht aussagen, wenn man Sie dazu auffordert?«

»Ich muss mit Ihnen nicht sprechen«, schnappte der Mann.

»Richtig«, sagte Block. »Müssen Sie nicht. Sollten Sie vielleicht auch besser gar nicht. Sie haben hier ja das große

Los gezogen. Warum sollten Sie an Frankfurt überhaupt noch einen Gedanken verschwenden?«

»Sie können sich Ihren Zynismus sparen.«

»Von wegen Zynismus. Ich meine es ernst. Ich bin erst seit gestern hier und fühle mich bereits, als hätte jemand meinen Körper ausgetauscht.« Block verdrehte seinen Kopf, linste nach dem Fahrrad draußen vor dem Fenster. »Diese Luft hier. Die Sonne. Fahren Sie Rad?«

Engelmann starrte ihn an. »Was?«

»Ob Sie mit dem Fahrrad unterwegs sind, meine ich.«

»Manchmal«, murmelte Engelmann.

»Nur manchmal? Wenn ich hier leben würde, säße ich jeden Tag im Sattel.«

Blocks Stimme war lauter geworden. Euphorisch.

Engelmann musterte ihn wie ein Eichhörnchen, das sich einer Schlange gegenübersieht. »Was wollen Sie von mir?«, wiederholte er die Frage, die er schon einmal gestellt hatte.

»Sie brauchen sich keine Sorgen zu machen«, sagte Block. »Ich werde Ihnen Ihr neues Zuhause nicht verleiden.«

Wieder sah er sich um. Als wollte er die ganze Stadt da draußen vor der Fensterfront mit seinem Blick erfassen.

»Sie haben alles richtig gemacht«, sagte er und nickte Engelmann zu. Oder vielleicht doch eher sich selbst. »Warum sollte man *hier* überhaupt noch einen Gedanken an Frankfurt verschwenden?«

Es war kurz nach 15 Uhr, als Block das Café Paradies betrat. Den Mann mit dem Geschenk auszumachen, war nicht schwer. Es lag vor ihm auf dem Tisch, das Geschenk. Verpackt in einer roten Schachtel mit kleinen weißen

Herzen darauf. Verschnürt mit einem silbern glänzenden Band.

Block nahm den Stuhl auf der anderen Seite des Tisches und setzte sich. Der Mann mit dem Geschenk schaute ihn an. Auf seiner Nase saß eine Sonnenbrille, auf seiner Stirn war eine kleine Narbe, die senkrecht durch eine Reihe von Falten pflügte.

»Keller?«, fragte er.

Block nickte.

»Wie geht es Tante Simone?«

»Sie scheint sich Sorgen zu machen.«

»Die Ärmste. Ich hoffe, Sie können ihr die Sorgen nehmen.«

»Ich denke schon«, sagte Block, griff nach der länglichen Schachtel mit den weißen Herzen und stand auf.

»Wollen Sie nicht ein Eis essen?«

Block schüttelte den Kopf, zeigte einen missbilligenden Blick. »Ich fahre jetzt Rad. Ist unglaublich gut für den Körper.«

Er verließ das Café, ohne sich zu verabschieden, ging nach nebenan in die Pension und auf sein Zimmer. Dort warf er das Geschenk auf sein Bett. Schaute es eine Weile lang an. Betrachtete dann sein Gesicht in dem sonnenförmigen Spiegel. Kein bisschen mehr bleich sah es aus. Eher Ton in Ton mit dem Rot und Orange des Zimmers. Er straffte sich, griff nach dem Geschenk und verstaute es unausgepackt im Kleiderschrank.

»Sie sollten sich ein bisschen was anschauen, solange Sie hier sind«, hatte die Frau an der Rezeption zu ihm gesagt, als Block auf dem Weg zu seinem Fahrrad an ihr vorbeikam. Ihre Sonnenhaare hatten in einer Art Kranz um ihren Kopf gelegen. »Im Museum im Rathaus gibt es immer interessante Ausstellungen.«

Block war ihrem Rat gefolgt und stand nun in den Kellerräumen des denkmalgeschützten Rathauses vor einem Holzkasten, in dessen Innerem eine Metallplatte ruhte. Polyphon. So hieß der Kasten. Ein selbstspielendes mechanisches Musikinstrument. Mit vielstimmigen Melodien auf Lochplatten. Das Ausstellungsstück hatte um 1900 herum im Gleisdorfer Gasthaus Hierzer gestanden. Das konnte Block dem Wandtext zum Exponat entnehmen.

Er stellte sich das vor. Das Gasthaus. Die Menschen, die dort zusammengekommen waren. Die Kurbel des Polyphons gedreht und die Lochplatten in Bewegung gesetzt hatten. Viele Menschen. Viele Stimmen. Ein Chor von Gleisdorfern, die es sich gut gehen ließen und keinen Gedanken daran verschwendeten, dass an anderen Orten andere Menschen vermeintlich wichtigen Geschäften nachgingen.

Draußen vor dem Rathaus empfingen Block wieder die Sonne und sein Fahrrad. Er machte sich auf den Weg. Nicht zum Bestattungsunternehmen Eden. Nicht zu irgendwelchen Geschäften. Er fuhr am Sonnenpark vorbei, wo eine Gruppe von Kindern spielte und Eltern auf den Holzbänken entlang der Wiese ruhten. Er hielt an der Buchhandlung Plautz und kaufte dort einen Kriminalroman, der in der Steiermark spielte. Irgendwas über eine LKA-Ermittlerin mit kompliziertem Privatleben.

Auf seinem Weg zurück zur Pension kam Block am Ladengeschäft von Trausner Immobilien vorbei. Er hielt an, stieg ab. Näherte sich dem Geschäft vorsichtig. Schaute von außen in die Räume, in denen eine junge Frau saß, die ihm gewiss die eine oder andere Wohnung in Gleisdorf zum Kauf anbieten konnte. Gewiss war auch eine dabei, die er sich leisten konnte. Er hatte in den letzten Jahren viel verdient und wenig ausgegeben. Die Geschäfte liefen gut in Frankfurt.

Block betrat den Laden nicht. Er radelte zurück zur Pension, ging auf sein Zimmer und holte das alte Nokia-Handy hervor. Ließ es die eine Nummer wählen, die im Speicher registriert war.

»Ich brauche etwas mehr Zeit«, sagte er.

»Was soll das heißen?«

Block räusperte sich. »Warst du schon mal hier?«

»Wo?«

»In der Steiermark. In Gleisdorf.«

»Was zum Teufel sollte ich da?«

»Es ist ein herrliches Fleckchen … eine Solarstadt. Die Leute nutzen hier die Sonnenkraft und wandeln sie in positive Energie um. Sie haben wirklich im Herzen die Sonne.«

»Ich glaube, *du* hast ein bisschen zu viel Sonne abbekommen!«, knarzte die Stimme aus dem Apparat. »Kümmere dich um Tante Simone – und dann komm nach Hause.«

»Du wirst es nicht glauben, aber ich werde vielleicht schon bald hier in Gleisdorf zu Hause sein«, entgegnete Block und beendete das Gespräch.

Er hatte es vollkommen aufgegeben, die Vorhänge vor seinem Fenster zuzuziehen. Er blieb so lange im Bett liegen, bis die Strahlen der Morgensonne sein Gesicht erreichten. Erst dann stand er auf, um nach unten zum Frühstücksbüffet zu gehen.

Nach dem Frühstück, auf dem Weg an der Rezeption vorbei, zögerte er. Sie war nicht besetzt, die Rezeption.

Block ging die Treppe zu seinem Zimmer hinauf, blieb oben auf dem Absatz stehen und ging wieder hinunter. Dreimal musste er den Weg machen, hoch und wieder runter, bis er schließlich an der jungen Frau vorbeikam, die ihn auch diesmal wieder anlächelte.

Block scharrte mit dem linken Fuß über den Teppich mit dem Emblem der Pension. Dann wandte er sich der Frau zu.

»Ich muss mich bei Ihnen bedanken.«

Ihre blauen Augen musterten ihn fragend. »Bedanken? Wofür denn?«

»Für das Fahrrad«, sagte Block. »Ich meine, für den Tipp mit dem Radfahren. Und mit dem Museum im Rathaus. Überhaupt für alles … Wissen Sie, dass ich kein Rad mehr gefahren bin, seit ich ein kleiner Junge war?«

Die Sonnenhaare flossen über die Schultern der Frau, rahmten ihr Gesicht ein, das jetzt einen skeptischen Zug annahm.

»Es freut mich, dass ich behilflich sein konnte«, sagte sie.

»Na, und wie Sie behilflich waren!« Blocks Stimme füllte den Raum an. »Als hätten Sie genau gewusst, was ich brauche. Sogar besser als ich selbst. Wissen Sie noch, was Sie zu mir gesagt haben, als ich angekommen bin? Es würde sich lohnen, haben Sie gesagt. Und wie es sich gelohnt hat. Das alles hier!«

Block drehte sich um die eigene Achse. Mit einem Lächeln im Gesicht, das weit über die Pension hinauszugehen schien.

»Würden Sie ein Eis mit mir essen?«, fragte er. »Nebenan, meine ich. Im Café Paradies.«

»Wir pflegen mit unseren Gästen keinen privaten Kontakt«, sagte sie und schaute von ihm weg. Als warteten irgendwo anders wichtige Geschäfte auf sie.

»Sie könnten eine Ausnahme machen. Wer weiß, vielleicht bin ich schon bald nicht mehr zu Gast hier. Sondern eher so was wie Ihr Nachbar.«

Sie schüttelte den Kopf. »Mein Verlobter würde nicht wollen, dass ich mit jemand anderem Eis essen gehe. Egal ob Gast oder Nachbar.«

Block prallte von ihren Worten zurück, als wäre er gegen eine Wand gelaufen. Er senkte den Kopf. Machte auf dem Absatz kehrt.

»Ich verstehe«, murmelte er. »Entschuldigen Sie bitte.«

Eine halbe Stunde später stand Block schon wieder vor der Rezeption. Neben sich den Rollkoffer mit den wenigen Dingen, die ihn auf dieser Reise begleiteten. Er bedauerte, schon wieder abreisen zu müssen.

»Meine Geschäfte hier sind bereits ausgestanden«, erklärte er. »Erledigt, meine ich. Erledigt. So gut wie, jedenfalls.«

»Ich hoffe, Sie haben sich wohlgefühlt bei uns«, sagte die Frau mit den Himmelaugen und den Sonnenhaaren, ohne ihn anzusehen.

»Aber ja«, murmelte Block. »Und vielen Dank für das Fahrrad. Es steht wieder dort, wo Sie es mir gezeigt haben.«

Den Weg von der Pension zum Bestattungsunternehmen Eden legte er zu Fuß zurück, den Rollkoffer hinter sich herziehend. Engelmann begrüßte ihn mit einem Lächeln.

»Sie reisen ab?«

Block nickte. »Die alte Heimat ruft. Ich wollte aber zumindest noch würdevoll Abschied nehmen.«

Er zog den Reißverschluss an seinem Rollkoffer auf. Nahm eine längliche Schachtel mit weißen Herzen heraus. Platzierte sie auf der Ladentheke. Engelmann schaute ihn skeptisch an.

Block sah sich um, nickte, öffnete die Schachtel, entnahm ihr eine Walther P99 mit bereits angesetztem Schalldämpfer. Anders als andere Selbstladepistolen verfügte die P99 über keine manuelle Sicherung. In geladenem Zustand war sie sofort schussbereit. Und geladen war die Waffe.

Block schoss eine Kugel, die nicht mehr als »Plopp« machte, mittig in Engelmanns Stirn. Packte die Waffe wieder in die Schachtel, die Schachtel in seinen Koffer und verließ das Geschäft.

Auf seinem Weg zum Bahnhof rief er in Frankfurt an.

»Tante Simone geht es nicht gut«, berichtete er.

»Die Ärmste, was hat sie denn?«

»Kopfschmerzen. Sie kann überhaupt keine Gesellschaft mehr ertragen.«

»Das heißt, du kommst zurück nach Hause?«

»Ja. Heute Abend bin ich wieder in der Stadt.«

Block beendete das Gespräch. Noch einmal drehte er eine Extrarunde durch die kleine Stadt. Vorbei am Ladengeschäft von Trausner Immobilien. Zum Flussufer der Raab. Dort öffnete er das alte Nokia-Handy an der Rückseite, nahm die SIM-Karte heraus und warf sie in den Fluss. Die Kreditkarte auf den Namen Johannes Keller hinterher. Zuletzt die Schachtel mit der Walther P99 und dem Schalldämpfer. Dann griff er nach dem Rollkoffer und lief die Schienen entlang Richtung Bahnhof. In seinem Rücken die Sonne.

»ABER DER WAGEN, DER ROLLT«

KLAUDIA BLASL

Es war wie verhext. Da standen sie, einer neben dem anderen, in geometrisch geordneten Reihen – und alle standen sie gerade. Nur meiner nicht.

Während der rechte Kotflügel einen territorialen Grenzkonflikt heraufbeschwor, rückte mein Seitenspiegel dem auf Hochglanz polierten Alfa Romeo linkerhand bedrohlich aufs Blech. Dabei hatte ich doch wirklich alles beachtet. Bis zur Hälfte des Vordermannes vorfahren, Retourgang einlegen, einen kleinen Halbkreis nach links machen, 90 Grad einschlagen, auf Höhe der Stoßstange gegenlenken, und du stehst gerade wie der Eiffelturm, hatte man mir mehrfach versichert.

Und wie stand ich? Schief wie der Turm von Pisa. Nur blöd, dass ich mich gar nicht im sonnenverwöhnten bella Italia befand, sondern vor einem schnöden Grazer Einkaufszentrum. Der Schweiß rann mir dennoch aus allen Poren, auch wenn es hierzulande nur frostige vier Grad mit Nieselregen hatte. Der großstädtische Citypark machte seinem Namen halt keine wirkliche Ehre. Weder standen imposante Bäume herum, noch trugen die angeblich extrabreiten Komfortparkflächen zu meinem persönlichen Wohlbefinden bei.

Oh Gott, wie ich Einparken hasste! Deprimiert betrachtete ich mein Meisterwerk der klaustrophobischen Karosseriekompression. Die Lust auf sorgloses Shoppen hatte mich ohnedies verlassen. Mein Selbstbewusstsein auch. Am besten, ich tat, als hätte ich meine Geldbörse vergessen und fuhr wieder heim. Doch halt, auch dieser Weg war mir verwehrt. Dazu müsste ich mich erneut in eine parkraumtechnische Zwangslage begeben, woran ich nicht einmal zu denken wagte. Mir blieb allein der paradoxe Ausweg, in strategisch günstiger Lage Wurzeln zu schlagen. Und zu warten. Zu warten, bis eines der beiden, von meinem himmelblauen Ford Fiesta bedrängten Gefährte den Weg in die Freiheit finden und mir dadurch ein wenig Spielraum verschaffen würde.

Entnervt griff ich zur zehnten Zigarette an diesem Vormittag, studierte beiläufig die wöchentliche Schnäppchenoffensive und behielt dabei stets den Parkplatz im Blick. Doch es gab nichts zu sehen, was mein Auge erfreute. Nach der zwölften Zigarette überkam mich ein erster Anflug von Panik. Was, wenn meine Nebensteher gar nicht auf Einkaufstour waren, sondern zwischen Tiefkühlkost und Toilettenartikel ihre täglichen Brötchen verdienten? Und der schnittige Alfa nur eine Leihgabe des großen Bruders von der Wurstthekenverkäuferin war? Nicht auszudenken! Ich wäre dazu verdammt, bis zum verlängerten Ladenschluss auf diesem Schlachtfeld der Karosseriebleche auszuharren. Und zwar draußen vor der Tür. Ein Horrorszenarium, unvereinbar mit meinen Vorstellungen vom entspannten Einkaufsbummel. Und mit meinen Blutdruckwerten auch. Wie sollte ich unbeschwert um 30 Deka Tilsiter anstehen, während auf dem motorisierten Nahkampfterrain endlich Bewegung in die feindlichen Reihen kam? Bis ich bei meinem Wagen war, hätte sich womöglich ein Kleinlaster in die Lücke gezwängt. Meine Sonderform der Torschlusspanik machte mir zunehmend zu schaffen. Allein »Sturm Graz« litt möglicherweise an einer ähnlichen Form dieser Angststörung.

Jedenfalls hasste ich mich, meine Feigheit und am allermeisten hasste ich diese Art von Emanzipation, die uns Frauen nun selbst ans Steuer zwang, anstatt von Kavalieren im Gehrock chauffiert zu werden. Warum hatte ich nicht 100 Jahre früher gelebt? Da hätte »mann« mir galant den Wagenschlag geöffnet, meine Päckchen würden am Arm meines Partners hängen, und niemand hätte von einer Frau verlangt, zum Baumarkt zu kurven, um 13 feuerverzinkte Rohrleitungsfittings und sieben tonnenschwere Rigipsplatten zu erwerben.

War »frau« dann endlich zu Hause, stellten die Fittings sich unweigerlich als die falschen heraus, und die sechste Rigipsplatte hatte einen Sprung. Was ich im Unterschied zum Sprung in der Schüssel meines Mannes zumindest reklamieren konnte.

Wir Frauen waren in dieser angeblich gleichberechtigten Zeit halt nicht nur dazu verurteilt, selbst unseren Mann zu stehen, wir mussten auch noch dankbar dafür sein. Zumindest mein Gatte war eindeutig dieser Ansicht.

Nie werde ich diesen schicksalsträchtigen Moment vergessen, als Rüdiger mir vor einem knappen halben Jahr diesen stinkigen trojanischen Gaul mit Klimaautomatik zum Geschenk gemacht hatte: »Damit du frei bist, Sophie! Jetzt kannst du problemlos fahren, wann und wohin du willst!«

Was schlichtweg gelogen war. Meine Jahreskarte des Grazer Verkehrsverbundes bot mir diesbezüglich Freiheit genug. Und problemlos Auto fahren hatte ich sowieso noch nie gekonnt. Meine motorisierte Fortbewegung durch Eigenantrieb gestaltete sich in etwa so reibungslos wie die Reparatur eines Atomreaktors. Was lechzte ich nach der guten alten Zeit. Da hatte Rüdiger noch selbst für den Einkauf gesorgt. Heute lag es fast ausschließlich an mir, mich mit Feinwaschpulver in der hausfrauenfreundlichen Sieben-Kilo-Tonne und 36 Rollen aktionsvergünstigtem Toilettenpapier, den Katzensand lässig unter den Arm geklemmt, nach Hause zu mühen. Damit nicht genug musste ich auch noch meinen fahrbaren Untersatz ordnungsgemäß versorgen – und zwar ohne Selbst- und Fremdgefährdung. Was mich täglich vor neue Herausforderungen stellte. Seit Rüdiger mir vor exakt 174 Tagen mein geruhsames Dasein in der ebenso geruhsamen Blümelstraße verkehrstechnisch beschleunigt hatte – eine Entwicklung, die ich um vieles lieber in unserem Schlafzimmer erlebt hätte –, fühlte ich mich um Jahre gealtert. Dabei waren die Kratzer an der einst makellosen Karosserie noch weitaus geringer als die Schrammen an meinem Seelenheil. Doch dagegen gab es keinerlei Versicherungsschutz. Nicht einmal die körperlichen Kollateralschäden meiner Zwangsmotorisierung wurden durch Haftpflichtpolizzen oder Lebensversicherungen gedeckt. Dem Wagen ging es da eindeutig besser. Er strahlte und glänzte (dank Rüdigers Waschstraßeneuphorie) vor sich hin, während ich sichtlich an grauen Haaren und Sorgenfalten zugelegt hatte. Selbst der Pickerlbefund nach Paragraf 57a war beim Fiesta eindeutig harmloser ausgefallen als mein Gesundheitscheck beim Hausarzt. Und das, obwohl wir uns im Grunde beide im so genannten »besten Alter« befanden. Dem Ford sah man seines allerdings auch an.

Ach, ich hatte definitiv keine Freude an meiner sogenannten *neuen Freiheit*. Sie hatte zu nichts außer mehr

Arbeit, weniger Freizeit, einer chronischen Gastritis und Herzrhythmusstörungen geführt. Von den Panikattacken und Brechdurchfällen ganz zu schweigen. Und wenn mein Bauchgefühl dann ohnedies bereits an der dritten Klopapierrolle hing, bekam ich – sofern mein Mann einen guten Tag hatte – auch noch zu hören: »Aber meine liebe Sophie, reg dich doch nicht so auf, das ist alles nur Übungssache, glaub mir, heute fährt doch jeder Auto.«

Waren die Vertragsabschlüsse hingegen schlecht und die Kunden nervig gewesen, hörte sich Rüdigers zweifelhafter Zuspruch etwas anders an. »Nun stell dich nicht so an, Sopherl. In die Lücke passt ja ein Sattelschlepper hinein.« Dazu verdrehte er theatralisch stöhnend die Augen, als hätte sein letztes Stündlein geschlagen.

Als Versicherungsbediensteter war mein Angetrauter halt stark von der Lage der Konjunktur beziehungsweise der Laune seiner Klientel abhängig. Dennoch liebte er seinen Beruf, sah sich im Grunde sogar als Wohltäter der halben Menschheit. Immerhin versicherte er in der stylischen Landesdirektion der Wiener Städtischen – ein mit Stahl ummantelter Glaskörper des renommierten Architekten Boris Podrecca in der Grazer Brockmanngasse – nicht nur Stein und Bein, sondern auch Rassehunde, Reitpferde, Weingärten und Biedermeiersekretäre. Abgesehen von den Klassikern wie Elementarschutz, Haftpflicht-, Unfall- und Rechtsschutzversicherungen. Kurz gesagt, kein Schaden, gegen den nicht eine Trost spendende Polizze gewachsen war. Selbst meine 74 PS-starke Umtriebigkeit mit allen damit verbundenen Risiken wurde nicht nur von der gesetzlich vorgeschriebenen Haftpflicht beschützt, Rüdiger hatte mir zudem eine Vollkasko- und eine äußerst großzügig bemessene Lebensversicherung spendiert. Nur den meiner Ansicht nach dringend benötigten Psychotherapeuten wollte er partout nicht zahlen. Also quälte ich mich nahezu Tag für Tag schwer traumatisiert von Supermarkt zu Baumarkt und wieder retour. Rüdiger selbst hingegen fuhr mit dem Fahrrad ins Büro. Das Radwegenetz von Graz sei mit nahezu 200 Kilometern bestens ausgebaut und als Ausgleich zu seiner sitzenden Tätigkeit tue ihm die Bewegung einfach gut, rechtfertigte er seine Pedalritterei. Weshalb die schweren Einkaufstaschen und Baumarktpakete im wahrsten Sinn des Wortes an mir hängen blieben. Während ich also im Takt der Aktionsangebote rotierte, flanierte mein Gatte nach der Arbeit noch gemächlich die Brockmanngasse entlang über den Dietrichsteinplatz bis zum Jako (wie die Einheimischen diesen innerstädtischen Verkehrsknotenpunkt der öffentlichen Linien nannten) und erfreute sich am neuerdings recht ansprechenden kulinarischen Angebot der umliegenden Standln und Imbissbuden. Neben den obligatorischen Leberkäsesemmeln und Laugenstangerln buhlten mittlerweile sogar belgische Fritten, koreanische Reisvariationen und Cupcakes jeglichen Couleurs um den Appetit der glücklichen Fußgänger beziehungsweise Öffibenutzer.

Ich hingegen hatte ohnedies kaum noch Appetit, weil mir die ewige Fahrerei die Wiener Straße rauf und runter, vom Citypark zum Shopping Nord oder gar nach Seiersberg schwer auf den Magen schlug.

Und während die meisten Menschen die Wahl ihres Einkaufsortes davon abhängig machten, ob das Gemüse frisch, die Verkäuferin an der Fleischtheke knackig und die Treueprämie nach monatelangem Punktesammeln zumindest einem 16-teiligen Mokkaservice entsprach, zählte bei mir einzig die Parkmöglichkeit. Der größte Supermarkt in Eggenberg mochte einwandfreie Ware bieten, leichtes Einparken bot er nicht. Ähnliches bei der Konkurrenz und beim Baumarkt.

Nichts als »Bitte-Karte-ziehen-Schranken«, Einbahnsysteme und winzige blumenkübelbewehrte Lücken, in die noch nicht mal ein Einkaufswagen passte. Da machte ich gern Abstriche beim Angebot. Und kaufte beim Diskonter ein. Da kamen zehn freie Plätze auf jeden Wagen.

Doch eine Dauerlösung war das nicht. Ich konnte keinesfalls immer nur Alaska Seelachsfilet servieren, weil es in meinem Lieblingsmarkt weder Anglerfisch noch Miesmuscheln gab. Und noch weniger konnte ich wegen jeder Schraube zum 20 Kilometer entfernten Baumarkt in Unterpremstätten fahren, nur weil es sich dort besser reversieren ließ.

Rechnete ich das Benzin auf die Preise hoch, wäre selbst der Installateur noch ein Gewinn. Doch der kam uns bestimmt nicht ins Haus, denn mein Mann war Heimwerker aus Leidenschaft. Wie viele Leiden er mit seiner idiotischen Dauerdübelei schaffte, das ahnte er allerdings nicht.

Täglich hieß es: »Sophie, hättest du wohl Zeit, mir schnell ein paar Muffenstopfen 87/b zu holen und ein wenig Fugenmasse dazu?«

Was sollte ich sagen? Natürlich hatte ich Zeit, ich war Hausfrau und kinderlos.

Doch selbst am Sonntag, wenn andere Familien entspannt um den Mittagstisch saßen und genüsslich die Woche wiederkäuten, standen meinem Mann noch die Mörtelspritzer im Gesicht, während er eilig sein Essen verschlang. Wollte ich ein Gespräch beginnen, so schnitt er mir ebenso schnell das Wort ab wie die Fettränder vom Fleisch. »Ich hab jetzt keine Zeit, Sophie, ich muss gleich noch die Drainagerohre unterm Karottenbeet verlegen. Das Wetter ist perfekt. Beweg dich doch auch ein bisschen, nimm einfach dein neues Auto und fahr ein wenig ins Grüne.«

Dann fuhr ich, die Hände starr um das Lenkrad geklammert, einmal die Alte Poststraße entlang, bedauerte mein Schicksal und das der Reininghaus-Gründe, ließ den Wagen beim Weblinger Park & Ride stehen und wanderte zu Fuß bis zum LKH Graz Süd-West, weil die dort ansässige Sigmund Freud Nervenklinik einen wunderschön beschaulichen Park besaß. Dort fühlte ich mich sicher und geborgen.

*

Von allen verhassten Geschenken, die Rüdiger mir in den 27 langen Jahren unserer Ehe gemacht hatte, war der himmelblaue Fiesta – mit Klimaautomatik, damit du auch im Sommer nicht ins Schwitzen kommst – eindeutig das schlimmste. Es lag bestimmt nicht an den Graden, wenn ich immer noch schweißüberströmt in die holprigen Gänge kam. Und schuld an diesem Dilemma war allein ein dummes Sulmtaler Hendl, das uns Tante Frieda kurz vor ihrem Umzug in ein Pflegeheim aufs Auge beziehungsweise in den Garten gedrückt hatte. Beim Gedanken an Henriette könnte ich heute noch gackern vor Wut. Damit dieses Vieh ein warmes Nesterl bekam, musste ich gehörig Federn lassen.

»Ein Rasen ist kein Hühnerstall«, hatte mein Mann eines Abends lautstark verkündet, »das ist nicht artgerecht. Und zu gefährlich ist es auch bei den ganzen Hunden, Mardern, Katzen und Krähen hier in der Gegend.« Er schüttelte besorgt den Kopf. Selbst im Privatleben erfasste Rüdiger präzise und vorausschauend alle nur erdenklichen Risikoszenarien, auch wenn es allein das Leben einer altersschwachen Henne an einer dünn besiedelten Gasse betraf. »Ich werde dem Vieh eine Hühnerhütte bauen.« Damit stand sein wöchentlicher Heimwerkentschluss fest, und mein Untergang wurde besiegelt. Denn auf der Suche nach alten Baugenehmigungen und ähnlichem Behördenkram kam auch mein Führerschein ans Licht, ein Überraschungsei, an dem ich lange zu brüten hatte.

»Sopherl, du kannst Auto fahren? Das hast du mir ja gar nie erzählt.« Meinen Beteuerungen, dass ich den rosa Schein auch nur besaß, weil meine Eltern ihn damals für wertvoller erachtet hatten als das Bertelsmannsche Universallexikon für alte Literatur, das ich mir zur bestandenen Matura vergeblich gewünscht hatte, schenkte er kein Gehör. Und von Können konnte schon gar keine Rede sein, denn meine Fahrerlaubnis verschwand bereits Tage später zwischen Maturazeugnis und Meldezettel. Dort hatte sie dann drei Jahrzehnte lang geruht und mir ein friedliches Leben beschert. Bis Rüdiger sie zu fassen bekam, seine Konsequenzen daraus zog und mich auf den Fahrersitz bugsierte. Anfangs noch auf den seines eigenen Wagens, aber nicht für sehr lange. Mit meinem Mann war Fahren die Hölle, ohne ihn das Fegefeuer. Er brüllte abwechselnd »Gib Gas, los, mach schon!«, oder »Bleib stehen, um Himmels willen!« Dazwischen griff er mir ständig ins Lenkrad oder an die Handbremse. Unsere Fahrstunden fanden ein rasches Ende, als ich in einem »Gib-Gas«-Moment den ersten mit dem Retourgang verwechselte auf der Linksabbiegespur der stark befahrenen Bahnhofskreuzung.

Für den Schaden kam anstandslos die Versicherung auf, für meine Nerven gab es keine Hilfe, der lädierte Lexus kam mitleidlos zum Autohändler, und das Thema Fahren wurde fortan totgeschwiegen. Schon gab ich mich der Hoffnung hin, meinen Schein erneut als Altpapier zu betrachten.

Doch eines wenig schönen Tages stand mein 50er vor der Tür und mit ihm der himmelblaue Fiesta. Die Sonne, Rüdiger und der neue Wagen strahlten um die Wette. Ich nicht. Ich hätte am liebsten geheult. Bei der Wahl von Geschenken war mein Mann stets spendabel mit Geldern und geizig mit Gefühlen gewesen, aber selbst der Fitnesstrainer, »gegen deine Cellulitis, Schatzi«, oder das ergonomische Bügelbrett aus Titanstahl, »damit du deinen Rücken schonst«, erschienen im Licht dieser Bescherung noch als gut gemeinte Gesten. Doch mir ein Auto zu schenken, das verstand ich als persönlichen Angriff auf Leib und Leben. Eine handzahme Sandviper hätte mich ebenso erfreut.

Die ersten Wochen gab ich mir dennoch Mühe mit der Effizienzsteigerung meiner Mobilität. Abends, wenn niemand mehr auf den Straßen war, holperte ich mit maximal 40 Kilometern pro Stunde bis zum Unfallkrankenhaus und parkte dort stundenlang zwischen den Kastanienbäumen herum. Die Manöverbilanz belief sich auf ein Rücklicht, zwei Äste sowie einen kleinen putzigen Igel. Beschämt gab ich auf.

Seitdem verfuhr ich pro Einkaufsliste einen halben Tank. Und dachte, das Problem minimalistischer Lücken ausreichend, wenn auch treibstoffintensiv, gelöst zu haben. Leider hatte ich die Rechnung ohne den Tankwart gemacht. Denn schon bald sah ich mich mit einer weiteren dieser teuflischen Erfindungen des »Do it yourself«-Zeitalters konfrontiert, der Selbstbedienung am Zapfhahn. Billig, bequem und rund um die Uhr standen rote, blaue oder grüne Säulen bereit, mich in schwärzeste Verzweiflung zu stürzen. Wie stand es noch in der Gebrauchsanweisung: »*Tankdeckel langsam halb nach links drehen, bis er hörbar einrastet. Dann andrücken und kurz nach rechts bis zum Anschlag rollen lassen.*« Was? Den Deckel, das Auto, meine Augen? Ich bekam das verdammte Ding einfach nicht auf und ersparte mir so zwar kein Geld, aber die weiterführenden Anweisungen an den Benzinpumpen.

Wo waren nur all die netten Männer in ihren blauen Overalls geblieben, die ungefragt die Scheiben wuschen, einen fachmännischen Blick auf den Motor warfen und statt Restgeld bunte Lollis herausgaben? Selbst den geduldigen Dienstmann von den Pumpen in der Weinzöttlstraße hatten sie im Zeichen von Moderne und Selbstständigkeit hinwegrationalisiert. Bestand die neue Weiblichkeit denn wirklich primär aus dem Gefühl, Herr über Einfüllstutzen und Oktanangaben zu sein? War es heutzutage ladylike, nach der Kontrolle von Ölstand, Kühlwasser und Reifendruck noch schnell den Taubendreck von den Scheiben zu kratzen? Mir verschaffte all das nur Ratlosigkeit, Panik und schmutzige Hände. Offensichtlich gehörte ich zur gestrigen Art.

Mein Mann sah das natürlich ganz anders. »Autofahren gehört heute dazu, Sophie. Das ist einfach so. Sei doch froh über deinen netten Wagen. Andere Frauen …« Andere Frauen interessierten mich nicht. Wenn überhaupt, interessierten mich andere Männer, vor allem Apotheker. Von ihrer Hilfe hing es ab, ob ich des Nächtens schlief oder im Stundentakt aus den Kissen schreckte, nachdem ich – je nach Mondphase – Fußgänger, Radfahrer oder das Getriebe totgefahren hatte. Doch meist waren sie ebenso nutzlos wie die großmütig verteilten Pillen und Pulver.

Ich litt also schlaflos weiter. Kaum ein Tag, an dem sich das sprichwörtliche Morgengrauen nicht in Form eines pedantisch formulierten Einkaufszettels einstellte. Daneben strategisch platziert die Autoschlüssel, das strahlende Symbol meiner neuen »Frei-Zeit«. Denn nun war ich frei, meine Zeit in das Wohl von Kühlschrank, Hobbykeller und Hühnerhütte zu investieren, während Rüdiger seine Versicherungen vertrieb. Danach kam er heim, verschlang sein Essen und stürzte sich energiegeladen auf eine seiner Haus- und Hofbaustellen. Ich verstand das irgendwie schon. Ein wenig Bewegung nach dem Schreibtischalltag tat sicher gut. Aber er verstand mich nicht. Ich brauchte weder Auto noch Drainagerohre und schon gar kein Carport, sein aktueller Plan. »Damit dein Wagen nicht immer im Freien stehen muss, das schadet auf Dauer dem Lack.«

Von mir aus könnte mein Wagen auf dem Mond stehen, das wäre mir am allerliebsten, aber so wie ich fuhr, konnte ich vermutlich ohnedies bald auf dem Schrottfriedhof parken. Und während Rüdiger enthusiastisch an einer überdachten Stellfläche für den Fiesta mörtelte und mauerte, bestieg ich resigniert mein Gefährt Richtung »Baufranz« oder »Dübelfritz«.

Nach nicht einmal zwei Wochen war das Ding tatsächlich bezugsbereit. Ich las gerade das Sonntagsblatt, als mein Mann in die Küche polterte. »Sie ist fertig, Sophie. Hol gleich deinen Wagen, der kann schon drinnen stehen.« Ich hasste es, bei der Zeitungslektüre unterbrochen zu werden, doch Rüdiger duldete keinen Verzug. »Nun mach schon, beeil dich! Bist du nicht neugierig? Freu dich doch …« Leider bekam seine Freude rasch ein paar Schrammen, als ich zu knapp an den hinteren Ständer fuhr. »Links einschlagen, verdammt, mach schon, Sophie, los – ja, das reicht schon, gib Gas, Gaaas!« Vor lauter Schreck schoss ich nach vorne und krachte gehaltvoll gegen die Hausmauer. Rüdiger fluchte, ich bekam einen Heulanfall, gab mich geschlagen und trat den Rückzug nach drinnen an. In der Küche erwartete mich der mittlerweile kalt gewordene Kaffee und bedrohliche Aussichten in den Innenhof unseres schmucken Einfamilienhauses.

Nun galt es also auch noch, den Carport unfallfrei zu bezwingen. Das schaffte ich nie. Mich brachte bereits Freiluftparken an den Rand eines Nervenzusammenbruchs. Ich fühlte mich erdrückt, vergewaltigt, am Boden zerstört.

Doch Rüdiger sah meine Ängste nicht. Er kroch in der Auffahrt herum und hatte nur Augen für seinen, durch meinen unprofessionellen Einkehrschwung etwas ramponierten Löffelsteinbelag. Ach, wie ich meinen Mann hasste, ihn und diesen verdammten rollenden Sarg, der gerade aus dem Carport fuhr.

Fuhr? Ich sah genauer hin, das war eindeutig mein himmelblaues Gefährt, das da langsam Kurs auf die Straße nahm. Himmel, die Handbremse! Ich wollte schreien, nach draußen laufen, irgendetwas Hilfreiches tun, aber mir fehlte auf einmal jegliche Energie.

Der Wagen hatte mittlerweile an Geschwindigkeit gewonnen und rollte die hübsch gepflasterte Auffahrt hinab direkt auf Rüdiger zu, der noch immer gebückt zwischen den Steinen balancierte. Ein dumpfer Aufprall drang durch die geschlossenen Scheiben gedämpft zu mir herüber, mehr war nicht zu hören.

Ich öffnete das Fenster und blickte hinaus: Das Auto stand da, nicht so mein Mann. Rüdiger hatte ganz offensichtlich einen irreparablen Totalschaden erlitten.

Ich atmete tief durch, rannte auf die Straße und schrie die halbe – hinter hohen Hecken verborgene – Nachbarschaft zusammen. »Hilfe, ein Unglück ist geschehen. So helft mir doch!«

Die Leute waren durchwegs richtig nett und verständnisvoll zu mir. Nie kam der leiseste Verdacht von unterlassener Hilfeleistung oder grober Fahrlässigkeit auf, wenn ich den Menschen meine Sicht der Dinge erklärte, wie geschickt Rüdiger den kleinen Fiesta in das Carport gefahren hatte, wie freudig ich ihm von der Küche aus zugewinkt hatte und wie furchtbar ich unter dem Gedanken litt, gerade auf der Toilette gewesen zu sein, als dieses schreckliche Unglück passierte.

Der Arzt drückte mir sein tiefstes Beileid aus, schrieb Genickbruch auf den Totenschein und kam nie wieder, die Polizei legte die Angelegenheit nach einem kurzen Routinebesuch gleichfalls zu den Akten. Rüdiger hatte Zeit seines doch etwas kurzen Lebens oft genug Hand an mein Lenkrad gelegt, was mir nun äußerst gelegen kam. Beinahe verspürte ich erstmals seit Langem einen vagen Anflug von Dankbarkeit.

Und für seine Lebensversicherung natürlich auch. Mit diesem Geld sowie dem Erlös aus dem Autoverkauf kann ich mir nun jederzeit ein Taxi leisten, wohin auch immer ich will. Und ein netter Callboy geht sich auch noch aus, wann immer ich will. Das ist die Freiheit, die ich liebe. Danke, Wiener Städtische!

HALLOWEENBERG

CARSTEN SEBASTIAN HENN

Hubi hat ein Kostüm vom Krümelmonster an. Aus der Sesamstraße!

»Ich hab doch Horrorclown gesagt, Hubi. Nicht Kuschelmonster.«

»Clowns waren aus, wegen Halloween. Aber das hier war im Angebot.« Hubi hebt die Hände wie zum Angriff in die Höhe. »Schau mal, wenn ich so stehe, sieht's schon sehr gruselig aus.« Er macht fauchende Geräusche, dann fängt er an zu husten. Hubi ist Kettenraucher. Fauchen liegt ihm deshalb nicht so. Atmen macht schon genug Probleme. Und als Krümelmonster sieht er ungefähr so gruselig aus wie ein Cockerspanielwelpe. Man will ihn einfach nur knuddeln.

Er hat tatsächlich Kekse mitgebracht. Passend zum Kostüm. Sie sind voller Alkohol. Keine Ahnung wie man den in ein staubtrockenes Keks bekommt, aber drei von denen, und man ist sturzbesoffen. Beziehungsweise sturzbegessen. Ich esse deshalb nur eines. Und nehme eines mit auf den Weg.

Wir stehen am Lamberg oben, das ist eine Süd- bis Südwestlage, die sich von 470 Meter Seehöhe bis hinunter nach Wies mit 370 Meter Seehöhe erstreckt. Kein Mond am dunklen Himmel, nur Sterne funkeln, aber wir kriegen das mit meinem Plan auch so hin.

Eule torkelt durch den Weinberg auf uns zu. Er hat ein Clownkostüm an. Aber das total falsche.

»Eule, das ist kein Horrorclown!«

»Wohl, wohl. Alle laufen vor mir davon.«

Weil du eine Fahne hast, die man bis nach Slowenien riechen kann. »Weißt du denn nicht, wen dein Kostüm darstellt?«

»Horrorclown!«, brüllt Eule.

Ich schüttle den Kopf. »Nein, Ronald McDonald.«

»Ja ist das denn kein Horrorclown?«

»In kulinarischer Hinsicht schon.«

»Na siehst du!« Eule rülpst. Irgendwo fällt ein Vogel von diesem Geruch sicher tot vom Baum. Falls nicht der ganze Baum umfällt. Eule heißt so wegen seiner Brille. Die steht ihm nicht. Und Ronald McDonald auch nicht. Eule setzt zur Stärkung den Brombeerbrand vom Jöbstl an. Tolles Gesöff und nicht gerade billig. Aber Eule hat's ja. In der Geldbörse und jetzt auch in der Birne. Ich nehme ebenfalls einen Schluck. Auf den Schreck, Ronald McDonald am Weinberg zu begegnen.

Als Nächstes erscheint Tanja. Also die hübsche Kraus Tanja von der Post, nicht die unfreundliche aus der Bäckerei. Tanja ist als Vampir verkleidet. Plus einer roten Nase. Ich hätte im Vorhinein besser Fotos von Horrorclowns verteilen sollen. Tanja ist kein Horrorclown, sondern ein Spaßvampir.

»Buah, ich will dich fressen!«, ruft sie und lacht.

Die Mädchen und Buben vom Kindergarten Wies jagen einem mehr Angst ein. Und das schon ohne Verkleidung.

»Du siehst aber ganz schön gruselig aus«, sagt Tanja. »Dir möchte ich lieber nicht im Dunkeln begegnen!« Sie setzt eine Weinflasche an. Blauer Wildbacher, erkenne ich am Etikett. Den kann ich jetzt auch gut gebrauchen. Also her damit.

»Ich sehe gruselig aus?« Ich schüttle fassungslos den Kopf. »Und das überrascht dich? Das Gruselige ist ja gerade der Sinn eines Horror… ach, vergiss es!« Fehlt nur noch Hänschen. Heißt so wegen seines Nachnamens, Klein. Hans ist 2,20 Meter groß und sieht aus wie eine Abrissbirne auf Beinen. Er ist meine letzte Hoffnung. Mit ihm wären wir zwei ernsthafte Horrorclowns, und unser Alibi würde halbwegs reichen. Hans kommt. Hans ist überhaupt nicht verkleidet.

»Wo ist dein Kostüm?«, frage ich Hänschen.

Der schnieft in ein Taschentuch. »Monika meint, ich brauch keins, meine Nase ist auch so schon rot wie bei einem Clown.« Er niest.

Ich würde ihn gern schlagen, bis auch der komplette Rest seines Kopfes rot ist. Das sind wirklich die übelsten, vertrotteltsten Horrorclowns in der Geschichte der Horrorclowns! Aber so oder so: Wir müssen jetzt den Weinberg abernten. Und zwar so schnell es geht. Wenn wir Glück haben, sieht uns keiner, und die Verkleidung ist ohnehin überflüssig. Ansonsten sind wir Horrorclowns, die sich an Halloween verirrt haben. Und zwar voll.

Hänschen hat »Klosterfrau Melissengeist« dabei, um schnell gesund zu werden. Er bietet mir auch etwas davon an. Ich will nicht unhöflich sein. Ist ja nur ein kleiner Schluck »Klosterfrau Melissengeist«. Danach fühle ich mich tatsächlich gesünder. Deshalb nehme ich gleich noch einen.

Eule hält sich an meiner Schulter fest. Von seinem Atem fühle ich mich ein wenig benommen. »Und du bist dir sicher, dass das hier der Weinberg vom Raimund ist?«

»Ja, bin ich. Und jetzt ran an die Lese.«

»Meinst du nicht, wir sollten …«

»Ja, ich meine, wir sollten jetzt anfangen!«

»Wollt nur sichergehen.« Eule holte seine Rebschere hervor, auch die anderen haben dran gedacht. Für Krax'n hab ich gesorgt. Bald werden die Trauben da drin sein, und dadurch wird Raimunds wertvollster Weinberg dieses Jahr nichts abwerfen. Verrückte Horrorclowns waren's! Raimund hat es verdient, mehr als das. Ha! Haha! Harrharrharr!

»Hör auf, so diabolisch zu lachen«, sagt Tanja und boxt mich gegen die Brust. »Ich hab sowieso voll Angst vor Clowns.«

Ich reiße mich zusammen, dabei würde ich sehr gern weiter so lachen. »Jeder eine Rebzeile, und los geht's!«, sag ich, und die Möchtegern-Clowns machen sich an die Arbeit. Sie singen fröhlich vor sich hin. Es klingt schrecklich. Das könnten echte Horrorclowns auch nicht schlechter. Die Arbeit geht gut voran, wobei wir mit voranschreitender Zeit an Tempo verlieren. Also nach fünf Minuten.

Hubi flucht die ganze Zeit, weil ihm das Krümelmonsterkostüm ständig über die Augen rutscht. Keine gute Sache, wenn man die ganze Zeit mit einer scharfen Rebschere hantiert. Tanja reicht ihm eine Weinflasche rüber – das hebt sogleich seine Stimmung.

Ich bin jetzt auch bester Laune. Und freue mich schon auf Raimunds Gesicht, wenn er seinen abgeernteten Weinberg sieht. Extra lang hat er die Trauben hier hängen lassen. Ganz was Feines soll's werden. Falls Sie aus Wies sind, kennen Sie den Raimund. Der Strohmayer Raimund ist ja unser Star-Winzer, unsere Berühmtheit. Irgendwann wird man den Ort ihm zu Ehren umbenennen. Vielleicht sogar die ganze Schilcher Weinstraße, wenn nicht die gesamte

Weststeiermark. Schilcher Frizzante und Schilcher Sekt haben Sie sicher schon getrunken. Seine Idee. Ha! Da lachen ja die Hühner, die Enten und die Gänse, da lacht die ganze Vogelschar! Von mir war die Idee, und davon hab ich ihm erzählt, als wir abends zusammen im Strutz gesoffen haben. So was wie einen Schilcher Frizzante müsste man machen oder einen schönen Sekt von unserm Schilcher. Da hat der Raimund fein die Ohren gespitzt. Und ein Jahr später den ersten Schilcher Frizzante Rosé auf den Markt gebracht. Meine Idee! Aber davon wollte der feine Herr dann nichts mehr gewusst haben!

Dieses Unwissen schützt vor Strafe nicht. Ganz im Gegenteil! Und ich mach das alles mit Gottes Segen. Hab vorhin in unserer Wallfahrtskirche »Gegeißelter Heiland auf der Wies« gebetet und dem Herrn meine Sünden gebeichtet. Brauch ich das nachher nicht mehr zu erledigen.

Wie sich herausstellt, haben meine Erntehelfer noch mehr Alkohol mitgebracht für die lange, harte Arbeit in der Kälte. Da darf ich mich als Organisator selbstverständlich nicht heraushalten, da heißt es, die eigene Leber nicht schonen und mittrinken! Also ein wenig. Für die Moral. Und das muss regelmäßig durchgeführt werden!

Irgendwann kommt es mir vor, als wären wir viel mehr Leute im Weinberg als vorher. Die anderen scheinen sich jetzt doch richtige Horrorclownkostüme besorgt zu haben. Wie schön! Einer von ihnen baut sich vor mir auf. »Dennis?«, fragt er mich.

Wieso denn Dennis? Er hustet. Alles klar: der angedudelte Hubi! Sein neues Horrorclownkostüm ist viel besser als das Krümelmonster. Er hat sich ein fieses Grinsen und Haifischzähne geschminkt.

»Ja«, sage ich. Wenn er so verkleidet ist, darf er mich nennen, wie er will!

»Warum hilfst du denn diesen Knalltüten bei der Lese?«

Super, der Hubi, sogar die Stimme ist total anders. So wird das was heute Nacht!

»Weinlese nachts macht einfach Spaß«, antworte ich. »Bekommt man keinen Sonnenbrand.« Ich lache.

Hubi nicht. »Hör auf mit dem Schwachsinn! Jeder knöpft sich einen vor. Die sollen sich anscheißen vor Angst.«

»Ja klar, anscheißen find ich super. Noch einen Schnaps?« Die Flasche habe ich gegen einen Rebstock gelehnt, jetzt nehme ich einen Schluck und biete Hubi auch was an.

»Wenn der Strohmayer erfährt, dass du bei der Sache hier säufst, gibt's keine Kohle, du Vollkoffer.«

Ich lache. »Ich hoffe doch sehr, dass der Strohmayer erfährt, dass wir gesoffen haben und wie viel Spaß uns das alles gemacht hat.«

Hubi greift nach meiner Rebschere. »Jetzt gib die Drecksschere schon her, verdammt noch mal!«

»Du hast doch selber eine!« Ich werde einen Teufel tun und ihm meine geben.

Plötzlich taucht Tanja auf. »Wein ist leer!« Sie stolpert in Hubi. »´tschuldigung.«

Hubi ist von Tanja ein Stück in meine Richtung gestoßen worden. Also wirklich nicht viel. Nur ein bisschen. Aber halt voll in die Rebschere. Die steckt jetzt in seinem Herz. Ich kann ü-ber-haupt nicht erkennen, ob Hubi Schmerzen hat. Bei seiner Schminke sieht es allerdings aus, als würde er einen gleich beißen. »Alles gut, Hubi?«, frage ich und zieh die Rebschere raus. Das war ein Fehler.

Es ist erstaunlich, wie viel Blut aus einem Menschen spritzen kann. Sogar bis auf die gerade gelesenen Trauben. Die kann ich jetzt natürlich wegschütten. Normalerweise hätte ich geschockt sein müssen, aber aus irgendeinem Grund hab ich super Laune – Tanja auch.

Hubi nicht.

Dann hören wir ein Schniefen. Hänschen! Er muss Hubis Röcheln gehört haben. Auch Hänschen hat sich umgezogen, um mir eine Freude zu bereiten: lila Haare, die zu Berge stehen, klaffende Wunden im Gesicht und die Augen wie die einer Katze.

»Alter, danke!«, rufe ich ihm entgegen.

Hänschen sieht den toten Hubi und weicht zurück gegen die Rebzeile.

Das war allerdings keine gute Idee von ihm. Also so gar keine.

Eule hat nämlich nicht nur eine Rebschere mitgebracht, sondern auch eine Heckenschere. Die Klingen heute extra frisch geschärft. Da legt er großen Wert drauf. Er liebt seine Heckenschere und schneidet damit alles, was nicht niet- und nagelfest ist. Die Reben sind zwar alle längst gewipfelt, aber nicht so akkurat, wie Eule das gut findet, deshalb wipfelt er hier und da nach. Großräumig. Und mit viel Schwung.

Hänschen steht jetzt einfach ganz blöd an der falschen Stelle. Quasi der Heckenschere im Weg. Da kann die Heckenschere gar nix dafür. Also dass der Kopf abgetrennt wird. Ganz sauber. Echte Maßarbeit!

Eule hat's gar nicht gemerkt. Der schneidet fröhlich weiter.

»Eule?«, frage ich.

»Bei der Arbeit«, antwortet Eule aus der anderen Rebzeile. Oder besser: Er singt es voll guter Laune. »Das macht so einen Spaß mit der Heckenschere. Die geht wie Butter durch.«

Ich sag lieber nix dazu. Will ihm die Laune nicht verderben. Er mochte Hänschen ja. Und wenn man einem den Kopf abschneidet, trübt das schon ein wenig das Vergnügen an so einer schönen Heckenschere.

Ich drücke Hänschens Kopf wieder auf den Rumpf, weil der so unkomplett auf der Erde lag. Aus optischen Gründen. Aber viel besser sieht es jetzt auch nicht aus. So ein Mensch ist ja nicht wie ein Puzzle. Wenn die Teile einmal auseinander sind, kann man die nicht mehr so einfach zusammenstecken.

Eule drückt sich kurze Zeit aber doch durch die Rebzeile zu uns durch und ist richtig mitgenommen, als er Hänschen sieht. Auch Eule hat sich jetzt toll verkleidet. Ganz in schwarz-weiß, im Gesicht wie ein Skelett geschminkt, dazu eine schwarze Haarpracht. Also hätte ich nicht gewusst, dass es Eule ist, dann hätte ich mich fürchterlich erschreckt.

Er geht zu Hänschen und will ihm den Puls am Hals fühlen. Dabei rollt dann natürlich der Kopf weg. Eule erschrickt total und stolpert rücklings in die Rebzeile. Und da sind ja nun mal Drähte gespannt. Das muss auch so sein, damit die Rebe daran hochwachsen kann. Metalldrähte. Sehr stabil! Und man kann dem Raimund einiges nachsagen, aber nicht, dass er an seinen Drähten spart. Also die Drähte: 1 A! Eule fällt da rein und wird sehr panisch. Er dreht und windet sich und irgendwie, ich weiß bis heute nicht wie, hängt er plötzlich mit dem Kopf drin. Und anstatt dann ruhig zu halten, dreht er sich einfach weiter. Da kann man den Metalldrähten keinen Vorwurf machen. Die können sich ja nicht in Luft auflösen. Eule dreht sich, bis er sich irgendwann eben nicht mehr dreht. Zappelt noch etwas wie ein Fisch. Das war's dann. Hänschen, Eule und Hubi tot. Nicht schön. Vor allem, da Tanja und ich jetzt die ganze Arbeit allein erledigen müssen.

Plötzlich kommt Hänschen um die Ecke, gefolgt von Hubi und Eule.

Jetzt bin ich aber ganz schön baff, also das kann ich Ihnen sagen.

»Was war denn das für ein Röcheln?«, fragt Hänschen. »Klingt wie meine Ilse nach dem Aufstehen. Wenn so der Schleim von der Nacht im Hals …«

»Und davor dieser saftige Schnitt von der Heckenschere«, sagt Hubi. »Hat geklungen, als würde Eule durch Wurst schneiden. So eine frische Blutwurst. Irgendwie richtig g'schmackig.«

»Oh, schaut mal, ein Fußball«, freut sich Eule. Und kickt gegen den Kopf. »Hui, was fliegt der aber schön!«

Tja, was soll ich sagen. Eule, Hubi und Hänschen haben alle noch ihre blöden Kostüme an. Und die drei Toten müssen irgendwie aus Versehen in den Weinberg geraten sein. Pech für sie. Als Ungelernte im Weinberg ist es immer sehr gefährlich. Davon machen sich Städter ja keine Vorstellung.

Auf die Überraschung trinken wir erst mal was. Auch um die letzten Kraftreserven für die Lese zu mobilisieren. Tanja hat auch noch eine Flasche Schilcher Frizzante Rosé vom Raimund dabei. »Steckt immer in der Handtasche«, erklärt sie stolz.

Ich vermute, da ist auch immer ein Backhendl drin, falls der kleine Hunger kommt. Sowie ein Düsenflugzeug, falls es in den Urlaub gehen soll.

»Tatjana, ich liebe dich!«, grölt Hubi.

»Ach Hubi, du bist so süß. Deshalb darfst mich nennen, wie du willst«, antwortet Tanja und stößt mit ihm an.

Einige Stunden später haben wir es dann tatsächlich geschafft, den ganzen Weinberg abzuernten – und das, obwohl die drei Leichen wirklich blöd im Weg lagen. Bei Sonnenanbruch verladen wir alles auf den Anhänger meines alten Traktors.

Plötzlich sind da überall Blaulicht und Sirenen, und die Polizei steht um uns herum. Wir müssen die Hände hochheben.

»Boah, voll wie im Krimi!«, sagt Eule mit der Heckenschere in der Hand.

»Was soll das alles?«, ruft Hänschen vom Traktor aus. »Ehrbare Leute beim Saufen stören! Und bei der Arbeit natürlich auch.«

»Sie haben einen fremden Weinberg illegal abgeerntet!«, antwortet einer von den Polizeihansln.

»Wer behauptet das?«, grölt Hubi.

Jetzt sehe ich hinter ihnen den Raimund stehen. Er tritt mit stolzgeschwellter Brust vor. »Mit dieser Sauerei kommt ihr nicht durch! Ich hab im Gasthaus alles über euren Plan gehört. Meine drei besten Mitarbeiter sind euch deshalb auch als Horrorclowns verkleidet gefolgt und können alles bezeugen.« Raimund blickt sich um. »Wo stecken die überhaupt?«

»Die haben sich hingelegt«, antwortet Tanja gut gelaunt. »Zwei haben leider den Kopf verloren!«

Ich bin mit einem Mal gar nicht mehr so gut gelaunt. Es ist, als würde ich durch das Blaulicht aus einem schönen Traum erwachen. Sie haben uns erwischt. Auf frischer Tat. Raimund wird die Ernte an sich nehmen, die ich für ihn eingefahren habe. Doppelter Mist. Und verklagen wird er mich trotzdem. Dreifacher Mist.

Raimund weiß das alles und grinst über das ganze Gesicht. »Festnehmen, das ganze Pack!«

Aber Eule hebt die Arme. Soweit er das noch kann, der Alkohol hat nämlich die Erdanziehungskraft tüchtig verstärkt. »Moment! Genau hinschauen!« Er zeigt den Lamberg hinauf. »Auf welchem Weinberg haben wir gelesen?«

Ich schaue hinauf, langsam wird der Schleier vor meinen Augen weggezogen. Ganz oben liegt Raimunds Parzelle – und bis auf ein paar Trauben hängt sie voll. Darunter liegt meine. Und die ist komplett abgeerntet. Etliche leere Flaschen funkeln darin in der Morgensonne. Richtig idyllisch. Ich dreh mich zu Raimund um. »Wem gehört der Weingarten?«

Raimund sagt nichts. Deshalb fahre ich fort. »Mir! Wir haben heute …« Verdammt, was haben wir denn am Weinberg gemacht? Um die Uhrzeit liest man sonst nur Eiswein. Aber so kalt war's nun auch wieder nicht. Ich brauch dringend eine gute Ausrede. Ich blicke Hilfe suchend zum Himmel, wo eben noch ganz friedlich die Sterne funkelten. Das isses! »Wir haben Sternenwein gelesen. Ganz was Feines. Da schaust, gell?«

Jetzt baut sich ein Polizist vor Raimund auf. Ein schönes Schauspiel. »Sie haben uns also mitten in der Nacht herausgerufen, weil Herr Püschl seinen eigenen Weinberg abgeerntet hat? Eines kann ich Ihnen versichern: Das wird ein Nachspiel haben! Und nicht zu knapp, mein lieber Herr Strohmayer!«

*

Das Ganze ist nun schon eine Weile her und mein »Sternenwein« ein Riesenerfolg. Den machen wir jetzt jedes Jahr. An Halloween. Im Kostüm. Eine Riesengaudi. Der Raimund musste Strafe zahlen für seine falsche Beschuldigung, und die drei Toten im Weinberg wurden allesamt als Unfälle deklariert. Das hat mich ein paar Abendessen beim Kirchenwirt gekostet und die eine oder andere Flasche Wein, aber zum Schluss fanden alle, dass es so seine Richtigkeit hat. Gut, die drei Leute vom Raimund sind tot. Aber ein bisschen Schwund ist halt immer. Und ganz ehrlich, mal so unter uns, wer sich so ein saublödes Kostüm wie Horrorclown ausdenkt, hat's nicht besser verdient.

Ich geh nächstes Halloween als Raimund Strohmayer. Mehr Horror geht nämlich nicht.

ERINNERUNGEN AN GRAZ

REINHARD KLEINDL

»Ich bin so aufgeregt«, sagte der Kleine. »Ich halt es fast nicht mehr aus.«

»Beruhig dich«, sagte der Große. »Es ist ganz leicht, du wirst sehen.«

»Das Warten, es macht mich fertig.«

»Es dauert nicht mehr lang. Sie müssen bald da sein.«

Der Große setzte sich auf seiner Pritsche zurecht, die ein metallisches Quietschen von sich gab. Ihre Taschenlampe hatten sie schon vor Stunden ausgeschaltet, um Batterien zu sparen. Inzwischen hatten sich ihre Augen an die Dunkelheit im Zelt gewöhnt. Die meiste Zeit war es völlig still, wenn nicht gerade einer von ihnen seufzte.

»Erzähl mir was. Was Schönes. Erzähl mir von da, wo du herkommst«, sagte der Kleine.

Der Große verengte die Augen zu Schlitzen. »Ich will nicht davon reden«, sagte er.

»Es war schön dort, nicht wahr? Ich hab Bilder gesehen.«

»So schön war es nicht.«

»Grüne Bäume und Häuser mit roten Dächern. Wie waren die Mädchen dort? Waren sie hübsch?«

Der Große blickte starr geradeaus. Kurz dachte der Kleine, der Große würde seine Bitte einfach ignorieren, doch dann erkannte er, dass dieser vor seinem inneren Auge Bilder der Vergangenheit sah.

»Ich habe im Laden meines Vaters gearbeitet. Wir verkauften Gemüse. Wir hatten wenige Kunden, es war ziemlich langweilig.«

»Wie waren die Menschen? Waren sie nett?«

»Sie haben mich ignoriert, das war gut. Sie lebten ihr Leben, ich lebte meines. Wir wohnten in einem Stadtteil, der Gries hieß. Dort gab es hauptsächlich Türken, wir waren in der Minderheit. Aber sie ließen uns in Ruhe. Es gab einen kleinen Berg mitten in der Stadt, dort konnte man raufgehen und über die Dächer schauen. Dort gab es Kaffeehäuser und Wiesen, in denen man picknicken konnte.«

»Schön«, sagte der Kleine, dessen Augen glänzten. »Hattest du viele Freunde?«

»Auf der anderen Straßenseite war ein Verein, dort war ich gern. Es gab da einen alten Mann, der von unserer Heimat erzählte. Von großen Schlachten, Ländern so riesig, dass ein Mann sie in seinem Leben nicht ganz durchqueren konnte.«

Der Kleine wirkte enttäuscht. »Die kenne ich doch alle. Erzähl mir mehr von Graz!«

»Graz. Das ist nur eine kleine Stadt in einem Land, das nicht weiß, wie gut es ihm geht. Die Leute leben in guten Wohnungen, tragen Pelzmäntel, goldene Uhren und gehen mit keifenden Pudeln durch die Stadt. Sie schimpften trotzdem über alles und jeden, besonders über Leute wie uns.«

»Das habe ich nicht gehört. Ich dachte, sie haben dich ignoriert? Und gab es da nicht welche, die freundlich waren?«

»Ein paar gibt es immer.«

Der Kleine schnaubte verächtlich. »Du schimpfst doch auch die ganze Zeit.«

»Es war nicht schön dort, und ich will auch nichts darüber erzählen, klar?«

»Schau dir an, wie ich aufgewachsen bin«, sagte der Kleine. »Mein Vater hat Ziegen gehabt. Davon haben wir gelebt. Dann war Krieg, und wir mussten gehen. Wir sind in die Stadt gekommen, mein Vater suchte Arbeit und fand keine. Dein Vater hatte ein Gemüsegeschäft.«

»Auch mein Vater ist vor dem Krieg geflohen!«, ereiferte sich der Große.

»Ja, und er fand Arbeit!«

Dann sagten sie nichts mehr.

»Erzähl mir von Yasmin«, sagte der Kleine. »So hieß sie doch.«

»Nein.«

»Sie war freundlich. Nicht wahr?«

»Ja, sie schon.«

»Du hast sie geliebt, oder?«

Der Große antwortete nicht.

»Wie hast du sie kennengelernt?«

»Sie war Kellnerin in einem kleinen Theater. ›Theater am Lend‹ hieß das. Eigentlich hab ich sie auf der Straße gesehen. Ich hab sie zuerst nur beobachtet.«

»Sie war schön, oder?«

»Du hast keine Vorstellung. Ich habe mich hinter einer Hausmauer versteckt. Sie stand auf der Straße und rauchte. Ich hatte eigentlich einen Weg für meinen Vater zu erledigen, doch ich blieb hinter der Mauer, um sie nicht zu stören. Dann ist sie durch eine Tür verschwunden. Ich hatte Herzklopfen, solche Angst hatte ich, aber ich bin ihr hinterher. Ich dachte, wenn ich ihr jetzt nicht nachgehe, sehe ich sie vielleicht nie wieder. Sie stand hinter der Bar, hob schwere Kisten. Als sie mich sah, erklärte sie mir, dass sie geschlossen hätten. Die Vorstellung sei erst am Abend. Ich fragte, ob sie Hilfe mit der Kiste brauchte. Zuerst dachte ich, sie würde mich rauswerfen, doch dann ließ sie mich helfen. Dann fragte sie mich, was ich trinken wolle. Ich hatte überhaupt kein Geld eingesteckt und bat sie um Wasser. Sie schenkte mir ein Glas ein. So stand ich da an der Bar mit einem Glas Wasser. Die Sache war mir total unangenehm. Da lächelte sie mich an. Von da an kam ich regelmäßig, um ihr zu helfen. Irgendwann begannen wir uns zu unterhalten. Sie fragte mich, woher ich stammte.«

»Das interessierte sie?«

»Total. Von da an half ich ihr immer wieder im Theater. Ich lernte die Leute dort kennen.«

»Freundliche Leute?«

»Ja, freundlich«, gab der Große zu. »Sie tranken und feierten viel.«

»Auch Yasmin?«

»Manchmal musste ich sie nach Hause tragen. Aber meistens trafen wir uns tagsüber. Wir spazierten durch die Stadt. Da gab es einen großen Park am Rand einer ehemaligen Befestigungsanlage mit einem Kaffeehaus in der Mitte. Dort trafen sich Leute, die ziemlich eingebildet waren. Yasmin hatte dort viele Freunde. Wir sind manchmal von Tisch zu Tisch gegangen und haben alle begrüßt. Sie war sehr offen, wollte immer mit allen reden. Mir war es recht, ich stand dabei und beobachtete hauptsächlich. Wenn doch jemand mit mir reden wollte, erzählte ich meine Geschichte, wo meine Eltern herkamen und so.«

»Das interessierte sie?«

»Die im Park schon.«

»Habt ihr … ich meine … du weißt schon!«

Der Große sandte ihm einen abschätzigen Blick. »Eines Abends saßen wir auf dem kleinen Berg. Die Sonne war gerade untergegangen, und die Sterne tauchten auf. Überall waren junge Leute, die auf Decken in der Wiese lagen. Sie hatte nichts getrunken an diesem Abend. Wir saßen da, ohne zu sprechen. Ich fühlte mich einfach nur wohl. Sie legte ihren Kopf auf meine Schulter. Dann haben wir uns geküsst.«

»Und weiter?«, lechzte der Kleine.

»Was weiter?«

»Was habt ihr dann gemacht?«

»Ich erzähl dir sicher nicht, was wir dann gemacht haben!«

Der Kleine war enttäuscht.

Der Große stand auf, schlug die Plane des Zelts beiseite und trat ins Freie hinaus. Es war dunkel, bis zur Morgenröte würde es noch eine Weile dauern. In der Ferne brummte ein Stromaggregat. Eine Reihe von Fahrzeugen war nur anhand ihrer Silhouetten zu erkennen. Über ihm prangte der Sternenhimmel in einer Klarheit, wie er ihn sich als Kind nie erträumt hatte. Abermilliarden Sonnen schienen auf ihn herab. In jener Stadt mit ihrer staubigen Luft hatte es so einen Sternenhimmel nie gegeben. Er musste die Tränen zurückhalten. Deshalb war er hinausgegangen. Er wollte nicht, dass der Kleine ihn weinen sah. Es gelang ihm nicht ganz, zwei Tropfen rannen seine Wangen hinunter. Der trockene Wind ließ sie verdunsten. Dann ging er wieder hinein.

»Sind sie schon da?«, fragte der Kleine.

»Nein, wir müssen noch warten. Vor Sonnenaufgang werden sie nicht kommen.«

»Ich halt das nicht aus.«

»Reiß dich zusammen.« Der Große setzte sich wieder hin. Er hoffte, dass man ihm die Tränen von vorhin nicht anmerkte.

»Wärst du geblieben?«, fragte der Kleine. »Wenn sie noch leben würde?«

»Ich weiß es nicht«, sagte der Große.

»Bereust du, dass du nicht geblieben bist?«

»Keine Sekunde«, sagte der Große. »Es war richtig so.«

»Ich wäre geblieben«, sagte der Kleine.

»Sei still«, sagte der Große.

»Es waren doch alle freundlich, mit denen du gesprochen hast.«

»Das stimmt nicht. Einmal ging ich mit einem Freund vom Verein durch Gries. Dort gab es eine christliche Kirche, die ganz und gar mit Sprüchen und Wörtern bemalt war. Ich unterhielt mich mit meinem Freund. Wir waren beide froh, einmal nicht deutsch zu sprechen, sondern die Sprache unserer Eltern. Uns kam ein junger Mann entgegen. Ich sah schon von Weitem, dass er uns anstarrte. Zuerst wollte ich ihn ignorieren, doch dann hielt ich seinem Blick stand. Er wich in die Mitte der Straße aus und begann plötzlich zu sprechen. Er nannte uns »Flüchtlinge« und meinte, dass wir verschwinden sollten, dass wir nicht hierher gehörten. Mir gab das zu denken, ich war ja da aufgewachsen. Andererseits hatte ich das Gefühl, dass er auch recht hatte. Vielleicht gehörte ich wirklich nicht hierher. Ich fühlte mich schon die ganze Zeit fremd hier, als würde ich in einer anderen Stadt leben als die Einheimischen, als könnte ich ihre Stadt nicht betreten. Du musst wissen, es gibt dort Leute, die glauben, man kann besser leben, wenn alle die gleiche Herkunft und Hautfarbe haben. Sie kapseln sich ab. Viele von ihnen sind dumm, aber nicht alle. Jedenfalls wurden die Leute, die sich abkapseln wollten, immer mehr. Da dachte ich zum ersten Mal darüber nach wegzugehen.«

»Stimmt es, sie haben dich verdächtigt?«

Da wurde die Miene des Großen hart. »Wen denn sonst? Ich war es, mit dem sie die meiste Zeit verbracht hat.«

»Das hat doch nichts zu bedeuten. Du hast sie geliebt.«

»Ich war der Fremde, der Außenseiter. Natürlich war ich der Verdächtige. Da war so ein Polizist mit einem Bart und einer sehr ruhigen Art. Der war zuerst ganz freundlich. Dann erst habe ich verstanden, wer er wirklich ist.«

»Wie ist es passiert?«

»Begonnen hat es ein paar Tage vorher. An diesem Abend waren wir in einem Club. Sie tanzte wie wild, als müsste sie sich abreagieren. Manchmal machte sie das. Ich zog mich zurück und ließ sie, mir war es zu viel.«

»Hat sie getrunken?«

»Das nicht. Andere Sachen. Da waren vier Jungs, die haben ihr etwas gegeben. Die kamen immer wieder zu ihr und wollten mit ihr reden, doch sie hat sie zurückgestoßen und einfach weitergetanzt. Ich habe gehofft, dass sie müde wird. Da bin ich selbst eingenickt, obwohl die Musik donnerte. Dann war sie auf einmal weg. Ich bin überall herumgelaufen, hab sie gesucht. Es war dunkel, alles hat geblitzt, ich habe fast nichts gesehen. Ich war überall, sogar auf dem Damenklo. Dann hab ich sie plötzlich entdeckt. Es gab eine Treppe in den ersten Stock, dort war ein Sofa.

Die Jungs waren bei ihr, zwei hatten sich auf sie geworfen, es sah aus, als wollten sie ihr etwas antun. Ich bin zu ihnen und hab gesagt, sie sollen sie in Ruhe lassen. Zuerst haben sie mich gar nicht wahrgenommen. Dann ist einer zu mir gekommen, hat mich mit der Brust weggedrängt. Was ich überhaupt will. Sie hat mich gar nicht gesehen, sie war mit den anderen drei beschäftigt. Da hab ich erst begriffen, dass es nur ein Spiel war, sie balgten herum. Sie lachte, es machte ihr Spaß. Ich wusste nicht, was sie ihr alles gegeben hatten. Als mich der Typ nicht zu ihr lassen wollte, verpasste ich ihm mit dem Ellbogen einen Stoß in den Brustkorb. Plötzlich waren die anderen drei da und schlugen auf mich ein. Sie fragten mich, was ich überhaupt da wolle. Nannten mich Yusuf, Osama, Omar. Ob ich ein Terrorist sei. Yasmin versuchte, sie zurückzuhalten, doch sie waren ganz wild. Erst als drei Türsteher kamen und uns auseinanderrissen, beruhigten sie sich. Wir wurden alle hinausgeworfen und sahen uns im Licht der Straßenlaternen an. Ich ging zu Yasmin und nahm sie am Arm, komm, gehen wir. Doch sie ging nicht mit mir. Sie erklärte, dass sie noch bleiben wolle. Die Jungs hatten gemeint, sie wollten noch woanders hingehen. In dieser Nacht schlief ich nicht. Morgens versuchte ich, sie am Handy zu erreichen, doch sie hatte es nicht eingeschaltet. Also ging ich zu ihr nach Hause und läutete an, doch niemand machte mir auf. Ich versuchte es beim Theater am Lend, dort fand ich sie. Sie hatte tiefe Ringe unter den Augen und räumte Gläser ein. Als sie mich sah, wandte sie sich ab. Sie konnte mir nicht in die Augen sehen. Sie sagte, dass es ihr leidtue. Ich fragte sie, was los gewesen war. Da meinte sie, dass sie nachdenken müsse. Ich solle mich nicht bei ihr melden.«

Der Kleine wusste nicht, was er sagen sollte. Die Stille war erdrückend.

»Als ich sie so sah, mit ihrem mitleidigen Blick, wusste ich sofort, dass einer von den Jungs bei ihr gewesen war in der Nacht. Ich hoffte, dass es nur einer war.«

»Wie ist sie gestorben?«, fragte der Kleine.

»Sie lag hinter der Bar. Ihr Schädel war zertrümmert, überall war Blut.«

»Du hast sie gefunden? Hat dich die Polizei befragt?«

»Ja, der mit dem Bart. Ich hab ihm gesagt, was passiert ist. Die Sache im Club. Dass sie mich beschimpft und erniedrigt haben, dass sie mir Yasmin ausspannen wollten, dass sie aber in Wirklichkeit nur mich wollte. Deshalb hatte einer sie umgebracht, das war doch ganz klar. Ich habe ihm erklärt, dass diese Jungs von Hass getrieben waren. Dass es solche waren, die überall diese Kommentare schreiben.«

»Und er hat nicht auf dich gehört?«

»Er hat alles aufgeschrieben und angefangen, mir Fragen zu stellen. Wo ich wann war, ob ich böse auf die vier war, auf Yasmin. Ob es mir manchmal schwerfällt, meine Aggressionen zu kontrollieren. Da wusste ich, dass ich wegmusste.«

»Wie hast du das gemacht?«

»Der alte Mann vom Verein hat mir geholfen. Er wollte mich schon lange überreden wegzugehen. Er hat gesagt, dass wir woanders gebraucht werden. Dass es da eine neue Bewegung gibt, der die Zukunft gehört, die für ein besseres Leben kämpft. Ich hab viel darüber nachgedacht. Ein neues Leben, eine Zukunft, für die man kämpfen kann. Es hat mich nicht mehr losgelassen. Was hielt mich denn hier? Wäre Yasmin nicht gewesen, wäre ich schon früher gegangen. Ich wollte etwas tun, woran ich glauben kann. Etwas Aufregendes, etwas, dessen Ausgang nicht klar ist. Ich wollte Teil von etwas Größerem sein, etwas Bedeutungsvollem. Auch wenn ich nicht alles genau verstand. Ich wusste, dass es gefährlich sein würde, dass ich dort sterben konnte, aber das war mir egal. Es war zumindest ein Leben. Der alte Mann hat mir auf die Schulter geklopft und gemeint, dass er mich versteht. Dass ich sagen solle, wenn ich bereit sei. Als ich zu ihm gekommen bin, hat er mir neue Papiere gegeben. Sie waren schon vorbereitet, er wusste, dass ich kommen würde. Ich bin über die Grenze nach Slowenien, von da weiter in den Osten. Dann bin ich mit einem Flugzeug nach Istanbul. Dort habe ich Freunde unseres Vereins getroffen, die mich mit dem Auto weitergefahren haben.«

»Und wer war jetzt der Täter?«

»Wer schon? Einer der vier.«

»Welcher?«

»Sie haben es nie herausgefunden, soweit ich weiß.«

»Denkst du nie darüber nach, was passiert wäre, wenn du geblieben wärst?«

»Nein. Wir sind jetzt hier, und das ist gut so.«

»Wärst du geblieben, wenn Yasmin noch gelebt hätte?«

»Nein, irgendwann wär ich weggegangen.«

»Und wenn sie dich nicht abgewiesen hätte?«

Der Große sog Luft ein und ließ sie ganz langsam entweichen. »Nein. Dann wäre ich geblieben. Ich hätte sie irgendwann geheiratet, ein Kind mit ihr bekommen, ich wäre zur Arbeit gegangen, um es zu ernähren.«

»Ich kann mir das nicht vorstellen. Heiraten, ein Kind bekommen.«

»Du wirst auch einmal heiraten«, sagte der Große sanft. »Warum zweifelst du daran?«

»Ich meine, so ganz normal wie die Leute in Graz. Ganz friedlich.«

»Es wird genauso sein, wenn das hier vorbei ist.«

Der Kleine zögerte, die Frage auszusprechen. »Glaubst du, das hier wird irgendwann vorbei sein?«

»Sag das nicht so laut«, zischte der Große. »Wenn dich jemand hört! Natürlich wird es vorbei sein. Wir werden siegen. Und dann können wir auch nach Graz gehen, wenn du willst.«

»Aber Graz …«

»… wird dann auch uns gehören. Wenn wir erst hier fertig sind, kann es sehr schnell gehen.«

»Ich weiß, das sagen sie uns immer wieder. Aber glaubst du, es stimmt? Glaubst du, wir werden siegen?«

»Natürlich. Wir sind stärker als die.«

»Ich kann mir das gar nicht richtig vorstellen. Dass Graz uns gehört.«

»Du wirst schon sehen. So viele stehen hinter uns, und es werden immer mehr. Die Leute haben diese Lebensweise satt. Sie suchen etwas Neues, Ordnung. Etwas, woran sie glauben können. Das sind wir.«

»Glaubst du wirklich? Die wollen doch auch nur leben und glücklich sein. Ist es nicht das, was wir wollen? Eigentlich?«

»Pass auf, dass dich niemand hört! Wir sind nicht wie diese Leute. Wir sind jung, wir gehen in die Welt hinaus. Sie sperren sich selbst ein, ziehen sich aufs Land zurück und stellen Zäune auf. Alles, was außerhalb der Zäune passiert, interessiert sie nicht mehr. Sie haben Angst vor der Zukunft und lehnen sie ab. Weil sie nicht mehr wissen, wofür sie leben. Sie haben nicht nur Angst vor uns, sondern vor allem, was die Welt verändert.«

»Hättest du nicht glücklich werden können mit Yasmin?«

»In Wirklichkeit wäre es ein falsches Leben gewesen. Das Leben eines Ungläubigen.«

Sie hörten ein Geräusch. Motorenlärm näherte sich.

»Das sind sie», sagte der Große. »Komm, wir können uns vorbereiten.«

Doch auf einmal hatte der Kleine gar keine so große Eile. »Du warst es, oder?«, fragte der Kleine. »Du hast es getan.«

»Wie kommst du denn darauf?«

»Du hättest bleiben können. Wenn du unschuldig warst.«

Das Gesicht des Großen wurde hart. »Es musste getan werden. Ich habe lange mit dem alten Mann vom Verein darüber geredet. Er hörte mir eigentlich nur zu. Ich habe darüber gesprochen, dass ich nie das Gefühl hatte, hierher zu gehören. Dass sie mich nie wirklich akzeptieren würde. Wenn die vier Jungs weg wären, würden neue kommen. Das wusste ich. Ich wusste aber auch, dass ich nie von ihr loskommen würde. Sie war die Eine, es gab keine außer ihr. Ich wusste, es würde nie wieder eine andere geben. Du willst wissen, ob ich sie erschlagen habe? Ja. Ich hab ihr in die Augen gesehen, und dann hab ich zugeschlagen. Sie hat sofort gesehen, was ich vorhabe, aber sie hatte überhaupt keine Angst. Mit Bedauern hat sie mich angesehen, so distanziert wie nie zuvor. Da verstand ich, dass nie etwas zwischen uns gewesen war, dass ich mir alles nur eingebildet habe. Ich habe sie nie wirklich besessen. Das machte mich so wütend, dass alles wie von selbst passierte. Ich habe ausgeholt, und sie ist zu Boden gegangen. Ich habe noch zweimal zugeschlagen, um sicherzugehen. Zwei Tage lang bin ich nicht aus dem Haus gegangen. Ich habe geweint wie ein Kind. Aber dann fühlte ich mich endlich frei. Und da wusste ich, dass es richtig gewesen war. Ich musste mich befreien. Für die gemeinsame Sache. Damit ich endlich gehen konnte.«

»Ich wäre geblieben an deiner Stelle«, sagte der Kleine mit brüchiger Stimme.

»Es ist besser so«, sagte der Große. »Du weißt das. Jetzt sind wir Könige, wir können viele Frauen haben. Dort waren wir niemand, nur Verlierer.«

»Die Frauen hier tun mir leid. Ich will sie nicht.«

»Dafür gehst du aber oft zu ihnen.«

Der Kleine antwortete nicht.

»Sie war nur eine von denen«, fuhr der Große fort. »Sie hätte mich meinen Platz im Paradies gekostet. Komm, es ist Zeit. Sie warten auf uns.«

Der Kleine zog das Messer aus der Scheide. Er prüfte die Klinge mit dem Daumen und zuckte zusammen. Die Klinge war so scharf, dass sie mühelos seine Haut ritzte.

Der Große hängte sich seine Kalaschnikow um und verließ das Zelt. Draußen graute inzwischen der Morgen. Der Himmel über dem Horizont hatte sich kirschrot verfärbt. Die Sterne verschwanden nach und nach, nur noch die hellsten waren zu sehen. Von einem Lkw sprangen Männer herab, die in ein warmes Licht getaucht wurden und lange Schatten warfen. Der Große ging auf sie zu, während der Anführer ihnen entgegenkam. Er sah, wie die anderen Männer zwei Gefangene vom Lkw hoben. Das waren die beiden, mit denen sie das Video machen wollten. Es waren

Soldaten aus einer Stadt wie Graz. Der Anführer begrüßte ihn, und sie besprachen, wie sie es machen wollten. Zu ihnen kam ein Mann mit einer Kamera, der ihnen erklärte, wo sie das beste Licht hätten. Im Hintergrund sah einer der Gefangenen zu ihm herüber. Kurz trafen sich ihre Blicke.

Du hättest nicht hierherkommen sollen, dachte der Große. Du gehörst nicht hierher. Dafür wirst du nun bezahlen.

Der Kleine trat zu ihm, sie stellten sich vor. Der Große hoffte, dass er niemandem erzählte, worüber sie gesprochen hatten. Er wusste, das konnte gefährlich sein. Sie standen unter ständiger Beobachtung. Wer an der gemeinsamen Sache zweifelte, war eine Gefahr. Das wurde nicht geduldet.

Zweifel waren einfach keine Option. Er musste Yasmin vergessen, all das war jetzt weit weg. Der Kleine verstand das nicht, wie denn auch. Er war schwach. Sie gehörten jetzt hierher, Graz war ein Traum gewesen, nicht real. Dieses Glück war nicht wirklich gewesen, es war eine Illusion gewesen, die sich aufgelöst hatte.

Die Messer hatten sie gestern gemeinsam geschliffen. Das war sehr wichtig, es musste schnell gehen, sonst konnten sie das Video nicht verwenden. Die beiden Soldaten sahen kräftig aus.

Es war bereits die dritte Hinrichtung für den Großen. Die ersten beiden Male hatten gut funktioniert, inzwischen war er nicht mehr so nervös. Man musste nur den Kopf richtig festhalten. Es war fast schon Routine. Irgendwo in seinem Magen war so ein flaues Gefühl, aber es ging im Adrenalin unter. Das Gefühl der Macht.

Sie würden siegen, das stand außer Frage.

Sie mussten siegen.

Und dann würde er Graz wiedersehen.

DER LAUTE TOD DES PEPPO WIMMER

ISABELLA ARCHAN

1

Es beginnt zart und winzig.

Zuerst ist es seine Art, die Seiten in einem Buch umzublättern. Dazu hebt er seinen rechten Zeigefinger, streckt seine Zungenspitze heraus und benetzt den Finger damit, streicht über die obere rechte Ecke der Buchseite und blättert.

Bibi kann nicht mehr wegsehen, bleibt an seiner Art zu blättern hängen, schafft es nicht, ihr eigenes Buch zu Ende zu lesen. Es hat auch mit dem Geräusch zu tun, das seine Fingerkuppe macht, wenn sie über das Papier streicht. Ein fast unhörbares Schaben.

In der Doppelhaushälfte in der Andreas-Hofer-Gasse ist es meistens still, weil Peppo es nicht mag, wenn das Radio oder der Fernseher läuft. Lieber liest er Bücher, alle Genres, und sitzt in seinem Lesesessel im Wohnzimmer. Wenn ihm eine Stelle, ein Absatz oder eine Idee besonders gut gefällt, schmatzt er mit den Lippen. Auch das leise. Aber für Bibi unüberhörbar.

Manchmal, nachmittags, wenn die Sonne schräg ins Wohnzimmer scheint, bildet das Licht über Peppo im Lesesessel einen Kranz.

Bibi kann sich nicht erinnern, wann sie begonnen hat, sich einen Kerl zu wünschen, der Sport mag und beim Fußball mitjohlt mit einem »Puntigamer« in der Hand. Einen Mann, der rülpst und schon mal seine dreckige Unterhose liegen lässt.

Es ist unfassbar, aber wahr.

Ihre Freundinnen, die Cousinen, auch so manche Frau in der Nachbarschaft beneiden sie um den angenehmen, den braven Peppo Wimmer. Der würde nie fremdgehen oder seine Bibi anschreien, der macht, was sie sagt, bügelt gern seine Hemden selbst, die Unterwäsche mit dazu, es ist ihm nicht zu fade, mit Bibi einen Kalligrafiekurs im Schloss Retzhof zu besuchen.

Nur laut mag er nicht.

Peppo ist ein Stiller und mag die Stille.

Wenn Bibi mehr als drei Sätze sagt, dann reibt er sich die Stirn, wenn sie unter der Dusche singt, kommt er hoch, schiebt den Vorhang beiseite und legt seinen Zeigefinger auf seine Lippen, dreht die Augen in Richtung Wand, Richtung Nachbarn hin, als ob die nebenan Bibi singen hören könnten. Bei Musik wird er ärgerlich, die macht er so schnell wieder aus, wie sie den CD-Player anmachen kann. Wenn sie was laut hören will, muss sie das über Kopfhörer tun, aber ohne Bass, das Wummern stört ihn bereits.

Beim seltenen Sex ist es fast unheimlich. Seine leise Art, die sie ganz am Anfang erregt hat, ist zu einem Geisterspiel verkommen. Bibi hat das Gefühl, sie würde von einem stummen Untoten genommen, der ihr beim leisesten Stöhnen seine Hand auf den Mund legt. Einmal ist sie hinterher im Morgenmantel nach draußen, hat sich ins Auto gesetzt und laut geschrien.

Oft verlässt Bibi das Haus ohne Grund. Wenn ein Markttag ist, geht sie mehrfach über den Bauernmarkt oder den Südsteirermarkt, saugt den Markttrubel ein. Oder sie setzt sich stundenlang in eines der Cafés auf dem Hauptplatz, mag es, wenn die Autos vorbeifahren, die Leute herumschreien und der Wirbel groß ist. Sie grüßt jeden und plaudert, was geht, vergisst die Zeit, nur um nicht in die Grabesstille zurück zu müssen.

Es ist ein heißer Sommer, und es ist besonders schlimm.

Seit April ist der Peppo in Frühpension, das heißt, den ganzen Tag zu Hause. Er hat als Hobby Briefmarkensammeln. Dafür braucht er noch mehr Ruhe, als eh schon herrscht, und dafür nimmt er höchstens den Computer, auf der Suche nach neuen Beständen, die er online kauft, stundenlang in Beschlag.

Die Hitze scheint nicht nur den Garten, sondern auch Bibis Herz und Verstand auszutrocknen.

Peppos Art beginnt sie zu quälen, scheint sie in einen stillen Wahnsinn zu treiben.

Den ganzen Tag schleicht er durchs Haus. Wenn sie staubsaugt, flieht er in den Keller. Sein Essen kaut er leise, aber die Bewegung seiner Zähne macht, dass sie aufeinander reiben. Keinen halben Satz redet er bis zum Nachmittag. Es sind seine Hosen, die sie meint, bei jedem seiner Schritte wetzen zu hören, sein Ohrenkratzen in Zeitlupe, das wie Flüstern klingt.

Abends fernsehen darf sie nur mehr mit Kopfhörer, er liest, schaut sie irritiert von seinem Lesesessel aus an, wenn der Tatort läuft und geschossen wird.

Und es ist dieser einzige weiche Schas, den er lässt in dem Moment, wenn er sich zu ihr ins Bett legt, so, als wolle er eine letzte Luftblase ablassen, um Platz zu machen für seine stillen Träume.

Warum verlässt sie ihn nicht?

Warum packt sie nicht die Koffer und geht weg aus der Andreas-Hofer-Gasse, aus Leibnitz, aus der Steiermark, aus Österreich überhaupt?

Bibi hat es versucht. Hat ihre Koffer gepackt und sich im Internet eine Busverbindung zumindest bis nach Graz gesucht. Dort wohnt eine alte Tante von ihr. Bei der hätte sie ein paar Tage unterkommen können. Aber sie hat es nicht gemacht, den Koffer wieder ausgepackt und eine Stunde lang stumm vor sich hin geweint.

Sie will hier nicht weg. Ganz einfach.

Sie mag die Doppelhaushälfte mit der Terrasse, die in einen kleinen Garten führt, eine Thujenhecke drum herum. Sie mag die Stadt, die Menschen, das Land, die Spazierwege, die Sprache, den Wein, einfach alles. Es wäre nicht recht, wenn sie alles verlieren würde und der Peppo sich in der zurückbleibenden absoluten Stille nach ihrem Abgang suhlen könnte. Noch dazu von allen bemitleidet. Denn die anderen mögen ihn ja grad wegen seiner ruhigen Art.

Das ist auch ein Grund, warum sie bleibt. Sie will die Gute sein, kein Gfrast, das seinen braven Ehemann verlassen hat.

Abgesehen davon, dass sie nie was gearbeitet hat und nicht einmal wüsste, was sie tun könnte, außer Sozialhilfe zu beantragen. Peppo war bei der Gemeinde Leibnitz angestellt, verbeamtet, und damit hätte sie nach seinem Tod eine wunderbar angemessene Witwenrente.

Also muss sie es tun.

Das ist ihr klar.

Andere Optionen gibt es nicht.

Wenn sie ehrlich ist, hat sie schon länger aufgehört, über andere Optionen nachzudenken. Sein Tod ist die einzige Lösung, so einfach ist das.

Wenn nur die Tat an sich es auch wäre. Denn, erwischen lassen, nein, das will sie sich natürlich genauso wenig, da wäre sie ja noch viel beschissener dran.

In der Stille der Doppelhaushälfte macht sich Bibi ans Pläneschmieden. Manchmal schmatzt sie dabei auch mit den Lippen, ohne es zu merken.

2

Die Wochen vergingen und aus dem heißen steirischen Sommer wurde ein viel zu warmer Herbst.

Das Gift des Oleanders schien nicht zu wirken.

Sie hatte darüber im Internet gelesen und sich die Sache einfach vorgestellt. Von der großen prächtigen Pflanze auf der Terrasse der Nachbarn hatte sie heimlich am frühen Morgen ein paar Blätter gezupft und getrocknet, dann zerrieben. Das Pulver vorsichtig, einen Hauch davon, unter die Soße auf seinem Teller gerührt. Peppo ging nie zum Arzt, und, wenn es soweit war, würde sie den Hausarzt ihrer Mutter rufen, der Grippe kaum von Scharlach zu unterscheiden wusste. Bibi wettete mit sich, dass er Peppos Abgang als natürlichen Herztod diagnostizieren würde.

Peppo war nach dem ersten Mal schlecht geworden, er hatte Magenkrämpfe gehabt, hatte stumm gelitten, mal grün, mal bleich im Gesicht. Dann hatte er so erbrochen, dass sie dachte, es wäre soweit. Aber am nächsten Tag war er wieder wohlauf gewesen.

Mehr als diese Prise wagte sie nicht, sonst wäre eine Vergiftung zu offensichtlich. Viermal hatte sie den Ablauf wiederholt, immer wieder überlebte er. Beim fünften Mal hatte sich sein Organismus, wie es schien, daran gewöhnt, er hatte sogar ihre Soße zum Fleisch gelobt, die besser geworden wäre in ihrem Geschmack.

Die Sache mit den erotischen Fesselspielen hatte ebenfalls nicht funktioniert.

Als sie ihm endlich die Hände an den Bettpfosten festgebunden hatte, nachdem er sich ewig lang wehrte, und ihn dann unbeholfen bestieg, hatte sie ihm am Ende ihren blauen Seidenschal um seinen Hals geschlungen. Da wäre es möglich gewesen. Aber da hatte ihr diese erotische Novität so gefallen, dass sie in der letzten Sekunde, als sie den Schal nur etwas fester oder länger hätte zuziehen müssen, wieder locker gelassen hatte, vielleicht in der Hoffnung auf einer Wiederholung des Spiels. Sogar Peppo grunzte, ein ungewohnter Laut im Schlafzimmer. Allerdings schämte er sich hinterher, was zur Folge hatte, dass er ganze fünf Tage überhaupt kein Wort mehr redete.

Danach kam der kleine Treppensturz auf den frisch gebohnerten Stufen, bei dem er sich nur den Knöchel verrenkte. Die Bücherkiste, die zufällig vom oberen Regal fiel, wo Bibi sie zufällig abgestellt hatte. Leider waren die Bücher samt Kiste in den leeren Lesesessel gefallen, denn genau in der Minute war Peppo sich gerade ein Wasser in der Küche holen gewesen.

Vom Autounfall auf dem Rückweg vom Dieselkino, als sie sich den neuen Film mit Bruce Willis angesehen hatte, während Peppo einen Spaziergang zum Kloster Leibnitz gemacht hatte, hatte sie sich so viel versprochen.

Einen Auftragskiller, hatte Bibi während des Films noch gedacht, ein Königreich für einen Auftragskiller.

Sie war also mit durchgetretenem Gaspedal kurz vorm Hauptplatz gegen einen Baum gefahren, bei kurzen Strecken schnallte sich Peppo nämlich nie an. In ihren Tagträumen sah sie ihn mit gebrochenem Genick an der Vorderscheibe kleben und sich selbst aufgelöst weinen, weil sie eine so schlechte Autofahrerin war und ihr Mann so ungern abends wegen seiner Nachtblindheit selbst fuhr.

Das Auto hatte einen schweren Schaden, Peppo eine Platzwunde überm linken Auge.

Schließlich der Schwelbrand in der Garage.

Das Auto war in Reparatur. Peppo wollte die Ladung Holzscheite für den Winterkamin drinnen an der Wand stapeln und überhaupt Ordnung schaffen. Weil die Neonleuchte im Inneren schon lange ihren Geist aufgegeben hatte, hatte er das Kipptor halb offen gelassen. Die Sonne schien und gab ihm Licht. Damit das Tor nicht von selbst zuschlug, hatte er eine von Bibis leeren Einmachgläsern seitlich auf Mittelposition eingeklemmt. Er war kein begabter Mann im Umgang mit handwerklichen oder praktischen Sachen.

Er hatte drinnen zu arbeiten begonnen.

Unbemerkt hatten sich die Sonnenstrahlen am Glas gebrochen, eine der alten Decken, die sich neben dem Eingang stapelten, hatte zu glimmen begonnen. Bibi, die gerade nach draußen gekommen war, hatte es gesehen und in dem Moment spontan das Glas weggenommen. Das Kipptor war scheppernd zugefallen. Sie hatte sich mit ihrem ganzen Gewicht dagegen gestemmt. Die Rauchentwicklung hatte tatsächlich mit atemberaubender Geschwindigkeit eingesetzt, und feine graue Fäden waren seitlich und unter ihren Füßen aus der Garage aufgestiegen. Peppo wäre sicher erstickt, es wäre ein perfektes Ende gewesen, als Unfall getarnt.

Wäre, im Konjunktiv lag ihr Scheitern, denn bereits nach wenigen Minuten konnte sie sein Rufen von drinnen nicht mehr ignorieren und machte das Tor wieder auf. In seinen so seltenen lauten Tönen hatte sie ein ebenso seltenes Mitgefühl übermannt, dazu die Angst, dass die Nachbarn ihn hören könnten.

Er hatte schrecklich ausgesehen, seine Haare hatten zu Berge gestanden, und sein Gesicht war hochrot gewesen. Die Feuerwehr kam, sogar ein Notarztwagen, aber Peppo ging es, außer einem länger andauernden Husten, gut, er beschwerte sich hinterher beim Abendessen über die viel zu lauten Sirenen. Für diesen Herbst bestellte er die Montage eines elektrischen Garagentors, diese Möglichkeit war damit für immer vertan.

Bibi musste sich langsam eingestehen, dass sie eine Dilettantin in Sachen Mord war, und als die ersten Spekulatius beim Hofer auslagen, erschien ihr das Fallen der Kastanien wie lautes Bombardement verglichen zu der Stille in ihrer Doppelhaushälfte.

3

Peppo Wimmer starb an einem Dienstagvormittag eines bizarren lauten Todes.

Er war gerade dabei, die Thujenhecke zu kürzen, bevor es erstmals frieren würde, mit der neuen elektrischen Gartenschere, die ihm Bibi geschenkt hatte. Zwar hasste er den Lärm, den sie machte, aber mit der Handschere schaffte er es nicht mehr, und über den Sommer waren die Zweige arg ausgefranst.

Überhaupt wollte er seiner Frau damit zeigen, dass er ihre Bemühungen, wieder etwas Schwung in ihre zugegeben müde Ehe hineinzubringen, durchaus bemerkt hatte.

Er wusste ja, dass er ein seltsamer Kauz war.

Seine Empfindlichkeit gegenüber jeglicher Art von Lärm hatte im letzten Jahr einen Höhepunkt erreicht. Da war er in seiner Dienststelle in der Grazerstraße völlig ausgerastet, als sich zwei jüngere Kollegen über ein Konzert am Vorabend unterhalten hatten und der eine dem anderen Ausschnitte davon auf seinem Smartphone vorgespielt hatte.

Zuerst hatte er zweimal um Ruhe gebeten, was die beiden ignorierten.

Nach seiner dritten Bitte, die wieder nichts gebracht hatte, war Peppo ausgeflippt. Er hatte nicht geschrien, Lärm auf Lärm ging gar nicht, sondern zuerst das Bitte-Ruhe-Schild von seinem Schreibtisch, dann den schweren Briefbeschwerer nach den fassungslosen Kollegen geworfen. Auf halbem Weg von Schreibtisch zu Schreibtisch war gerade der auf den Boden geknallt und hatte ein schmerzhaftes Klirren verursacht, als er zerbrach.

Später hatte sich Peppo entschuldigt und am selben Nachmittag seinen Antrag auf Frühpensionierung eingereicht. Sein Chef, OAR Fleischhacker, hatte ihn ohne eine einzige Nachfrage genehmigt.

Es war Zeit für Peppo gewesen.

Seit seinem Ausscheiden fühlte er sich besser. Die ruhigen Tage in seinem geliebten Lesesessel mit Büchern um ihn herum in der angenehmen Stille seiner Doppelhaushälfte gaben ihm ein Gefühl der Sicherheit.

Bibi war die einzig Leidtragende an der Situation. Sie war ein paar Jährchen jünger als er und wollte vielleicht mehr erleben, als den lieben langen Tag zusammen mit ihm zu schweigen.

Sie kochte besser, das war ihm aufgefallen, ihre Soßen schmeckten würziger, auch, wenn er das eine oder andere Mal die Schärfe darin nicht vertragen hatte. Seither nahm er jeden Tag nach dem Essen Bullrichsalz zu sich, und das schien zu helfen.

Bibis neue Sache beim Sex hatte ihm etwas Angst gemacht, er stand weder auf Anbinden noch auf Spielereien mit Tüchern und Seilen oder so was, am liebsten hätte er sowieso ganz auf die körperliche Vereinigung verzichtet. Er wunderte sich immer noch, dass diese ganze Prozedur überhaupt das eine Mal funktioniert hatte, sicher war es der Überraschungseffekt gewesen.

Peppo zeigte Bibi seine Zuneigung lieber, indem er sie entlastete, wie zum Beispiel, endlich mal die Garage in Ordnung zu bringen. Der kleine Brand und seine Rauchgasvergiftung hatten allerdings diese Pläne zunichtegemacht.

Dann sollte es eben der Schnitt der Hecke sein.

Zuerst lief es besser, als erwartet.

Peppo hatte sich extra Ohrenschützer besorgt. Mit diesen ausgestattet, begann die körperliche Gartenarbeit ihm sogar ein wenig Spaß zu machen. Das Zittern in seinen Armmuskeln, während die Schere lief, fühlte sich wie eine wilde Massage an, und der Schweiß, der sich gleichmäßig über seinen ganzen Körper zu verteilen begann, ließ ihn einen Hauch Männlichkeit spüren.

Hinter sich und seiner kleinen Leiter hatte er den runden Gartentisch an die Hecke geschoben, darauf eine Karaffe mit Limonade abgestellt mit einem Glas daneben.

Nach den ersten 18 Minuten machte er eine erste Pause.

Peppo stieg vorsichtig von der Leiter, schob sich die Ohrenschützer mit seiner linken freien Hand vom Kopf in den Nacken und bewegte sich mit Bedacht und der Schere in der rechten zum Tisch hin. Aber dort angekommen war sein Durst groß und eine ungewohnte Testosteronausschüttung im Gange, und er wollte jetzt schnell eine Limonade trinken, in einem Zug, wie ein Kerl es mit einem Krügel Bier tun würde während schwitziger Arbeit.

Die Schere mit dem Schneidemesser in die Höhe haltend, packte er mit der linken Hand die Karaffe. Nicht nur sein Gesicht und sein Rücken waren verschwitzt, sondern auch seine Finger. Kaum hob er sie an, rutschte sie ihm weg und fiel. Peppo verkrampfte die Muskeln, um die Limonade zu retten.

Unbewusst zogen sich zu genau derselben Zeit auch die Finger seiner rechten Hand zusammen, und sein Daumen drückte auf den Startknopf.

Das Gerät sprang an, und Peppo, von dieser unerwarteten für seine Ohren gewaltigen Lärmattacke zu Tode erschrocken, ließ die Karaffe los und drehte sich dem Ursprung des Krachs zu. Seine Hand drehte ein und in der Mitte dieser beiden aufeinander zulaufenden Bewegungen traf das Schneidemesser auf Peppos Oberkörper.

Er spürte es wie eine harte Umarmung, wie ein Beißen von stählernen Zähnen. Kein Schmerz zuerst, nur das Aufspritzen des Blutes.

Peppos Körper samt Gartenschere drehte weiter, Richtung Terrasse, und seine riesig aufgerissenen Augen sahen Bibi, die eben aus dem Wohnzimmer in den Garten kam.

Er schrie auf, aber seine Stimmbänder schienen wie eingerostet zu sein, aus seiner Kehle kam eher ein Krächzen, das wie der heisere Ruf einer Nebelkrähe klang. Seine Frau hörte ihn dennoch und stürzte auf ihn zu.

Noch hätte alles relativ gut ausgehen können, aber eine weitere unglückselige Verkettung verhinderte das.

Peppo hatte sich eine Kabelverlängerung geholt und auf den Akku verzichtet. Das hieß, die elektrische Gartenschere hing an dem Kabel, und das Kabel lag in Wellen ausgebreitet zwischen der Thujenhecke und der Terrasse auf dem Rasen.

Bibi rannte auf ihn zu, und er bewegte sich in ihre Richtung, bis er über das Kabel stolperte. Sein Körper kippte nach vorne in dem Moment, als Bibi ihn erreichte.

Sein rechter Daumen schien durch den Schock am Startknopf zu kleben, seine rechte Hand schwenkte die laufende röhrende Schere hoch erhoben Richtung seiner Frau. Jetzt wurden auch deren Augen groß, und ihr Selbsterhaltungstrieb übernahm die Führung.

Ihre beiden Arme schossen nach oben, und ihre Finger fassten Peppos Handgelenk, rutschten weiter auf den

Griff des Geräts und zogen zugleich daran, um ihm das Ding aus der Hand zu reißen und in weitem Bogen wegzuschleudern. Peppos und Bibis Daumen wechselten sich allerdings auf dem Startknopf nur ab, was zur Folge hatte, dass die Gartenschere weiterratterte.

Genau in der Sekunde waren der Schock, der Lärm, das viele Blut zu viel für Peppos Herz. Es gab einen gewaltigen Stich in seiner Brust, und Peppo krallte sich am Oberarm seiner Frau fest.

Das wiederum hatte zur Folge, dass ihre erhobenen Arme samt der elektrischen Gartenschere nach unten zwischen sie beide gezogen wurden. Peppo konnte die Katastrophe sehen, konnte in diesem Bruchteil einer Sekunde den Ablauf erahnen, sah sie beide blutend am Rasen liegen.

Heldenhaft riss er Bibis Hände an sich, zog die rotierende breitgezackte Messerklinge erneut über seine Brust – und das war endgültig.

Bibi schrie, die Schere röhrte, das Blut spritzte – und Peppos Brustkorb wurde vollends aufgerissen.

Was Peppo während seiner letzten zwei Atemzüge wirklich bedauerte, war, dass er sich vorhin, bevor die Katastrophe losgegangen war, die Ohrenschützer heruntergezogen hatte und in all diesem Getöse abtreten musste.

Ein klein wenig tat es ihm auch leid, dass seine Frau in all das verwickelt worden war, aber ganz am Ende war sein Blick auf das Lackerl Limonade gerichtet, das nicht ausgeronnen war. Die Karaffe selbst war überraschenderweise ganz geblieben und weich auf dem Rasen gelandet, ganz ohne Lärm.

Immerhin.

4

Hübsch ist die Inspektorin Willa Stark, die am Donnerstag, 16 Tage nach Peppos Tod, bei Bibi zu Hause erschienen ist. Aus Graz kommt sie, von der Kripo dort. Drei Tage, nachdem die Polizei hier in der Stadt die Ermittlungen aufgenommen hatte, haben die sich eingeklinkt. Peppos Leiche ist überführt worden ins Institut für gerichtliche Medizin.

Es ist nicht das erste Mal, dass die Polizei auftaucht seit seinem Tod, und die Fragen, die Bibi gestellt worden sind, waren heftig und intensiv. Froh war sie, dass sie nicht lügen musste, denn unter den strengen Augen der Ermittler wäre sie dahingeschmolzen wie ein Cornetto.

So hat sie sich ein Danach, nach dem Abgang vom Peppo, nicht vorgestellt, niemals.

Der Leichnam ist immer noch nicht freigegeben. Der OAR Fleischhacker, Peppos ehemaliger Chef, hat ihr kondoliert, sich aber seither nicht mehr gemeldet, und ist bei Bibis Versuchen, ihn anzurufen, um mehr über den Stand der Ermittlungen zu erfahren, immer in einer dringenden Konferenz gewesen. Kein gutes Zeichen.

Die Nachbarn reden zwar mit ihr, trauern um den Peppo, aber der eine oder die andere schaut sie bereits so von der Seite an, als hätten sie es immer schon gewusst, dass diese Ehe kein gutes Ende nehmen würde.

Inspektorin Willa Stark ist nicht allein gekommen, sondern mit einem uniformierten Kollegen von hier, den Bibi kennt, den Bertl Schrober, oder besser, den der Peppo gekannt hat noch aus der Schulzeit.

Das erste Mal, dass Bibi die junge Inspektorin getroffen hat, war auf der Polizeiinspektion in der Mariengasse gewesen, da haben Willa Stark und ein grantiger Oberinspektor, dessen Namen sie nicht mehr weiß, Bibis gefühlt zehnte Aussage zu dem genauen Hergang aufgenommen. Schon da hat Bibi gespürt, dass etwas nachkommt, und der Tod ihres Mannes nicht als saublöder Unfall gesehen wird.

Dunkle Locken hat die Inspektorin und ein warmes Braun in den Augen. So jung ist sie. Bibi mag nicht glauben, dass sie von der Mordkommission ist.

Draußen regnet es. Endlich.

Die Natur atmet auf, aber die Leut beschweren sich sofort über das Sauwetter. Der Herr Kirschner, ein frisch Zugezogener aus Kaindorf, hat heute Morgen beim Bäcker in der Schlange gemeint, dass es regnerisch bleiben wird, auch wenn der Wetterbericht was anderes sagt. Keiner hat ihm geantwortet, weil er neu in der Stadt ist.

Sie sitzen zu dritt am Esstisch.

Bibi seufzt, weil eben schon wieder jemand nachfragt, dabei sollte längst alles geklärt sein. Sie hat ihren Mann nicht ermordet, das steht fest, und dass er einen so makabren Abgang gemacht hat, dafür kann sie schließlich nichts.

»Was wollen Sie denn?«

Bibi weint, und es erstaunt sie, dass seit Peppos Dahinscheiden so viele Tränen fließen. Vielleicht liegt es an der Art, wie er in ihren Armen gestorben ist. Das viele Blut, sein heiseres Krächzen haben sie ziemlich aufgeregt. Als der Notarzt und die Polizei eingetroffen sind, hat sie sogar eine Beruhigungsspritze gebraucht.

Auch träumt sie schlecht. Da taucht Peppo auf, steht mit erhobener Gartenschere in der Hand vor ihrem Bett und redet kein Wort. Selbst als Albtraum ist er beängstigend still.

»Das Bestattungsunternehmen Kada hat vorhin wieder angerufen. Wann kann ich meinen Mann endlich in Frieden einäschern lassen?«

Die hübsche Inspektorin schüttelt den Kopf. »Tut uns leid, Frau Wimmer, aber daraus wird noch nichts.« Ihre Stimme klingt dunkel und lässt sie älter wirken. »Wir haben einen Bericht aus der Spurensicherung vorliegen, der Ihre Fingerabdrücke auf dem Griff der Gartenschere bestätigt.«

»Das war doch klar.« Bibi regt sich auf, ihr Herz trommelt gegen den Brustkorb. »Ich hab ihm doch das depperte Teil aus der Hand gerissen. Es wäre nichts passiert, wenn sich mein Mann nicht so blöd angestellt hätte. Auch wenn er gestorben ist, muss ich das sagen. Und ich kann einfach nix dafür. Sakra noch einmal.«

»Ihr Mann hatte einen Herzanfall, zusätzlich zu seiner Brustverletzung.«

»Na, dann bin ich erst recht nicht schuld, Frau Stark.«

»Das ist nicht das Einzige, Frau Wimmer.«

Willa Stark nickt dem Beamten in Uniform zu, der holt unter seiner Jacke einen schmalen Ordner heraus und legt ihn auf den Tisch zwischen ihnen. Er sieht die Bibi dabei nicht an, was sie beunruhigt.

Die Inspektorin klopft mit ihren Fingern darauf. »Bei der Obduktion wurden blasse, aber immer noch deutlich erkennbare Strangulationsmerkmale am Hals Ihres Mannes entdeckt.«

Bibi wird neben dem rasenden Herzen von den Zehen aufwärts siedend heiß.

»Wir haben ein recht eigentümliches Liebesleben geführt, der Peppo und ich. Das geht keinen etwas an.«

»Sowie eine kleine Menge an Glykosid Oleandrin in

seiner Magenschleimhaut. Eine nicht lang zurückliegende Vergiftung.«

»Das war eine Verwechslung. Es ist nur einmal passiert. Da hat er gekocht.«

»Und der Autounfall? Der Treppensturz, nach dem Ihr Mann im Spital behandelt werden musste? Später das Feuer in Ihrer Garage, die Rauchgasvergiftung?«

»Deppert g'rennt, wie man so sagt. Einfach Pech. Solche Zeiten gibt es.«

Die Hitze hat inzwischen Bibis Ohren erreicht, sie scheint sich in einem Fegefeuer aus Erstaunen und Erkennen zu befinden.

Mehr und mehr wird Bibi klar, dass die Herrschaften von der Polizei gekommen sind, um sie mitzunehmen. Sie wird wegen Mordes an Peppo angeklagt werden, eines Verbrechens, das sie nicht begangen hat. Letzten Endes nicht. Letzten Endes ist es tatsächlich ein Unfall gewesen.

»Ich möchte ohne einen Anwalt nix mehr sagen.«

Die Inspektorin nickt. Ihre braunen Locken wippen dazu. Sie scheint viel zu jung zu sein, um überhaupt die Matura hinter sich zu haben.

»Frau Wimmer. Ich verhafte Sie wegen …«

In genau diesem Moment bricht mitten im Regen draußen ein verirrter Sonnenstrahl durch und kommt durch das Wohnzimmerfenster herein. Über dem leeren Lesesessel bleibt er hängen und leuchtet über der Lehne wie ein Kranz aus Licht.

Bibi sagt wirklich kein Wort mehr, sie ist ganz still geworden, und Stille ist jetzt auch in ihrem Herzen. Irgendwo da oben wird der Peppo lachen.

Leise.

CHEFSACHE

CHRISTINE BRAND

Robert Pollack, Reporter bei der »Kleinen Zeitung«, Graz

Die Plätze der anderen sind leer. Alle schon weg. Sitzen zu Hause vor vollen Tellern, klagen über die Arbeit und lassen sich erzählen, was die Kinder den ganzen Tag über getrieben haben. Oder sie verstecken sich hinter dem allabendlichen Schweigen, das sich in ihrem Haus eingenistet hat, weil alle Worte längst verbraucht sind.

Die Leere im Großraumbüro, in dem es tagsüber zugeht wie in einem Ameisenhaufen, beruhigt mich. Das Surren meines Computers unterstreicht die Stille. Da und dort wirft eine vergessene Lampe ihren unnützen Schein auf einen Schreibtisch. Die Nacht draußen färbt die Fenster schwarz, und ich fühle mich geborgen wie in einem Kokon.

Die Redaktion ist mein Zuhause. Nirgendwo sonst habe ich so viele Stunden verbracht. So viele Sätze formuliert. Millionen von Buchstaben sortiert. Bin ich alleine hier, schreibe ich am besten. Klack-klack-klack, meine Finger tanzen wie von selbst über die Tasten.

Der letzte Abschnitt meines letzten Artikels vor meiner Zwangsversetzung. Vor meiner entwürdigenden Degradierung. Die letzten Sätze meines Porträts über einen jungen Mann, der, seit Tagen gefesselt an einen Baum, einen sinnlosen Protest aussitzt. Er will verhindern, dass 8.000 Bäume gefällt werden, die dem neuen Murkraftwerk weichen müssen. Das wird ihm nicht gelingen. Er ist chancenlos, das hab ich ihm gesagt.

»Auch wenn ich nicht gewinnen kann«, hat er geantwortet, »so weiß ich wenigstens, dass ich versucht habe zu gewinnen.«

Fast ein Kind noch. Aber er hat mich berührt. Wo doch sonst der Schreibblock in meinen Händen als Schutzwall dient, damit mir die Themen und die Menschen nicht zu nahe kommen, über die ich berichte. Der Mut des jungen Mannes hat meine Zweifel vertrieben und mich darin bestärkt, es endlich zu tun. Egal, was passiert.

Und auch wenn ich nicht gewinnen sollte – so weiß ich wenigstens, dass ich versucht habe zu gewinnen.

Hermine Platsch, Chefsekretärin bei der »Kleinen Zeitung«

Heute ist der schrecklichste Tag meines Lebens. Wäre ich bloß nicht aufgestanden. Bin ich aber. Leider. Dabei hat sich abgezeichnet, dass dies kein guter Tag werden wird. Aber so etwas? Wer denkt schon an so etwas! So etwas gibt's ja gar nicht.

Hätte ich nur auf die Zeichen gehört. Es begann mit diesen grässlichen Kopfschmerzen nach dem Aufwachen. Doch wer bleibt schon wegen Kopfschmerzen im Bett? Ich hab gleich einmal ein paar Tabletten geschluckt. Krank sein geht ja nicht. Dann kochte die Milch über. Ich verbrannte mir die Finger, als ich den Topf von der Herdplatte stieß. Wenig später, als ich schon draußen vor der Haustür stand, fiel mir ein, dass ich die Unterlagen für die Chefkonferenz oben liegen gelassen hatte, also wieder hoch in den vierten Stock.

Konnte ja keiner ahnen, dass die Konferenz nie stattfinden würde.

Und schließlich dieser Unfall. Ein Lastwagen, quer gestellt und umgekippt mitten im Morgenverkehr auf der Conrad-von-Hötzendorf-Straße. Da gab's kein Durchkommen mehr. Alles und jeder schien sich gegen mich verschworen zu haben – oder eben gerade nicht: Alles und jeder schien mich aufhalten zu wollen, damit ich nie in der Redaktion ankomme. Um mich vor diesem Schock zu bewahren. Ich aber dachte bloß, das ist wieder mal so ein Tag, an dem alles schiefläuft. Dabei wird es der schrecklichste Tag meines Lebens.

Ich kam dann nämlich doch an. Um Viertel nach sieben war ich im Büro. Eine Viertelstunde zu spät. Das passiert mir sonst nie. Ist mir all die Jahre nicht passiert. 17 Jahre und fünf Chefredakteure lang war ich jeden Morgen pünktlich um sieben in der Redaktion. Eine Stunde, bevor der Chef eintrifft.

Trotz der Verspätung war ich die Erste im Haus. Das dachte ich zumindest. Ich hab natürlich nicht angeklopft, als ich das Büro des Chefredakteurs betrat, ich ging davon aus, es sei leer. Die Tür war nicht abgeschlossen, das ist mir aufgefallen, aber es kommt hin und wieder vor, dass der Chef nach mir das Haus verlässt und vergisst, abzuschließen. Ich stoße also die Tür auf – ich hatte es eilig, es galt, Zeit aufzuholen wegen dieses Lastwagens eben – und trete ins Büro, und dann sitzt er da, und – Ehrenwort, ich habe mir im ersten Moment überhaupt nichts dabei gedacht, hab aus dem Augenwinkel heraus gesehen, da sitzt jemand, und wer sollte das anderes sein als der Chefredakteur Kainz, auch wenn das ungewöhnlich ist, so früh am

Morgen, aber vielleicht ist ja wieder was passiert, erneut eine schreckliche Amokfahrt oder gar ein Terrorakt, der frühes Handeln erfordert, damit das Thema in der Zeitung entsprechend kolportiert werden kann, was weiß ich – auf jeden Fall nehm ich wahr, dass der Kainz da sitzt, und ich rufe fröhlich, denn das ist nun mal so meine Art: »Guten Morgen, Herr Chefredakteur, Sie sind aber früh unterwegs, hoffentlich ist nichts Schlimmes passiert!«

Es ist aber etwas Schlimmes passiert. Nur kann mir das der Kainz nicht sagen. Er schweigt. Keine Antwort. Also dreh ich mich um und schau genauer hin. Da seh ich, dass er eingeschlafen ist, den Kopf neben seinen Laptop gebettet. Das macht natürlich Sinn, denke ich, darum ist er schon hier, weil er gar nicht nach Hause gegangen ist. Erst dann seh ich die Lache auf dem Schreibtisch. Zuerst denke ich an ausgeschütteten Kaffee. Oder vielleicht denke ich das auch nicht. Denn ich weiß, ausgeschütteter Kaffee sieht ganz anders aus, aber ich will, dass es ausgeschütteter Kaffee und nichts anderes ist.

Ist es aber. Es ist Blut. Viel Blut. Überall auf dem Tisch. Und in seinem Haar. Verklebte schwarz-graue Strähnen.

Das ist der Moment, in dem ich losschreie.

Kennen Sie das? Ist Ihnen das schon mal passiert? Dass ein Schrei Ihrer Kehle entweicht, der sich anhört, als stamme er nicht von Ihnen selbst, sondern vielmehr von einem Tier? Und dass der Schrei kein Ende nehmen will, weil dann, wenn der Schrei endet, das Schreckliche, das man nicht wahrhaben will, Wirklichkeit wird? Genau so habe ich geschrien. Aber irgendwann kam nichts mehr. Also verließ ich das Zimmer. Schloss die Tür hinter mir, begab mich an meinen Arbeitsplatz, setzte mich hin. Und sitze hier noch immer.

Ich will den Computer starten, mit der Arbeit beginnen, das tun, was ich immer tue, so tun, als ob nichts wäre, um mich selbst zu überzeugen, dass nichts passiert ist, dass ich mir das alles nur eingebildet habe, ein übler Traum, mehr nicht. Gleichzeitig weiß ich, dass ich die Polizei anrufen sollte, das ist es, was ich jetzt tun muss. Doch mein Arm, der zum Telefonhörer greift, wiegt eine Tonne. Drei Ziffern nur, eins-drei-drei. Mein Körper fühlt sich an wie festgenagelt. Ich fühle mich unfähig, die Tasten zu drücken, und schaffe es dann doch.

»Das ist der schrecklichste Tag meines Lebens«, sage ich zu der Stimme im Telefon.

Karl Doblinger, Bezirksinspektor, Polizeiinspektion Jakomini, Graz

Mord an einem Journalisten: gar nicht gut. Tatort Redaktion: ganz schlecht. 7.27 Uhr kam die Meldung rein, noch bevor ich mir Kaffee holen konnte: auch nicht gerade stimmungsfördernd. Der Chefredakteur der »Kleinen Zeitung« sitze tot in seinem Büro. Mutmaßlich erschossen.

Mehr weiß ich nicht, als wir mit Blaulicht die 200 Meter zum Gadollaplatz hinüberrasen. Aber das Wenige genügt, die Sache scheint klar: Dieser Fall wird kompliziert werden. Weil jeder Journalist dieser Redaktion seine Nase in unsere Angelegenheiten stecken wird, besessen von der Wahnvorstellung, dass er den Fall auch gleich selbst lösen könne. Und weil in der Redaktion der »Kleinen Zeitung« eine geheime Information keine drei Sekunden lang eine geheime Information bleibt. Die Schreiberlinge werden dem Täter in ihrem Blatt brühwarm verraten, was wir gerade tun, um ihn zu erwischen – sodass er garantiert nicht zu fassen sein wird. Und wer druckt dann in fetten Lettern: »Skandal! Die Grazer Polizei versagt«? Jene Schreiberlinge, die es uns verunmöglicht haben, den Fall zu lösen! Scheiße, denke ich. »Scheiße«, sage ich laut. »Scheißfall.«

Fünf Minuten nach dem Alarm sind wir vor Ort, ein neuer Rekord. Wird mir aber keiner danken. Ein Mann vom Empfang führt uns ins Großraumbüro der Redaktion. Er will wissen, was los ist. Die Nachricht hat also noch nicht die Runde gemacht. Wir halten uns bedeckt. Schön haben die's hier, denk ich, alles so modern. Dagegen wirken unsere Büros wie die Kulisse eines Films, der in den 80ern spielt. Die Redaktion ist menschenleer. Ein Glück, dass alle Journalisten Langschläfer sind.

»Dort ist Kainz' Büro«, sagt der Mann vom Empfang, der aussieht, als könnte auch er einen Kaffee vertragen. »Das Büro des Chefredakteurs.«

Die Tür ist geschlossen. Im Vorraum sitzt eine Dame, Mitte 40, glattes blond gefärbtes Haar. Sie starrt mit leeren Augen in den Bildschirm. Der ist schwarz, aber das scheint sie nicht wahrzunehmen. Ich muss mich zweimal räuspern, bis sie merkt, dass wir hier sind.

»Doblinger«, sage ich, »Sie haben einen Todesfall gemeldet?«

Sie schweigt. Unter anderen Umständen würde ich mit der gerne ein paar Bier trinken gehen, denke ich, da deutet sie mit dem Kinn Richtung Tür.

»Ist er da drin?«

Ein Nicken. Wenn sie immer so gesprächig ist, könnte das eine stille Bierrunde werden.

Neben der Tür ist ein Namensschild angebracht: *Kleine Zeitung Bernhard Kainz*. Als ich die Klinke runterdrücke, hör ich hinter mir ein Stöhnen. Die Frau fängt an zu schluchzen, es klingt, als ginge sie in den nächsten 30 Sekunden an einer schweren Verletzung zugrunde, die ich übersehen habe. Ich halte inne, blicke meinen Kollegen an, der zuckt mit den Schultern. Keine Hilfe. Scheißfall, denke ich schon wieder. Ich hasse das, ich bin nicht gut in solchen Dingen. Trotzdem geh ich hin und klopfe ihr zweimal auf die Schulter, was die Sache nicht besser macht, sie schnieft und jammert nur noch lauter. Sie hat mit ihm eine Affäre gehabt, denke ich und stelle mir vor, wie er sie auf dem Schreibtisch nimmt, sie den kurzen Rock hochgeschoben, er die Hose in den Kniekehlen, während seine Frau zu Hause glaubt, dass er Überstunden schiebt. Ich stoße den Gedanken weg und die Tür zu seinem Büro auf, bin auf einiges gefasst. Mord hat man ja nicht alle Tage auf dem Programm. Aber so schlimm ist es dann gar nicht, sieht alles ganz ordentlich aus da drin. Da sitzt er, in einem massiven Stuhl, schwarzes Leder, den Kopf auf der Tischplatte, dunkles Glas, sie ist mit Blut verschmiert. Mein Blick fällt zuerst auf die Wunde an der Schläfe, dann auf die Pistole, sie liegt auf dem Boden neben ihm, grauer Spannteppich, seit Kurzem rotbräunlich gesprenkelt. Selbstmord, denke ich. Gott sei Dank. Doch kein komplizierter Fall. Mutmaßliches Motiv? Wahrscheinlich ist die Affäre mit der Chefsekretärin aufgeflogen.

Liese Kainz, Gattin des Chefredakteurs der »Kleinen Zeitung«

Es geht mir einfach nicht in den Kopf. Der Robert. Zwangsversetzt. Wie kann mein Bernie nur?

Ich greife nach seinem Frühstücksteller, Butter klebt daran und Honig, er vermischt das immer zu einer klebrigen Masse und lässt dann die Hälfte davon übrig. Soll er doch die Pampe selbst abwaschen. Aber das macht er ja nicht, stattdessen trifft er unverständliche Personalentscheidungen.

Robert ist ein hervorragender Journalist, ein hartnäckiger Rechercheur mit guter Schreibe, eine Kombination, die heute selten ist. 20 Jahre Berufserfahrung. Und jetzt hat Bernie ihn zum Leserbriefonkel degradiert. Robert sei nicht mehr spritzig genug, träge geworden in seinem Job. So ein Quatsch.

Es ist meine Schuld. Ich muss etwas falsch gemacht haben. Ich kann es mir nicht erklären.

Natürlich nahm Bernie den Begriff »Leserbriefonkel« nicht in den Mund. Er nennt das: »Verantwortlicher Meinungen und Zuschriften«. Hat wieder mal in die Kiste gegriffen, auf der in großen Buchstaben »Schönfärberei« geschrieben steht.

Ich möchte den wahren Grund kennen, wage aber nicht zu fragen.

Ich greife nach Bernies Tasse, er hat den Kaffee nicht ausgetrunken, lässt immer einen Schluck übrig, lässt immer alles stehen, es ist noch schlimmer geworden, seit die Kinder aus dem Haus sind.

Leserbriefonkel. Der Robert. Das wird er nicht verkraften. Wenn ich bloß etwas für ihn tun könnte.

Mein Smartphone surrt. Auf dem Display erscheint eine Push-Nachricht. Ohne zu überlegen, tippe ich sie an.

»Eilmeldung«, steht da. »Chefredakteur der ›Kleinen Zeitung‹ tötet sich selbst durch Kopfschuss.«

Ich klicke die Nachricht weg. Greife mir ein Tuch, will das Geschirr abtrocknen. Halte inne. Was stand da geschrieben? Erneut greife ich zu meinem Mobiltelefon, da steht es, in fetten Buchstaben: »Chefredakteur der ›Kleinen Zeitung‹ tötet sich selbst durch Kopfschuss.« Und darunter, kleiner: »Update folgt.«

Nein. Das kann nicht sein. Eben war er doch noch hier. Es muss sich um einen anderen Chefredakteur handeln. Eine Verwechslung, unsorgfältig recherchiert. Wie ärgerlich, das schadet bestimmt Bernies Ruf, denke ich und wähle seine Nummer.

»Kainz.«

»Gott sei Dank. Du lebst.« Ich stelle fest, dass ich erleichtert bin.

»Natürlich. Ist was passiert?«

»Ich hab gerade eine Meldung aufs Handy bekommen, dass du dir in den Kopf geschossen haben sollst.«

Ich erwarte, dass er laut lacht oder flucht, aber das macht er nicht, er bleibt kühl.

»Das muss eine Verwechslung sein. Ich bin gleich im Büro. Ich kläre das.«

Dann ist er weg. Der Summton lacht mich aus.

Univ.-Prof. Dr. Ernst Swoboda, Institut für Gerichtliche Medizin, Graz

»Todeszeitpunkt zwischen Mitternacht und fünf Uhr früh. Punkt. Todesursache: Atem- und Kreislaufstillstand infolge eines Kopfschusses. Punkt. Keine weiteren Auffälligkeiten oder Verletzungen. Punkt. Keine Schmauchspuren an den Händen. Punkt. Ich betone: *keine* Schmauchspuren an den Händen! Ausrufezeichen! Das heißt: kein Suizid! Verflucht noch mal! Und nein, das Opfer heißt auch nicht Bernhard Kainz!«

Ich drücke auf die Stopp-Taste. Ich bin laut geworden. Dabei kann Frau Hirschbichler, die den Obduktionsbericht abtippen wird, ja gar nichts dafür. Für diesen Schlamassel. Keine Ahnung, wer seine Suizidtheorie so laut hinausposaunt hat, dass sie heute Morgen in allen Zeitungen stand. Natürlich, die Fundsituation sah danach aus, als habe hier jemand seinem Leben selbst ein Ende gesetzt. Doch spätestens, als ich mich über den Toten beugte, die Leertaste auf der blutverschmierten Tastatur drückte und auf dem Bildschirm der Abschiedsbrief erschien, hätte jedem Kriminalisten klar sein müssen, dass dieser Tatort allzu perfekt nach Suizid roch.

»Wenn jemand die Schuld an meinem Tod trägt, dann Chefredakteur Kainz«, stand da. Dabei hatte man mir gesagt, die Leiche selbst sei Kainz. Also habe ich die Chefsekretärin reingeholt und ihr das Gesicht des Toten gezeigt. Sie hat überrascht gerufen, nein, das sei gar nicht der Kainz, das sei ja der Pollack, dann ist sie in ein Schluchzen ausgebrochen, das klang, als könne sie sich nicht entscheiden, ob sie heulen oder lachen wolle. »Mich erstaunt das nicht. Aber mich fragt ja keiner«, keuchte sie. Der Pollack sei zum Leserbriefonkel degradiert worden, was der wohl nicht verkraftet habe. Aber das wusste ich da schon, das stand auch so im Abschiedsbrief. Wie gesagt: Das Ganze passte zu perfekt.

Ich war nicht überrascht, dass die Spurensicherung auf der Tastatur keine Fingerabdrücke des Toten fand. Einen Abschiedsbrief tippen, die Tastatur putzen und sich dann die Pistole an den Kopf setzen? Äußerst unwahrscheinlich. Der zweite Fehler des Täters: Er hat auch die Waffe abgewischt.

Keine Fingerabdrücke auf der Pistole. Keine Schmauchspuren an der Hand des Toten. Kein Suizid. Aber Gerüchte sind nun mal schneller als Wahrheiten.

Ich greife zum Telefon, rufe den Schildger von der Mordgruppe im LKA an.

»Ich hab Arbeit für dich.«

»Der Pollack?«

»Kein Suizid.«

Meldung in der »Kleinen Zeitung«

In eigener Sache

Nach neusten Erkenntnissen der Mordgruppe des LKA Steiermark hat sich Robert Pollack, Mitarbeiter dieser Zeitung, nicht selbst das Leben genommen (wir berichteten gestern). Die Kriminalisten ermitteln nunmehr in einer Mordsache. Die Redaktion ist erschüttert, dass ein Kollege auf so dramatische Art und Weise zu Tode gekommen ist, und drückt an dieser Stelle den Angehörigen ihr Beileid aus. Robert Pollack war ein hervorragender Journalist und wird eine große Lücke hinterlassen. Wir werden ihn sehr vermissen. (Gezeichnet: Chefredakteur Bernhard Kainz.)

Franz Öhlböck, Rechtsanwalt, Kanzlei Langhammer/Öhlböck, Graz

Und ich habe immer gedacht, das geschehe nur in billigen Krimis. Das Paket traf vor knapp zwei Wochen ein, per Einschreiben. In dem Karton lagen säuberlich beschriftete Kuverts, zugeklebt, und zuoberst der Brief eines Mannes, dessen Namen ich nur aus der Zeitung kannte.

»Sehr geehrter Herr Öhlböck, ich bitte Sie, diese Unterlagen für mich aufzubewahren und an die Polizei weiterzureichen, falls mir etwas zustoßen sollte«, stand da geschrieben. »Da ich nicht ausschließen kann, dass sogar unsere Polizei in die Machenschaften verwickelt ist, bitte ich Sie, die Kopien der Dokumente – alles liegt in zweifacher Ausfertigung vor – an sich zu nehmen und gegebenenfalls die notwendigen Schritte einzuleiten, um den Skandal publik zu machen. Ich schätze Sie als mutigen Mann ein. Tun Sie, was getan werden muss. Im Namen der Wahrheit.«

Dann bat er mich, ihm die Rechnung für diesen Dienst zuzustellen. Sie wurde innerhalb von fünf Tagen beglichen. Ich stieg auf einen Stuhl, schob das Paket ins oberste Fach des Aktenschranks und war mir sicher, dass ich es niemals würde hervorholen müssen. Bis ich heute seinen Namen wieder in der Zeitung las, allerdings nicht wie üblich in der Autoren-, sondern in der Schlagzeile: »Kein Suizid, sondern Mord!« An Robert Pollack, meinem Klienten, den ich nie gesehen habe.

Es ist ein eigenartiges Gefühl, die Kuverts aufzuschneiden, die ein Mann zugeklebt hat, der jetzt tot ist. Ich halte inne, stehe auf, drehe den Schlüssel im Schloss meiner Bürotür. Dann beginne ich zu lesen: Artikel, Recherchenotizen, Bankbelege, Listen von Telefongesprächen, Vereinbarungen, E-Mails, prominente Namen, politische Geschäfte, Zahlen, Zahlen, Zahlen. Ich lese mich drei Stunden lang durch die Papiere, bis sich die einzelnen Puzzlestückchen nach und nach zu einem Bild zusammenfügen, in dessen Zentrum ein Mann steht: Armin List.

Einvernahme Armin List, geführt durch Chefinspektor Walter Schildger, LKA 1, Abteilung Leib/Leben

»Ihr Name ist Armin List?«

»Das ist korrekt.«

»Sie arbeiten als Reporter bei der ›Kleinen Zeitung‹?«

»Richtig.«

»Sie saßen Schreibtisch an Schreibtisch mit dem Opfer Robert Pollack?«

»Auch das stimmt.«

»Sie wissen, warum Sie hier sind?«

»Nein, das ist mir völlig schleierhaft. Es heißt: verhaftet wegen Mordverdachts. Aber das kann nicht Ihr Ernst sein. Ich glaub, ich bin im falschen Film gelandet.«

»Dann beginnen wir mal damit: Ich lege Ihnen Ihren Mailverkehr mit Hans Kahr vor, verurteilter Präsident des Handballvereins ›Aktion Graz‹. Klingelt da was?«

»Mein Mailverkehr mit Kahr geht niemanden was an!«

»Ich finde Ihren Mailaustausch durchaus interessant. Demnach haben Sie schon Monate, bevor der Skandal aufflog, gewusst, dass Hans Kahr jahrelang Vereinsgelder in der eigenen Tasche hat verschwinden lassen. Hat er Sie dafür bezahlt, dass Sie schweigen?«

»Das ist eine infame Unterstellung!«

»Ich würde das eher Erpressung nennen. Beantworten Sie meine Frage.«

»Es ist möglich, dass sich Herr Kahr in gewisser Weise für meine neutrale Berichterstattung über seinen Verein erkenntlich gezeigt hat. Aber ich habe gegen kein Gesetz verstoßen!«

»Kahr hat Ihnen drei Mal 3.000 Euro überwiesen. In dieser E-Mail fleht er Sie an, nichts über seine Machenschaften zu schreiben. Haben Sie diese 9.000 Euro kassiert oder nicht?«

»Ja, man kann sagen, ich habe das Geld erhalten.«

»Warum nicht gleich? Gehen wir zur Firma ›Impuls Austria GmbH‹. Haben Sie mir dazu etwas zu erzählen?«

»Ich dachte, Sie ermitteln hier wegen des Mordes an Pollack!«

»Das tue ich. Sie haben sich vom CEO der ›Impuls Austria‹ 5.000 Euro bezahlen lassen und als Gegenleistung einen seitenlangen Artikel platziert, der die Vorzüge des Unternehmens unterstreicht. Der CEO hat dies bestätigt.«

»Warum fragen Sie dann, wenn Sie sowieso schon alles wissen?«

»Lukrativ scheint für Sie auch die Kontroverse über das neue Murkraftwerk gewesen zu sein. Gleich mehrfach sind beträchtliche Summen aus der Stadtbaudirektion auf Ihr Konto geflossen. Sie haben in Ihren Artikeln gezielt falsche Zahlen und Informationen veröffentlicht, die den Befürwortern des Kraftwerks in die Hände spielten. Wusste Bürgermeister Dietrich Hammer darüber Bescheid? Oder hat er gar das Ganze initiiert und das Geld für die manipulierte Berichterstattung persönlich rübergeschoben?«

»Ich verweigere hierzu die Aussage.«

»Die Liste ist lang. Sie haben Ihr Geschäft mit getürkten Artikeln und erpresstem Schweigen äußerst lukrativ betrieben. Unter dem Strich haben Sie sich Zehntausende Euro dazuverdient. Und hat Ihnen Mercedes tatsächlich einen Wagen der C-Klasse geschenkt, allein unter der Auflage, dass Sie das Auto hin und wieder auf ein Zeitungsfoto rücken? Sachen gibt's …«

»Ich gebe zu, ich habe es mit der Wahrheit nicht immer ganz genau genommen. Aber das alles hat doch nichts mit dem Mord zu tun! Können Sie mir endlich erklären, was das ganze Theater hier soll?«

»Wann hat er es Ihnen gesagt?«

»Wer? Was gesagt?«

»Dass er alles weiß. Dass er Sie auffliegen lässt.«

»Wer, verflucht noch mal?«

»Spielen Sie nicht den Unwissenden. Vor zwei Wochen hat Pollack sämtliche Unterlagen über Ihre Betrügereien einem Rechtsanwalt zugestellt. Er wollte Sie überführen. Das hätte das Ende Ihrer Karriere bedeutet. Ihr Ruf wäre ruiniert gewesen. Wahrscheinlich wären Sie hinter Gittern gelandet. Das klingt für mich nach einem Motiv.«

»Ich hatte keine Ahnung, dass Pollack was wusste!«

»Das ist noch nicht alles, Herr List. Wir wissen, dass Sie vor einer Woche versucht haben, via Internet eine illegale Waffe zu erwerben.«

»Das hab ich im Rahmen einer Recherche getan! Chefredakteur Kainz wollte eine Geschichte über die Gefahren im Internet und im Darknet bringen. Fragen Sie ihn! Er wird Ihnen das bestätigen.«

»Wo waren Sie in der Nacht auf Dienstag, Herr List?«

»Zu Hause.«

»Kann das jemand bezeugen?«
»Nein. Ich war allein.«

Titelgeschichte in der »Kleinen Zeitung«

Ehemaliger Journalist wegen Mordes verurteilt

Das Straflandesgericht von Graz hat den ehemaligen Journalisten Armin L. wegen Mordes zu einer Freiheitsstrafe von 15 Jahren verurteilt. Die Geschworenen sahen es aufgrund der Indizien als erwiesen an, dass L. seinen Arbeitskollegen Robert Pollack auf hinterhältige Art und Weise umgebracht und einen Suizid desselben vorgetäuscht hat. L. wollte mit dem Mord verhindern, dass Pollack ihn seiner Machenschaften überführte. Robert Pollack hatte zuvor herausgefunden, dass der Beschuldigte L. über Jahre Artikel gegen Bezahlung getürkt und Schweigegelder erpresst hatte. Es gibt Hinweise, dass selbst die höchsten politischen Ebenen in den Skandal verstrickt waren. Der Verurteilte L. hat zwar seine journalistischen Verfehlungen zugegeben, den Mord an Pollack aber bis zuletzt abgestritten. Als der Richter das Urteil verlas, wurde L. ausfällig und brüllte mehrmals »Justizskandal!« in den Saal. Die Justizwache führte ihn daraufhin ab.

(red.)

Bernhard Kainz, Chefredakteur »Kleine Zeitung«, Graz

Ich habe den teuersten Champagner gekauft. Auf dem Weg nach Hause hörte ich jemanden vor sich hin summen und stellte fest, dass ich das war.

Besser hätte es nicht laufen können. Aber das ist ja auch kein Wunder. Perfekte Planung, tadellose Ausführung, ich bin einfach ein schlauer Hund.

Es war ein Fehler zu glauben, mich könne man betrügen. Ich wusste schon lange Bescheid. Der Pollack. Ich hätte Liese einen besseren Geschmack zugetraut. Und Pollack hätte ich für intelligenter gehalten. So was von schwanzgesteuert muss der gewesen sein! Wer lässt sich mit der Frau des eigenen Chefs ein? Ich dachte, er würde seine Degradierung zum Leserbriefonkel als Zeichen verstehen, dass er die Finger von Liese lassen soll. Tat er aber nicht. Standhaft hielt er an seinen Besuchen jeden Mittwochnachmittag fest. Pünktlich zum Termin der Chefredakteurskonferenz. Als wolle er auf Nummer sicher gehen. Dass ich nicht lache! Dabei hätte meine Frau eigentlich daran denken können, dass unsere Villa von Kameras überwacht wird.

Als Pollack eines Tages in meinem Büro stand und mir über die unlauteren Machenschaften von Kollege List berichtete, habe ich nicht auf Anhieb daran gedacht. Der Gedanke ist mir erst in der Nacht zugeflogen, als ich keinen Schlaf fand, weil ich darüber nachdachte, was ich mit diesem List machen sollte, um den Schaden so gering wie möglich zu halten. Und dann war die Idee auf einmal da. Eine Eingebung. Ich wusste, was zu tun war, und ich wusste im gleichen Moment, wie ich es anstellen musste. Und es ist aufgegangen. Ich bin sie losgeworden, alle beide. Zwei Fliegen auf einen Streich. Würde ich an Gott glauben, wäre ich überzeugt, er habe seine Finger im Spiel gehabt.

Die beiden Kollegen haben es mir aber auch leicht gemacht. Pollack erzählte, er habe – für den Fall, dass List sich an ihm rächen wolle – alle Rechercheunterlagen bei einem Rechtsanwalt deponiert. Dieser kleine Scheißer. Fürchtete sich davor, dass List ihm an die Kehle wollte. Und List? Der war begeistert, als ich ihm den Auftrag gab, die dunklen Seiten des Internets zu durchforsten, im Selbstversuch. Er solle aufzeigen, wie einfach es sei, sich eine Waffe zu besorgen, die Firma übernehme die Kosten. Natürlich hat er das der Polizei erzählt. Aber es stand Aussage gegen Aussage. Ich habe nichts davon gewusst. Und wer glaubt schon einem Journalisten, der in seinen Artikeln Lügen erzählt?

Das Töten war einfacher, als ich es mir vorgestellt hatte. Hab ihm die Pistole an den Kopf gehalten. Gesagt, er solle sich auf meinen Stuhl setzen. Abgedrückt. Fertig. Der Einfall, mehr schlecht als recht einen Suizid vorzutäuschen, kam mir dann ganz spontan. Der Abschiedsbrief, in dem er mir die Schuld an seinem Selbstmord gab? Eine kleine Pointe.

Ich wurde nicht einmal nach einem Alibi gefragt.

Darum wird jetzt angestoßen. Liese ist gleich soweit. Sie ist sich noch rasch hübsch machen gegangen. Plötzlich bin ich wieder wer, jetzt, wo der Liebhaber weg ist. Sie meint, wir stoßen auf die Gerechtigkeit an, weil heute das Urteil gefällt wurde. Aber im Leben geht es nicht um Gerechtigkeit. Im Leben geht es darum, dass der Stärkere gewinnt. Oder der Schlauere. Prost!

TOTGEGLAUBT

CLAUDIA ROSSBACHER

Das Wetter spielte verrückt. Selbst hier heroben auf 1.000 Meter Seehöhe hatte es an die 30 Grad im Schatten. Und das bereits Anfang Juni. August lüpfte seinen Strohhut und fächelte sich Luft zu. Mit dem Handrücken fuhr er sich über die schweißnasse Stirn. Seufzend legte er den Hut beiseite. Es half alles nichts. Er musste tun, was zu tun war. Sein Werk vollenden. Aber nicht jetzt sofort.

Noch saß er im Schatten seiner überdachten Terrasse und ließ sich die hochverdiente Schilchermischung schmecken. Sein Blick schweifte über die blühende Wiese hinüber zum dicht bewaldeten Rosenkogel und wieder zurück. Die Grillen zirpten lautstark, die Kohlweißlinge tanzten von Blüte zu Blüte – wie die Bienen, die emsig an ihm vorbeischwirrten, um ihre fette Pollenbeute in den nahen Stöcken abzuliefern – seinen Bienenstöcken.

Wenn es draußen finster war, wollte er aufbrechen. Soweit es in einer sternenklaren Vollmondnacht überhaupt finster wurde. Das Mondlicht würde ihm gute Dienste leisten. Laut Kalender sollte der Erdtrabant von 20.25 Uhr bis 5.18 Uhr die bevorstehende Nacht erhellen. Dann war es auch um einige Grad kühler, und niemand würde ihm unterwegs mehr begegnen. Keine hitzegeplagten Ausflügler auf der Suche nach Abkühlung im Wald, Stärkung bei einem Backhendl oder einer Brettljause und erfrischenden Getränken. Ausgezeichnete Buschenschänken und Wirtshäuser gab es entlang der Wanderwege des Reinischkogels sowie im gesamten Schilcherland ja genug.

Am meisten nervte August, dass ihm die Autos dieser Eindringlinge – größtenteils Grazer oder Gupferl* – im Schneckentempo, dafür mitten auf der Straße entgegenkamen. Sie drängten ihn einfach über den Fahrbahnrand hinweg aufs Bankett. Nur wenn er mit dem Traktor unterwegs war, zollten sie ihm den nötigen Respekt, fuhren rechts ran oder hielten sogar an, um eine Kollision mit dem größeren, stärkeren Fahrzeug zu vermeiden.

Noch schlimmer war, dass die ortsfremde Horde überall ihren Müll hinterließ und vom Hochsommer bis tief in den Herbst hinein hemmungslos die Früchte des Waldes plünderte – allen voran Schwarzbeeren, Steinpilze und Eierschwammerln – und in ihrer Gier und Unwissenheit so manchen nachhaltigen Schaden an Pflanzen und Pilzgeflechten anrichtete. Als ob es nicht gereicht hätte, dass sie die Schilcher-Weinbestände drastisch reduzierten. Die Fässer und Tanks der Winzer waren ohnehin schon bedenklich leer getrunken. Woran freilich auch August nicht ganz unschuldig war. Doch der war schließlich hier geboren und aufgewachsen, hatte den Schilcher bereits mit der Muttermilch eingesogen und verfügte demnach über ein Geburtsrecht auf die reschen rosafarbenen bis hellroten Tropfen der nahen Schilcher Weinstraße.

Dass die Ausflügler und ihre Brut die Tiere des Waldes mit unnötiger Schreierei und ihren freilaufenden Hunden aufschreckten, störte August ebenfalls gewaltig. Einmal hatte er einen Köter, der einem trächtigen Reh hinterhergehetzt war, kurzerhand abgeschossen. Der Hundehalter

* Gupferl: Fahrer aus Graz Umgebung mit KFZ-Kennzeichen GU

hatte den Jäger angezeigt, war vor Gericht jedoch abgeblitzt. Dennoch fehlte es dem Mann weiterhin an Einsicht. Eigentlich hätte er ihn gleich mit abknallen sollen, dachte August. Aber das war eine andere Geschichte. Jetzt galt es erst einmal, sich von der aktuellen schwererwiegenden Bürde zu befreien. Oder vielmehr von dem, was davon noch übrig war.

Die Leiche hatte er bei dieser Hitze unverzüglich aufgebrochen, wie er es üblicherweise mit dem Wild tat, das er erlegte. Noch ehe die Totenstarre eingesetzt hatte, hatte er sie in die Kühlzelle im Schuppen gebracht. Wo sonst das Wildfleisch reifte, hing sie nun ab. Nicht, dass er vorhatte, sie zu verzehren. Um Gottes willen, nein! Er war ja kein Kannibale, sondern hatte eher aus Gewohnheit gehandelt. Vor allem aber, um keinen Verwesungsgeruch zu verbreiten. Zwar erwartete August an diesem Tag keinen Besuch, doch womöglich verirrte sich ein Spaziergänger hierher, was selten, aber eben doch vorkam. Oder ein Bekannter, der mit ihm plaudern beziehungsweise Waldhonig kaufen wollte.

*

Inzwischen saß August bei seiner zweiten Schilchermischung. Dazu hatte er sich ein Verhackert-Brot geschmiert, das er sich nun munden ließ. Sein Blick fiel aufs Dach seines Hauses. An sich war die Photovoltaikanlage, die dort neuerdings Ökostrom erzeugte, eine feine Sache. Nicht nur, weil die Leiche im Schuppen bei konstanten sechs Grad gekühlt wurde. Das eigene kleine Solarkraftwerk sparte einiges an Energiekosten ein und senkte gleichzeitig den CO_2-Ausstoß. Der Wassermann-Wirt hatte auf seiner Bioalm schon seit Jahren eine solche Anlage in Betrieb und war davon schwer begeistert. Erst unlängst hatte sich August einen sogenannten E-Checker von der Energie Steiermark kommen lassen. Wenige Tage später war dieser in einem Elektroauto bei ihm aufgetaucht, um die möglichen »Energieeffizienzmaßnahmen« vor Ort auszuloten. So kompliziert das klang, so einfach war der Ratschlag des Profis, der ihm empfahl, die alte Waschmaschine, den Geschirrspüler und den Kühlschrank auszutauschen. Nicht nur, dass die neue Generation von Haushaltsgeräten und Heizsystemen wesentlich weniger Energie verbrauchte, es gab auch noch einen Bonus bei der Neuanschaffung. Dieses Angebot konnte sich ein vernünftiger Mensch doch gar nicht entgehen lassen.

Zu diesem Zeitpunkt hatte August noch nichts Böses geahnt. Im Gegenteil. Der Herr E-Checker hatte ihn ausgesprochen kompetent beraten, ihn auch noch eingehend über Photovoltaikanlagen informiert, den ungefähren Energieertrag berechnet und Förderungsmöglichkeiten erläutert, sodass sich August schließlich für eine solche Anlage zur Stromerzeugung entschied. Zudem empfahl er ihm einen Drittanbieter für die fachgerechte Installation der Anlage, dem August schließlich den Auftrag erteilte. Von da an nahm das Schicksal seinen Lauf.

*

Wenn August etwas ganz besonders am Herzen lag, dann war es die Natur. Er spielte sogar mit dem Gedanken, sich demnächst auch so ein Elektrofahrzeug zuzulegen, wenn das alles hier vorbei war. Der Umwelt zuliebe. Und wegen der Klimaerwärmung, die ihm noch immer den Schweiß aus den Poren trieb. Immerhin war sogar schon die Postlerin mit einem Elektroauto unterwegs. Augusts Frau hätte ein Tesla am allerbesten gefallen. Aber erstens hatte Paula nichts mehr zu sagen, zweitens war ein Tesla für seine Zwecke völlig ungeeignet. Er würde sich wohl ein anderes Modell aussuchen. Inzwischen gab es ja schon einige. Immer mehr Autohersteller setzten auf E-Mobilität, hatte ihm der Herr E-Checker erklärt und ihm vorgeschlagen, einen der E-Mobil-Shops der Energie Steiermark aufzusuchen, in denen man verschiedene strombetriebene Fahrzeugmodelle mieten konnte. Die Akkuleistungen reichten für immer weitere Strecken. Und bis Ende 2017 sollte es landesweit wenigstens alle 15 Kilometer eine Ladestation geben. So der ehrgeizige Plan des größten steirischen Energieversorgers.

Ein Blick zum nahen Wald verriet August, dass es ziemlich genau 18 Uhr sein musste. Er brauchte keine Uhr, um das festzustellen. Er wusste ganz genau, wann die Sonne hinter den Fichtenwipfeln verschwand. Gegen 19.20 Uhr würde sie zu dieser Jahreszeit noch einmal gute zehn Minuten lang durch die kahlen Baumstämme blitzen, bevor sie endgültig hinter dem Hügel verschwand.

Eben hatte August aufstehen und sich eine weitere Schilchermischung holen wollen, als er das Polizeiauto unten auf der Straße kommen sah. Der Schreck fuhr ihm in die Glieder. »Ruhig bleiben«, sprach er sich Mut zu. Vielleicht wollten sie ja gar nicht zu ihm, sondern zu den neuen Nachbarn, die sich im Malteser-Forsthaus eingenistet hatten. Dass die zwei trinkfreudigen Kärntner Brüder bisher keinen Cent Miete bezahlt hatten, war längst kein

Geheimnis mehr. Außerdem hatten sie in den vergangenen Monaten mit ihren handgreiflichen Streitereien bereits einige Polizeieinsätze ausgelöst. Manch einer verdächtigte die beiden sogar, die letzten Einbrüche in der Umgebung begangen zu haben. Beweise gab es freilich keine. Es war aber auch nicht auszuschließen, dass die Polizei August einen Besuch abstattete. Ausgerechnet jetzt.

*

Die Funkstreife hielt vor dem Schuppen an. Beide Autotüren fielen nahezu synchron in die Schlösser. »Servas, Gustl!«, grüßten die Polizisten ebenfalls im Gleichklang. Ihre Kappen hatten sie bei dieser Hitze wohlweislich im Dienstwagen gelassen.

August begrüßte die Männer, indem er sein leeres Glas hob. »Wollt's was zum Trinken ham?«, fragte er.

»Nein danke, Gustl. Wir sind dienstlich da«, sagte der ältere Gruppeninspektor namens Stefan Rumpf und betrat als Erster die Terrasse.

»Aber zuwihocken dürft's euch doch wohl.«

»Wir wollten dir nur mitteilen, dass das Auto von der Paula g'funden wor'n is. Drüben in Fallegg. Sie muss von der Forststraße ab'kommen sein.«

»Jössas …«, stöhnte August auf.

»Wir kommen grad vom Fundort. Das Auto is den Abhang owig'stürzt und unt' in die Baam einituscht«, erklärte Konrad Reinbacher, der jüngere rangniedrigere Polizist. Beide Männer fixierten ihn mit Blicken.

Augusts Finger zitterten jetzt vor Aufregung, was ihm die Beamten hoffentlich als Sorge um seine vermisst gemeldete Gattin auslegten. »Dann hat sie einen Unfall g'habt, die Paula? Is sie tot?«

Die Polizisten setzten sich ihm gegenüber an den massiven Holztisch, den August – wie auch die beiden Holzbänke – selbst gebaut hatte.

»Wiss' ma ned«, antwortete Reinbacher und senkte seinen Blick.

August fühlte, wie sein Herzschlag kurz aussetzte. Er begriff Konrads Worte nicht. »Ihr wissts es ned?«, wiederholte er. Ihre Leiche musste doch im Wagen sein!

»Die Paula war ned im Auto«, bestätigte Rumpf die unausgesprochene Befürchtung seines Gegenübers.

Aber wo war sie dann? Augusts Herzschlag hatte wieder eingesetzt. Sein Herz pochte jetzt wie wild.

»Es war Blut im Wagen … also, eh nur a bissl … am Fahrer-Airbag und so … Wir ham auch rund ums Fahrzeug nach ihr g'sucht, sie aber ned finden können.«

»Des gibt's do ned!« Augusts Stimme überschlug sich. Die Verzweiflung stand ihm ins Gesicht geschrieben. Er griff zur Schnapsflasche, die auf dem Tisch stand, und schenkte sich etwas Blutwurz ins leere Weinglas ein. Dann nahm er einen großen Schluck von dem blutroten Likör, den Paula jeden Sommer mit Obstler und Zucker ansetzte und wochenlang in der Sonne stehen ließ, damit sich die Aromen besser entfalteten. Die unscheinbare Pflanze mit den gelben Blüten wuchs hier stellenweise wie Unkraut. Man musste nur die Wurzeln ausgraben, die sich im Anschnitt rot färbten. Sie zu ernten und zu säubern, war den Ausflüglern offenbar zu mühsam. Oder ihnen fehlte schlichtweg das Wissen darum. Lieber tranken sie den fertigen Blutwurz-Likör und nahmen ihn gleich flaschenweise mit nach Hause, um die Manneskraft zu stärken. August hatte das zwar nicht nötig, gönnte sich aber dennoch regelmäßig das eine oder andere Schluckerl. Schaden konnte es ja nicht.

»Was hat die Paula denn im Wald woll'n, mitten in der Nacht?«, wollte Rumpf wissen.

»Keine Ahnung.« August unterstrich die gespielte Ahnungslosigkeit mit erhobenen Händen und einem Seufzen.

»Wir finden s' schon, Gustl«, versprach Rumpf. »Die Suchhunde sind schon ang'fordert.«

Panik keimte in August auf.

»Vielleicht irrt s' ja irgendwo verletzt im Wald umadum«, meinte Reinbacher.

»Wo habt's das Auto denn g'funden?« Als ob August das nicht genau wusste.

Rumpf beschrieb ihm die Fundstelle, die weit genug vom »Klugbauer«, dem bekannten Seminarhotel und Gasthaus am Reinischkogel entfernt war. Von der nächsten Siedlung sowieso. Zeugen hätten August gerade noch gefehlt.

»Wir warten nur noch auf die Hundestaffel. Die sollt' spätestens in einer Stunde eintreffen. Dann durchkämmen wir den Wald«, versprach Rumpf. »Hast was g'schossn gestern, Gustl?«

August schüttelte den Kopf und kippte das letzte Lackerl Blutwurz in seinem Glas hinunter.

»Dann wird's wohl der Oberförster g'wesn sein.«

»Ja, wahrscheinlich«, log August und wischte sich mit dem Handrücken die Oberlippe ab. »Oder es warn die Kärntner Lotter. Man hört ja so einiges von denen. Nur nix Gutes«, lenkte er von den eigenen Missetaten ab.

Rumpf schnaufte durch. »Ja, die halten uns ganz schön auf Trab. Die zwei Vögel ham uns grad noch g'fehlt.«

Wie aufs Stichwort schrie der Mäusebussard, der hoch über ihren Köpfen kreisend nach seinem Abendessen Ausschau hielt. Aber das fiel keinem der Männer auf.

»Sag, Gustl, war die Paula in der letzt'n Zeit irgendwie anders als sonst?«, wollte Rumpf wissen.

»Mir is nix B'sonders aufg'falln. Außer, dass s' ein paar Mal recht spät heimkommen is. Und gestern auf d' Nacht muss s' noch einmal weg g'fahrn sein. In der Früh war ihr Bett leer, und ihr Auto war auch nimmer da. Drum hab ich euch z' Mittag dann ang'rufn«, stellte sich August weitaus dümmer, als er war. Konnten ihn die Schandis nicht endlich in Ruhe lassen? Schließlich hatte er noch etwas Wichtiges zu erledigen.

»Und wo war die Paula, bevor s' so spät heimkommen is? Hat sie dir was g'sagt?«

»Bei der Marianne. Die näht ihr grad ein neues Dirndl fürs Weisenblasen.« Schade um die Arbeit, dachte August. Das alljährliche Weisenblasen auf der Hahnhofhütte würde heuer ohne seine Frau stattfinden. Das Sommerfest bei der alten Volksschule in Sommereben und das Feuerwehrfest in St. Stefan ob Stainz ebenso.

»Aber mitten in der Nacht wird s' doch bestimmt ned zur Marianne fahr'n ham woll'n?«, meinte Rumpf.

August verneinte mit vermeintlich hilflosem Schulterzucken. »Die Marianne hab ich schon ang'rufn. Dort war die Paula ned heut Nacht.«

Rumpf blickte zum Dach hinauf. »Bist zufrieden mit der Photovoltaikanlage?«, wollte er wissen.

August nickte. »Ja, sehr sogar. Solltest dir auch einen E-Checker kommen lassen.«

»An wos?«, fragte Reinbacher.

»Einen Berater von der Energie Steiermark«, erklärte August entnervt. Und jetzt schleicht's euch endlich, hätte er am liebsten hinzugefügt.

»Wir rufen dich an, sobald's was Neues gibt. Baba daweil«, verabschiedete sich der sensiblere Rumpf und erhob sich als Erster.

August bedankte sich artig. Mit Sorgenfalten sah er den Beamten hinterher, bis die Funkstreife am Forstweg verschwand. Dann sprang er auf, um das Gewehr zu holen. Er durfte keine Zeit mehr verlieren.

*

August raste schnurstracks nach Fallegg, direkt zu jener Stelle, an der er Paulas Auto vergangene Nacht abgestellt hatte. Ihre Leiche hatte er hinters Steuer gesetzt ohne sie anzuschnallen, danach die Handbremse gelöst und das Auto über den gerodeten Abhang hinuntergestoßen. Der Klescher beim Aufprall war ihm ohrenbetäubend vorgekommen. Gehört hatte ihn anscheinend dennoch niemand – außer ihm. Oder etwa doch? Irgendjemand musste die Leiche fortgeschafft haben. Oder war Paula gar nicht tot, sondern nur schwer verletzt, und hatte es selbst geschafft, sich aus dem Auto zu befreien? Er musste nachschauen, ob sie womöglich irgendwo im Wald hockte und auf Hilfe hoffte. Auch wenn er das für sehr unwahrscheinlich hielt. Weit war sie in ihrem maroden Zustand bestimmt nicht gekommen. Einen Notruf konnte sie auch nicht abgesetzt haben. Ihr Handy lag zu Hause auf der Kredenz.

August schlüpfte unter dem Absperrband hindurch, das zwischen den Bäumen gespannt war, um die Unfallstelle zu markieren. Noch war weit und breit niemand zu sehen. Trittsicher stieg er den steilen Abhang hinab, das Gewehr über seine linke Schulter gehängt. Was musste Paula ihn auch mit diesem Solartechniker betrügen? Ausgerechnet mit ihrer Jugendliebe, wie er wusste. Wie jeder hier wusste. Selbst wenn der Haderlump, der wie sie am Reinischkogel aufgewachsen war, schon seit Jahrzehnten in Unterpremstätten lebte. Das Dirndl, das Marianne für ihre Freundin nähte, gab es zwar. Das hatte August überprüft. Doch diente es Paula bloß als Alibi. Er war ja nicht deppert. Warum sollte Paula stundenlang neben ihrer Freundin sitzen und ihr beim Nähen zuschauen, anstatt wie sonst auch nach Hause zu kommen und ihm ein Abendessen zu kochen? Außerdem hatte er doch mit eigenen Augen gesehen, wie seine Frau gestern beim Frühshoppen mit ihrem Liebhaber herumgeturtelt hatte. Alle hatten es gesehen. Vor der halben Gemeinde hatten ihn die beiden bloßgestellt! Daheim war der Streit der Eheleute dann eskaliert. August tat, was er tun musste. Er prügelte seine Frau windelweich, bis sie sich nicht mehr rührte, und brachte sie nachts in ihrem Auto nach Fallegg. Anschließend marschierte er zu Fuß nach Hause, legte sich nieder und dachte nach, was weiter zu tun war. Bis er einschlief.

Morgens rief er den Solartechniker an, bat ihn zu sich, weil die neue Anlage angeblich ausgefallen war. Lange ließ sein Nebenbuhler nicht auf sich warten. Wahrscheinlich, weil er hoffte, seine Geliebte anzutreffen. Stattdessen traf ihn das Projektil, das August zur Begrüßung aus seinem Gewehr abfeuerte, direkt zwischen den Augen.

Eigentlich ein viel zu gnädiger Tod für diesen Saubartl, der in der Kühlzelle hing. Um ihn und sein Auto, das anstelle von Paulas Wagen neben dem Traktor in der Garage stand, würde sich August später kümmern. Zuerst musste er seine untreue Frau finden – tot oder lebendig. Falls die Mirchn* noch lebte, würde er ihr den Rest geben.

August stand nun neben ihrem Wagen. Oder vielmehr neben dem Wrack. Der Motorraum war völlig zusammengestaucht. Alle Airbags waren aufgegangen. Von Paula fehlte jede Spur, außer ein paar Blutflecken. August sah sich um. Sein Vorteil war, dass er hier jeden Schlupfwinkel kannte. Zudem verstand er sich als Waidmann aufs Spurenlesen. Hier war kürzlich jemand auf dem Boden gekrochen. Da war wieder etwas Blut auf dem Stein. Und dort: ein geblümtes Stoffstück, das an einem Baumstrunk hängen geblieben war. Es musste von Paulas Bluse stammen.

Keine Viertelstunde später fand August, wonach er suchte.

*

Paula saß in einer Felsnische mitten im Wald, die seltsam verdrehten Beine ausgestreckt. Sie musste sich aus dem Wrack befreit haben und mit letzter Kraft hierher gekrochen sein. Ja, sie war schon immer ein zähes Luder gewesen, seine Paula. Zum Glück hatte sie nicht um Hilfe gerufen, dachte August. Oder sie hatte es doch getan, aber niemand hatte sie gehört.

Noch einmal betrachtete er die zertrümmerten Beine seiner Frau. Ihr regloser Oberkörper lehnte am Platten-

* Mirchn: Luder

gneis, der Kopf war vornübergebeugt, eine lose Haarsträhne blutverkrustet. Ganz gewiss war sie tot. Weder würde sie ihn jemals wieder betrügen noch gegen ihn aussagen können. Auch ihr Liebhaber schwieg für immer. Seine Leiche musste nur noch entsorgt werden. Am besten vergraben. Wenn es finster war. Die Stelle hatte August schon ausgesucht. Ein Stück weit weg von hier. Mitten im Wald in Sommereben, wo ein paar Arbeiter erst vor drei Tagen Stromkabel unter die Erde verlegt hatten. Dort würde es sich leichter graben lassen und die frischen Spuren keinen Verdacht erregen. Für den Wagen des Toten würde sich ebenfalls ein Versteck im Wald finden. Es musste ja nicht für die Ewigkeit sein. August wollte sich nur noch rasch vergewissern, dass Paula tatsächlich tot war. Und dann nichts wie fort von hier, bevor Polizisten und Suchhunde eintrafen.

August nahm das Gewehr von seiner Schulter, um mit der Schaftkappe gegen die Schulter seiner Frau zu stoßen. Diesmal musste er auf Nummer sicher gehen. Ihr Oberkörper gab der Berührung nach, ihr Busen schwabbelte unter dem dünnen Baumwollstoff. Ganz plötzlich hob sie ihren Kopf, der Arm schnellte nach vorn, ihre Hand packte das Gewehr beim Schaft. Die andere Hand fand den Abzug. Paula drückte ab, noch ehe August reagieren konnte. Die Energie, mit der ihn das Geschoss an der Brust traf, katapultiere ihn nach hinten. Niemals hätte August gedacht, dass ihm unter diesen Umständen ausgerechnet das Wort »Energieeffizienz« in den Sinn kam.

*

Paula stöhnte vor Schmerzen, während sie mühsam zu ihrem leblosen Ehemann robbte. Sie schaffte es, sein Handy aus der Hosentasche zu holen und einen Notruf abzusetzen. Gleich würde Hilfe kommen. Erschöpft blieb sie neben August sitzen. Diesem eifersüchtigen Gogger*! Nie im Leben hätte sie ihn betrogen. Schon gar nicht mit ihrem Exfreund.

Geschah dem Gustl völlig recht, dass er tot war. Wenn sie diese höllischen Schmerzen überlebte, wollte sie ein neues Leben anfangen. Vielleicht sogar woanders. Paula lächelte, während sie in einer gnädigen Ohnmacht versank. Dass sich die Finger ihres Mannes bewegten, bemerkte sie nicht mehr.

---

* Gogger: Idiot, Trottel

DU ENTKOMMST MIR NICHT

CHRISTIANE FRANKE

Sie hat gedacht, ich finde sie nicht. Sie hat sich geirrt.

Wie sie wohl reagieren wird, wenn wir uns begegnen? Bei diesem Gedanken ergreift mich Aufregung. Meine Atmung wird schneller, ein Kribbeln fließt durch meinen Körper, als hätte ich eine schwache Stromleitung in der Hand.

Im Kofferraum meines Autos liegen weiße Lilien. Ihre Lieblingsblumen. Ich habe eine rote Rose hineinbinden lassen.

Die Fahrt von Hamburg nach Graz war lang, die Autobahnen voll. Doch ich habe die 1.100 Kilometer gern auf mich genommen. Die meiste Zeit hat es geregnet. Aber jetzt scheint die Sonne. Ein gutes Omen.

Natürlich werde ich nicht gleich zu ihr fahren. Ich möchte erst ein wenig durch die Stadt bummeln. Die Luft atmen, die sie seit Kurzem atmet. Ich biege auf den Parkplatz des Hotels. Es trägt den wunderbaren Namen »Paradies«. Hier haben wir vor anderthalb Jahren zusammengewohnt, ich habe dasselbe Zimmer wie damals gebucht. Als Omen dafür, dass alles gut wird, auch wenn es einige Kilometer von ihrer neuen Wohnung entfernt ist. Ach, es kribbelt so schön in meinem Bauch.

An der Hotelrezeption ist man sehr freundlich zu mir, bietet mir sogar eine Vase für die Blumen an und erklärt mir, wie ich mit dem Bus in die Stadt komme. Die Bushaltestelle ist gleich gegenüber. Ich habe keine Eile. Vor halb acht wird sie nicht daheim sein, sie ist für die Nachmittagsschicht im »Aiola Upstairs« eingeteilt. Ich habe mich erkundigt. War ganz einfach. Dem Mann am Telefon hat es gefallen, als ich sagte, ich wolle mich mit einem Blumenstrauß und dickem Trinkgeld noch einmal bei ihr dafür bedanken, das sie sich letzte Woche beim Meeting so ausgezeichnet um meine Geschäftspartner und mich gekümmert hat.

Sie hat Glück gehabt, als Ausländerin hier sofort einen Job zu bekommen. Aber sie ist so wunderschön mit ihren langen dunklen Haaren, die so dick und seidig sind. Damit hat sie ihren neuen Chef sicher beeindruckt. Ob er sich bei ihrem Anblick vorstellt, wie es ist, mit den Händen durch diese Haare zu fahren, sie fallen zu lassen auf seinen nackten Oberkörper? Natürlich tut er das. Kein Mann kann ihre Haare sehen, ohne sofort an Sex zu denken. Bei diesem Gedanken merke ich, dass sich mein Mund bitter verzieht.

Nein, das lasse ich nicht zu. Niemand soll mir den heutigen Tag verderben. Auch nicht Annas neuer Chef.

Neugierig sehe ich aus dem Fenster, als der Bus der Linie 31 durch die Stadt fährt. Er ist gut gefüllt, die Menschen multikulti. Zu Hause nehme ich nie den Bus.

Es beginnt nun doch zu nieseln, aber ich habe eine dünne Regenjacke dabei. Da es warm ist, stört mich der Regen auf den nackten Beinen unterhalb meiner kurzen Hose nicht, als ich am Jakominiplatz aussteige. Sommerregen. Summer rain and summer wine.

Das war unser Lieblingslied. Wie oft haben wir an der Alster gelegen und auf die Ausflugsdampfer geblickt.

Unser Rucksack enthielt bei diesen Gelegenheiten stets auch Erdbeeren neben einer gut gekühlten Flasche Weißwein und den beiden wunderschönen Gläsern, die wir bei einem unserer Urlaube auf Juist gekauft haben. Meine Güte, wie oft haben wir dieses Lied zusammen gesungen, wie oft den Wein und die Erdbeeren dazu genossen.

Von jetzt auf gleich beendete sie unsere Beziehung. Es war ein Schock für mich, hatte sie doch am Tag zuvor noch lachend gesagt, wir seien wie Yin und Yang, nur zusammen ein Ganzes, und mich zart wie ein Schmetterlingsflügelschlag geküsst. Wir saßen bei einem Glas Grauburgunder, als der Anruf ihres Vaters kam. Nach dem ersten fröhlichen »Hallo, Vati!« veränderte sich ihre Stimme. Sie stand auf und entfernte sich, sodass sie außer Hörweite war. Als sie zurückkam, wirkte sie nachdenklich. Was denn sei, hatte ich wissen wollen, doch sie schüttelte den Kopf. Ich hob ihr die Haare aus dem Nacken und küsste ihren Hals, sagte, sie müsse doch begreifen, dass ich den Inhalt dieses Telefonates kennen müsse, um zu verstehen, was mit ihr los sei.

Nichts, hatte sie brüsk geantwortet, mich fortgeschoben und mir vorgeworfen, ich würde in alles etwas hineingeheimnissen und aus Mücken Mammuts machen. Mammuts! Elefanten haben ihr nicht gereicht.

Mit dem Schlossberglift fahre ich hinauf. Das geht rasend schnell. Meine Kapuze ziehe ich über den Kopf. Denn obwohl ich mich wahnsinnig auf das Wiedersehen mit Anna freue, möchte ich nicht, dass sie mich jetzt schon sieht. Zerzaust bei Nieselregen. Nein, alles soll stilecht sein. So stilecht und gehoben, wie unsere Beziehung war. Bis der Anruf ihres Vaters alles zunichtemachte.

Schon bei meinem ersten Besuch in dieser Stadt war ich beeindruckt von dem grandiosen Ausblick, den man von hier oben hat. Auch jetzt wieder bin ich überwältigt. Unter mir liegen die Dächer von Graz. Die roten Schindeln vermitteln mir den Eindruck, in eine vollkommen andere Welt einzutauchen. Links steht der Uhrturm, das Grazer Wahrzeichen, dessen großer Zeiger die Stunden anzeigt statt die Minuten. Touristen scharen sich davor. Ich drehe mich nach rechts. Laufe ein paar Schritte, und mir stockt der Atem. Da ist Anna. Sie serviert einem Mann eine Latte macchiato. Ob auch sie ein Kribbeln spürt und nicht weiß, was die Ursache dafür ist? Oder ahnt sie, dass ich keine 100 Meter von ihr entfernt bin? Wir sind Yin und Yang. Zumindest waren wir es, bis sie zuließ, fremdbestimmt zu werden.

Es war ihr tatsächlich ernst. Je energischer ich nachfragte, was denn los sei, desto stärker zog sie sich zurück. Sie ließ keine Nähe mehr zu, weder persönlich noch am Telefon. Oder per E-Mail. Auch nicht per SMS. Nicht einmal für die Blumen hat sie sich bedankt, die ich ihr einmal wöchentlich vor die Wohnungstür legte. Die Haustür des Altbaus war ja nie abgeschlossen. Drei weiße Lilien mit einer roten Rose in der Mitte. Meine Rufnummer habe ich unterdrückt, wenn ich bei ihr angerufen habe. Damit sie nicht sah, dass ich es bin. Anfangs hat sie noch mit mir gesprochen. Doch es waren keine schönen Gespräche mehr. Wo wir vorher stundenlang miteinander reden konnten, war sie nun einsilbig. Als stünde ihr Vater hinter ihr und würde darüber wachen, dass sie kein nettes Wort zu mir sagt. Aber Anna ist 34. Da muss sie doch eigenständig sein und handeln dürfen!

Darum habe ich sie mehrfach bei der Arbeit aufgesucht. Sie bediente in einem Lokal an der Binnenalster. Doch auch dort gelang es mir nicht, mit ihr reden zu können. Sie schickte Kollegen, statt selbst an meinen Tisch zu kommen.

Da! Guckt sie zu mir herüber? Spürt sie, dass ich ihr nahe bin? Schnell wende ich den Kopf ab, dann luge ich unter der Kapuze hervor. Ich sollte weitergehen. Sonst bemerkt sie mich. Es dauert ja nicht mehr lang, bis wir uns wiedersehen. Ich muss noch Vorbereitungen treffen. Dieser Abend wird ganz besonders für uns beide. Ich weiß es.

Irgendwann hat sie angefangen, mir zu drohen. Sie würde dafür sorgen, dass ich nicht mehr einfach so auf der Treppe vor ihrer Wohnung sitze, dass ich nicht im Auto darauf warte, dass sie aus der Haustür kommt und zur Arbeit fährt, sie würde irgendwas mit Unterlassung in die Wege leiten. Unterlassungsverfügung, Unterlassungsklage, keine Ahnung, was. Dass sie es doch nicht getan hat, zeigt mir, dass sie mich trotz allem liebt. Sie kann sich bloß nicht aus den Fängen dieses Tyrannen befreien. Dabei braucht sie ihn nicht. Ich bin doch da für sie. Sobald sie »Ja« sagt, sind wir verheiratet, und ich beschütze sie.

Der gewundene Weg führt mich den Berg hinunter in die Sporgasse. Ich bekomme Lust auf einen Kaffee. So viel Zeit habe ich noch. Warum also nicht bei »Frankowitsch« einkehren? Vor anderthalb Jahren waren wir beide das erste Mal dort. Das erste Mal überhaupt in Graz. Damals hat Anna sich in die Stadt verliebt. Aber dass sie jemals hierherziehen würde, hätte ich nie vermutet. Ich suche mir ein nettes Plätzchen unter der Markise und schaue den Menschen zu, die vorbeieilen, vorbeischlendern, sich unterhalten oder schweigen. Besonders auf Pärchen achte ich. Wie gehen sie miteinander um, was sagt ihre Körperhaltung über die Beziehung, meistens verraten sie sich, ohne etwas zu sagen. Der Kaffee ist gut. Stark und schwarz. Er rinnt meine Kehle hinunter und vermischt sich mit dem Kribbeln zu einer Aufregung, die sich weiter steigert. Gleich werde ich in das Fischgeschäft gehen, das die dralle Bedienung mir empfohlen hat. Graved Lachs für Anna. Mit Honig-Senf-Dill-Soße. Als Erinnerung an zu Hause. Dazu gibt es Baguette. Würde ich kochen wollen, hätte ich Wiener Schnitzel gewählt. Vom Kalb. Wie es sich gehört. Mit frittierter Petersilie und Preiselbeeren. Das hat sie so begeistert gegessen, als wir damals im »Häuserl am Wald« mit diesem wunderbaren Blick auf die Berge waren. Aber ich werde heute Abend ohnehin genug zu tun haben, da möchte ich nicht noch lange in der Küche stehen müssen. Für mich gibt es Austern. Ich liebe Austern. Ich hoffe doch sehr, dass ich hier welche bekomme. Den Veuve Clicquot habe ich im Hotelzimmer in die Minibar gestellt. Schließlich müssen wir mit Champagner anstoßen.

Ein Ehepaar setzt sich an den Nachbartisch. Ich spüre die Spannung zwischen beiden, auch wenn sie schweigen. Als die Bedienung ihre Getränkewünsche aufgenommen hat – zwei Verlängerte, was auch immer das sein mag, und zwei Brötchen mit Käse, wie langweilig, zumindest Lachs müsste es sein – entbrennt ein kurzer, aber heftiger Streit.

Anna und ich haben uns nie gestritten. Gut, wir sind ja auch nicht verheiratet, und so lang wie das Ehepaar am Nebentisch kennen wir uns bestimmt auch noch nicht. Heute sind es genau zwei Jahre. Am 4. Mai haben wir uns kennengelernt. Ich weiß es noch wie heute. Wir waren bei einer Partnerschaftsbörse im Internet aufeinander aufmerksam geworden, hatten bis zu jenem Maitag schon oft miteinander telefoniert, ihre Stimme am Telefon war mir gleich sympathisch gewesen. Nicht sympathisch hat sie sich in der letzten Zeit verhalten. Und gar nicht sympathisch war es, als sie vor vier Wochen in eine Trillerpfeife blies, als ich sie anrief. Ich solle sie endlich in Ruhe lassen, hat sie geschrien, und jeglicher angenehme Klang ihrer Stimme fehlte.

Aber nicht sie hat zu bestimmen, wann unsere Beziehung vorbei ist. Und nicht sie hat über die Art des Endes zu entscheiden. Einfach zu gehen und zu sagen, es ist aus und vorbei, das lasse ich nicht zu. Das geht nicht. Das wird sie auch einsehen. Heute Abend.

Als sie ein paar Tage lang zu Hause nicht ans Telefon ging, habe ich mir noch keine Gedanken gemacht. An ihrem Arbeitsplatz erklärten mir ihre Kollegen, sie sei krank. Dann hieß es, sie habe Urlaub. Ich habe an ihrer Tür geklingelt, mich auf den Gepäckträger eines an die Hauswand gelehnten Fahrrads gestellt, um in ihr Wohnzimmer zu gucken, habe ihr auf den Anrufbeantworter gesprochen und Nachrichten geschickt. Als auch der zweite Blumenstrauß vor ihrer Tür liegen blieb, habe ich angefangen, mir ernsthafte Sorgen zu machen. Doch weder ihre Nachbarn noch ihre Freunde wollten mir sagen, wo sie steckte. Sogar in den umliegenden Krankenhäusern habe ich nachgefragt. Dann habe ich ihren Vater angerufen. Mit dem bin ich auch noch nicht fertig. Ein ekelhafter Mensch. Aber er ist ja nicht mit nach Graz gezogen. Alles kann gut werden.

Klammheimlich hat Anna alles vorbereitet. Und so, wie sie von einem auf den anderen Tag die Beziehung zu mir beendete, so abrupt verließ sie auch Hamburg. Ihre

Freundinnen sagten, ich solle endlich akzeptieren, dass es aus sei, und auch von ihren Arbeitskollegen erfuhr ich nichts. Man hatte sich gegen mich verschworen.

Es nieselt nicht mehr, die Sonne hat sich zwischen die Wolken geschoben und sie vertrieben. Ich laufe durch die Gassen, und eine unglaubliche Ruhe erfüllt mich. Anna hat sich einen wunderbaren Ort zum Leben ausgesucht. Auch für mich wird es kein Problem sein hierherzuziehen. Im Fischgeschäft bestelle ich neun, nein lieber doch zwölf Sylter Royal. Ob Anna die silberne Schale noch hat, auf der wir die Austern immer anrichteten? Der Graved Lachs sieht auch gut aus. Die Luft dampft in der Sonne, als ich das Geschäft mit dem Plastikbeutel voll Köstlichkeiten verlasse, und am Himmel über dem Hauptplatz erscheint ein Regenbogen. Was für ein Tag! Ich werfe einen Blick auf meine Uhr. Halb fünf, nun wird es Zeit. Glücklicherweise fährt die Linie 31 alle zehn Minuten, und den Namen der Haltestelle konnte ich mir leicht merken: Zweierbosniakengasse. Was für ein lustiger Name. Im Hotel ziehe ich mich um. Dunkler Anzug, weißes Hemd, die Schuhe sind frisch geputzt. Mit der Tasche, dem Champagner und den Blumen mache ich mich auf den Weg.

Ich habe den Mann einer ihrer Kolleginnen angesprochen, als ich ihn am Samstag auf dem Markt traf. Wir kennen uns vom Sehen. Sehr sympathisch. Er war recht aufgeschlossen und fragte, wie es Anna denn inzwischen in Graz gefiele. Und was für ein Glück sie doch hat, dass sie in den neuen Wohnpark Gösting ziehen konnte. Herauszufinden, in welcher Straße Anna jetzt wohnt, war daraufhin ein Kinderspiel.

Ich parke vor der Bäckerei beim Wohnpark und bin beeindruckt, wie hübsch begrünt die Anlage ist. Sogar auf den Dächern scheinen Gärten zu sein. Kein Wunder, dass Anna sich hier wohlfühlt. Nun muss ich nur noch herausfinden, an welchem der Häuser ihr Namensschild hängt. Ah, Haus Merlot. Wie passend. Und ihre Lieblingsvase mit drei weißen Lilien steht im Fenster. Parterre rechts. Aus meiner Hosentasche fische ich den Zettel mit der Telefonnummer eines Schlüsseldienstes. Ich habe mich gut vorbereitet. Als sich ein Mann meldet, schildere ich ihm mein Dilemma. Dass ich einkaufen war, meinen Schlüssel vergessen habe und meine Frau nun auch unterwegs ist. Dass er jemanden schicken müsse, ich stünde hier mit frischem Fisch und anderen Einkäufen. Kein Problem, sagt der freundliche Mann und ist nach knapp zehn Minuten da. Binnen einer Minute hat er die Tür geöffnet. Ich gebe ein großzügig bemessenes Trinkgeld. Interessiert sehe ich mich in Annas neuem Heim um. Die Wohnung ist nicht besonders groß, aber gut geschnitten, der Wohn-Essbereich geschmackvoll eingerichtet, und sie bietet einen einzigartigen Blick in die Natur und auf die Burgruine Gösting. Ich habe die Seiten des Wohnparks natürlich ausführlich im Internet studiert. Ich lächle, als ich auf dem Glastisch die silberne Schale entdecke, an die ich vorhin dachte. Eine zweite hohe Vase für meine Lilien finde ich in der Küche. Im Badezimmer studiere ich den Inhalt der Schränke ganz genau. Zu meiner Zufriedenheit gibt es keine zweite Zahnbürste, nichts weist darauf hin, dass sich ein Mann regelmäßig in diesem Bad aufhält. Als ich ihr Schlafzimmer betrete, sauge ich den Geruch tief in mich ein. Ihr Allerheiligstes, ihr Intimstes. Anna schläft gern nackt. Allein schon der Gedanke daran, wie sie unter der dünnen Decke liegt, entfacht meine Lust. Langsam hebe ich sie hoch und lasse mich bäuchlings auf das Bett fallen, vergrabe meine Nase in ihrem Kissen. Annas Geruch ist so intensiv, dass mir ganz anders wird. Nur einen Moment gönne ich mir noch, dann reiße ich mich los. Ich muss anfangen.

Es ist kurz vor acht, als ich das Türschloss höre. Doch sie kommt nicht herein. Bestimmt überlegt sie. Immerhin war die Tür nicht abgeschlossen, das wird sie irritiert haben. Ich bin ganz leise. Warte im Wohnzimmer am Esstisch.

Nun höre ich ihre Schritte. Ich atme erleichtert aus. Doch was ist das? Sie flüstert, ich kann nicht verstehen, was sie sagt. Die Tür ist ja fast geschlossen.

Plötzlich ruft sie: »Hallo?« Angst schwingt dabei in ihrer Stimme mit. »Hallo?«

Ich sage nichts. Gleich wird sie hereinkommen. Sie wird die brennenden Kerzen in den silbernen Leuchtern sehen, die ich extra mitgebracht habe. Den liebevoll gedeckten Tisch. Die Blumen und natürlich mich. Sie wird erkennen, dass es nicht richtig war, mich so schändlich zu behandeln. Sie wird meine Liebe spüren. Ihre Liebe zulassen. Hamburg und ihr Vater sind weit weg. Hier kann sie sie selbst sein.

»Thorsten?« Ein Zittern liegt in ihrer Stimme.

Glück durchflutet mich. Ja. Wir sind Yin und Yang. Sie weiß, dass ich es bin, der auf sie wartet. Ich stehe auf. Meine Brust hebt und senkt sich, die Vorfreude lässt mein Herz schneller schlagen. Jede Sekunde wird sie durch die Tür treten. Am liebsten möchte ich die Arme ausbreiten, aber ich befürchte, dass sie das als zu theatralisch empfindet.

Wo bleibt sie nur?

»Vati?« Sie spricht sehr leise, aber jetzt kann ich verstehen, was sie sagt. Mein Lächeln gefriert. »Ich glaub, Thorsten ist hier. Er muss irgendwie in die Wohnung gekommen sein.« Die Panik in ihrer Stimme schneidet mir ins Herz.

»Ja, Vati. Ich rufe die Polizei und warte draußen. Jaja, ich gehe sofort raus und schließe die Wohnungstür von außen ab.« Etwas Leben kommt in ihre Stimme.

Nein, denke ich. Das wirst du nicht tun. Nun ist das Maß voll! Ich greife zu dem Wellenschliffmesser, mit dem ich das Baguette aufschneiden wollte. In der ehrenwertesten Absicht bin ich hergekommen. Wollte uns mit einem stilvollen Abend die Möglichkeit geben, über unsere Beziehung zu reden. Zu reflektieren, was vielleicht nicht richtig gelaufen ist. Was man verbessern kann.

Anna flüstert wieder. »Ich gehe jetzt raus.«

Als ich in den Flur trete, ist sie schon fast an der Tür.

»Nein«, sage ich, »du gehst nirgendwohin.« Mit vier Schritten bin ich bei ihr.

»Thorsten!« Ihre Stimme kippt. Entsetzen und Angst stehen ihr ins Gesicht geschrieben. Für einen Moment bleibt sie starr, dann greift sie zur Türklinke.

»Finger weg«, befehle ich, ziehe das Messer hinter dem Rücken hervor und halte es wie ein Schwert in Richtung ihres Halses. Sie lässt die Klinke los. Mein Blick hält sie fest wie eine Schraubzwinge, meine linke Hand weist zum Wohnzimmer.

»Ich hab das Abendessen vorbereitet«, sage ich sanft. »Graved Lachs mit der Honig-Senf-Soße, die du so gern magst. Dazu frisches Baguette und Veuve Clicquot. Zur Feier des Tages.«

Sie schluckt.

Geht langsam an mir vorbei. »Thorsten. Bitte.«

»Geh!«

Sie schenkt dem liebevoll gedeckten Tisch keinen Blick.

»Setz dich.«

Wie ein hypnotisiertes Kaninchen schaut sie mich an. Nimmt langsam Platz. Der Stuhl aus Chrom und schwarzem Leder hat Armlehnen. Anna trägt einen Seidenschal. Sie trägt gerne lange Schals. Einmal um den Hals geschlungen, baumeln die Enden vorn lose hinunter.

»Festbinden!«, fordere ich sie auf. Die lange Klinge des Messers weist dabei nur kurz auf eines der Enden, ist sofort wieder an ihrem Hals.

»Was hast du vor?« Die Panik in ihrem Blick trifft mich.

»Binde deinen Arm an der Lehne fest!«

Langsam kommt sie meiner Aufforderung nach.

»Fester!« Sie soll keine Gelegenheit haben, sich mir zu entziehen. »Reden will ich. Nicht mehr. Gönn mir die Stunde. Dann geh ich, wenn du es denn wirklich möchtest.«

Sie nickt. Hat den linken Arm inzwischen angebunden.

»Gib mir den rechten!« Ich lege das Messer auf den Tisch, als ich ihre Hand fest im Griff habe. Ziehe am anderen Schalende. Sie ringt nach Atem.

»Ach, hab ich zu fest gezogen?« Ich lächle, als ich das sage. »Das wollte ich nicht. Aber du bist selbst schuld. Du hast den Kopf in deiner eigenen Schlinge.« Ich binde ihre rechte Hand straff an die Lehne. Sie hat kaum Spielraum. Jede Bewegung nach oben, links oder rechts zieht den Schal enger um ihren Hals.

Ich gieße Champagner in die Gläser. Halte eines an ihren Mund.

»Trink.«

Sie verweigert.

»Trink!« Nun öffnet sie den Mund.

Ich setze mich an den Tisch. Greife eine Auster, beträufle sie mit Zitrone und lasse sie in meinen Mund gleiten. Fantastisch. Ich kippe einen Schluck Champagner hinterher.

»Du musst einsehen, Anna«, sage ich wie zu einem kleinen Kind, »dass es so nicht geht. Dass nicht du es zu bestimmen hast. Du kannst eine Beziehung, die so wunderbar ist wie unsere, nicht einfach beenden, nur weil dein Vater irgendwelche Lügen über mich erzählt.«

»Er lügt nicht.« Angst und Traurigkeit sprechen aus ihren Augen. »Er ist mit dem Richter befreundet, der dich damals wegen Stalking verurteilt hat.«

»Das war ein Fehlurteil! Der Richter hat nur deshalb zu Anjas Gunsten entschieden, weil er scharf auf sie war.«

Als sie antwortet, ist ihre Stimme ganz leise. »Das stimmt nicht, Thorsten. Du hast sie genauso verfolgt wie mich jetzt. Hast sie genauso bedroht. Mein Vater hat mit ihr gesprochen. Und ich glaube ihm.«

»Halt's Maul!« Automatisch hole ich aus. Schlage ihr ins Gesicht. Ihr Kopf fliegt zur Seite. Sie röchelt. Läuft blau an. Verdammt! Das hab ich nicht gewollt. Ich greife zum Messer. Mit einem Ruck ist der rechte Arm frei. Keuchend ringt sie nach Luft. Ich lege das Messer zurück, greife an ihren Hals, öffne die Schlinge. Hektisch atmet sie ein. Ich lasse mich vor ihr auf die Knie fallen. Umfasse ihren Kopf mit beiden Händen. »Anna, es tut mir leid«, stammle ich und küsse sie auf den Mund. Dass sie den freien Arm an mir vorbei bewegt, nehme ich nur halb wahr.

Dann spüre ich das Messer, das sich von hinten durch meinen Hals arbeitet.

GRAFS MÄRCHEN

ROBERT PREIS

»Kennen Sie die Gebrüder Grimm? Ach, was red ich. Natürlich kennen Sie die. Jeder kennt die. Wie ich darauf komme? Na, weil Sie ein bisserl wie ein Märchenprinz ausschauen. Aber kommen S' nur herein. Nur herein. Lassen S' ruhig die Schuh an, ich bitt Sie. Lassen Sie sie a-an!«

Doch natürlich zog sich der Graf die Schuhe aus, wenngleich er es sofort wieder bereute. Er kam sich seltsam unvollkommen vor, nur mit Socken.

»Mei, sind die schön. Die Blütenform erinnert mich ein bisserl an die ›Norah Cunningham‹, eine von den Kletterrosen, die Allister Clarke gezüchtet hat. Oder an die ›Cocktail‹. Sehr schön ist sie jedenfalls. Wird aber keine von denen sein. Wissen Sie's zufällig genau?«

Der Graf hob etwas verlegen die Schultern und musste zugeben, keine Ahnung zu haben, um welche Art von Rosen es sich handelte. Er habe sie einfach im Rosengarten Kamaritsch gekauft, ohne zu fragen. Einfach die schönste von allen.

Natürlich *redete* der Graf nur über Rosen, gedanklich war er weit weg. Er beobachtete alles sehr genau, sah sich zum Beispiel den engen Flur an, der schlecht ausgeleuchtet war und deshalb etwas düster wirkte und dessen Wände auf der einen Seite mit Familienfotos, auf der anderen mit Kalendern aller Art geschmückt waren. Nur in das Gesicht der Frau blickte er nicht – obwohl, selbst dann wäre ihm der Hauch von Schamesröte nicht aufgefallen, der unter der Schminke nur sehr schwach durchschimmerte.

Die Frau war etwas älter als der Revierinspektor, aber durchaus nicht so alt, als könnte es sich nicht doch um Avancen handeln, die der Graf ihr machte. Und bei den häufigen Besuchen in letzter Zeit war das ja durchaus möglich. Jedenfalls nicht gänzlich auszuschließen.

Obwohl, sie war ja nicht blöd und wusste, wer der Graf war. Und was von Beruf. Und solche Leute, die waren fast immer das, was sie waren. Also, die lebten das auch. Immerzu.

Im Büro machten sich schon alle über ihn lustig. Was er denn wolle von der Zierlich – so hieß die Frau. Ob er sich etwa Hoffnungen machte, aus seinem Nest in Laufnitzdorf herauszukommen? Es wenigstens in das kleine Häuschen mit dem Vorgarten direkt an der Mur in Frohnleiten zu schaffen?

Vor allem Landerdinger war es, der Inspektor, der sich mit solchen Schmähs immer ganz besonders gern hervortat. Ihn konnte er am wenigsten von allen ausstehen. Ihn, den selbstgerechten Familienvater, der ihn immer so hinstellte, als sei er zu deppert, um an eine Frau zu geraten.

Dabei, was wusste der Dicke schon? Heutzutage war es sauschwer, jemanden kennenzulernen. Im richtigen Leben. *Sau*schwer.

Jaja, übers Internet versuchte er es schon lange. Da hatte er auch allerhand Erfolge zu verzeichnen. Eine Schweizerin zum Beispiel wollte schon anreisen, ehe sie im letzten Moment doch noch ein Foto von sich schickte und er die Reise mit allerlei obskuren Ausreden abwenden konnte. Sogar eine plötzlich auftretende Hautkrankheit hatte er ins Treffen geführt.

Dafür fand ein anderes Treffen in Graz statt und endete katastrophal. Die vermeintliche Frau war ein Mann gewesen und wollte sich auch dann nicht von ihm abbringen lassen, als der Graf unmissverständlich klar machte, sein Herz eher einer weiblichen Person schenken zu wollen. Die beiden küssten sich dann irgendwann doch, meine Güte in dem Park war es eh finster, aber es dauerte Tage, bis der Graf das Gefühl loswurde, Bartstoppeln auf den Lippen zu spüren. Sauschwer war das alles, so allein. Und einsam. Und jetzt halt diese Frau. Die Zierlich mit ihren Rosen.

»Also nur herein mit Ihnen. Womit kann ich dienen? Welche Fragen haben Sie denn noch? Sie wissen, ich hab immer Zeit für Sie, aber ein bisserl auffällig ist die Häufigkeit Ihrer Besuche doch.« Sie zwinkerte ihm zu und setze sich fast gleichzeitig mit ihm an den runden kleinen Kaffeehaustisch im Garten, wobei sich ihre Hände wie zufällig berührten. Ein Meer aus Rot und Gelb und den mannigfaltigen Nuancen, die dazwischen liegen, umgab sie. »Mein Traum wär es, einmal einen Garten wie der Fineschi anzulegen. Professor Gianfranco Fineschi aus der Toskana kennen Sie bestimmt. Nicht? Nein? Na, da haben Sie aber noch viel zu lernen. Aber jemand wie Sie, der muss ja nicht alles wissen. Ich meine, jemand, der so aussieht wie Sie. Ich sag immer, mit einem gut gepflegten Äußeren erspart man sich so manches Buch.« Und diesmal wurde der Graf rot und gleich noch röter, als er realisierte, dass die Zierlich ihn jetzt mit intensiven Blicken bedachte. Jedenfalls mit eindeutigen. Ein, zwei Sekunden, lange genug, um sich auf einen Kuss einzurichten. Die Lippen zu spitzen und sich zu nähern.

Doch nichts dergleichen geschah. Stattdessen schreckte er hoch, weil sie schon wieder aufgestanden war.

»Ich habe es von Anfang an gespürt, wissen Sie. Das zwischen uns. Mein Mann hat das nie gemacht, mir Rosen mitgebracht, meine ich. Alles was Sie hier sehen, stammt von mir. Habe ich selbst gezüchtet. Und ich will mich ja nicht mit fremden Federn schmücken, aber als wir im Jahr 2000 zur schönsten Blumenstadt Europas gekürt wurden, war mein Anteil daran nicht unerheblich. Ich habe schließlich die Reisen nach Seppenrade und Zweibrücken unternommen, und der Anblick von ›Sweet Magic‹ und ›Josephine Bruce‹ in Frohnleiten ist nur mir zu verdanken. Da können Sie alle fragen, den Altbürgermeister, die Elke Kamaritsch, die Erika Köberl oder die Doris Kainz, alle unsere Blumenfrauen, ganz egal welche. Ich hab großen Anteil am Erfolg gehabt. ›Juno‹ war auch dabei und die ›Granada‹, genau. Mei, die war schön. Wie? Mein Mann? Aber bitte, das hab ich doch schon alles gesagt. Und Sie haben's ja auch schon aufgeschrieben. Auf einmal war er halt weg. Auf *einmal* – ja, sag ich ja. Ich hab das Kapitel geschlossen, verstehen Sie? Mein Mann ist immer bei mir. Ganz nah. In meinem Herzen. In meiner liebsten Kammer. Dort hab ich einen Platz eingerichtet für ihn. In meiner Märchenwelt kommt er vor. Dort stirbt er nie. Dafür sorge ich schon. Aber jetzt ist Schluss. Abgeschlossen. Ich will ein neues Kapitel aufmachen. Weiterleben. Ach, Sie nicht? Ach, das Kapitel meinen Sie. Das möchten Sie weiterschreiben. Na gut, wenn Sie meinen. Aber ich sag heute nichts mehr. Ich bin müde, wissen S'?«

Der Graf verließ sich dann doch weniger auf sein Äußeres und bildete sich weiter. Er las Peter Lambert, dem die deutsche Rosenzüchtung viel zu verdanken hatte, und er erfuhr von Rudolf Geschwinds Genpool in Ungarn.

Eines Tages kam es zu einer handfesten Rangelei im Präsidium, weil Landerdinger, dieser – mit Verlaub – Dodel, ihm eine Rose auf die Tastatur legte. Der Graf war daraufhin aufgestanden und wollte seinem Kollegen eine schmieren. Es blieb aber nur beim Versuch, und das anschließende Geschubse war harmlos und hatte zur Folge, dass die beiden tagelang nichts mehr miteinander redeten. Eines Tages aber – sie waren gezwungen, wegen einer Dienstplanrochade gemeinsam auf Streife zu gehen – blieb Landerdinger am Frohnleitner Hauptplatz vor der Auslage der Bibliothek Buch & Co stehen.

Als der Graf bemerkte, auf welchen Buchdeckel der Kollege schielte, wollte er sich schon wieder ärgern, doch der Dicke beschwichtigte ihn schnell.»Nein, nein, im Ernst. Jetzt sag einmal: Was ist dran an der Rosenfrau?«

»Wie meinst das?«

»Dienstlich. Diesmal. Ehrlich.«

Und so schilderte der Graf seinem Kollegen dann doch alles, was er fühlte und dachte und vermeinte zu wissen, und bekam daraufhin auch das Buch vom ihm geschenkt. Ein Geschenk, das er gerne annahm. Und weitergab.

»Ich sag's ja, mein Märchenprinz«, strahlte ihn die Frau wieder an und warf ihm dabei so glückliche Blicke zu, als hätte es das letzte Treffen nie gegeben. »Haben S' ein bisserl reingelesen? Ja? Nein, haben S' nicht. Sonst würden S' nicht nur so dastehen. Sonst würden S' ganz andere Sachen machen mit mir. Warum ich das sag? Nur so. Nur so. Schauen S', das ist die ›Love and Peace‹. Liebe und Frieden. Beides hätt ich gern. Allzu gern, wissen S'. Bringen Sie mir was davon? Wenn ja, was? Oder gar beides? Oder noch viel mehr?«

Wie der Graf sich jedes Mal aus dem Haus stahl, ohne dass etwas passierte, etwas Zwischenmenschliches, wusste er später nicht mehr. Jedenfalls gelang es ihm auch jedes Mal aufs Neue, auf den Mann der Rosenfrau zu sprechen zu kommen. Dass er schon so lange vermisst werde, dass nur mehr er selbst an dem Fall dran sei. Dass er aber eine Spur verfolge. Dass er selbst ihn finden werde, das versprach er ihr jedes Mal.

Und dafür erntete er ein seltsames Funkeln aus den Augen der Rosenfrau, eine Art Begehrlichkeit, wie er sie noch selten bei einem Menschen gesehen hatte.

Das schrieb er sich dann jedes Mal in sein Notizbücherl. Ein kleiner karierter Block, der leicht in die Brusttasche passte. Den Kugelschreiber mit dem Logo der Partei, die er wählte, was er aber niemals zugeben würde, steckte er dazu.

Dieser Notizblock war schon gut gefüllt mit kleinen Merksätzen, die er meist aus Graz bekam. Er hatte da eine gute Telefonverbindung mit einem gewissen Armin Trost aufgebaut, der lokalen Berühmtheit des Ermittlungsbereichs LKA 1 – Leib und Leben. Dieser Trost meinte zum Beispiel einmal, dass es gerade dieses Funkeln sei, worauf man achten müsse. Das verräterische Funkeln. Es konnte ganz unvermittelt auftauchen und sich hinter Phrasen verstecken. Aber wenn es da war, dann war da was. Und das schrieb sich der Graf auch gleich auf.

In dem Notizblock stand schon sehr viel über die Rosenfrau. Über die Zierlich.

Dieser Trost, der Chefinspektor, und vor allem seine Mitarbeiterin, die faszinierende Annette Lemberg, die hatten es dem Grafen schon sehr angetan. Dorthin wollte er. In dieses Büro. In diese Ermittlungseinheit. Weg aus Laufnitzdorf. Sogar weg aus Frohnleiten. Deshalb hatte er sich auch für den Chargenkurs beworben, der demnächst beginnen und ihn ein halbes Jahr in Beschlag nehmen würde.

Der E2a-Kurs, wie man ihn auch nannte, fiele ihm aber sicher leichter, wenn er zuvor noch diesen einen Fall löste. Der verschwundene Mann von Frohnleiten, Ewald Zierlich, Ehemann der Rosenfrau Margarethe Zierlich, Anfang 50, eines Tages spurlos verschwunden.

Dieser Fall wurde zu seiner Obsession. Die Frau selbst natürlich nicht. Natürlich nicht.

Eines Tages – in seiner Wohnung türmte sich die hortikulturale Fachliteratur schon in die Saustallkategorie – fiel es ihm wie Schuppen von den Augen.

Der Name der Rose war doch schon längst gefallen. Dieser einen Rose. Und das Herz, die Kammer. Das Funkeln.

Armin Trost hatte ihn auf alles hingewiesen. Landerdingers Buch auch. Und das Verliebtsein, nein, die Liebe, die bedingungslose Liebe mit all ihren drastischen Folgen. Hastig blätterte der Graf in seinem Bücherl. Er kicherte nervös. Hatte Rosenduft in der Nase.

Dann stellte er sich vor den Spiegel und cremte sein Gesicht ein. Zuvor hatte er den Oberlippenbart gräflich schmal geschnitten. Sich die Augenbrauen gezupft. Im Unterleiberl ist er dann vor dem Spiegel gestanden und hat die Balotelli-Pose geübt, die Schultermuskeln angespannt wie ein Gorilla.

Das würde sein großer Tag werden, das wusste er. Und bevor er ging, sog er noch einmal den Duft einer Rose ein, die er sich in den Revers steckte, und hätte sich fast noch einmal umstimmen lassen durch das liederliche aphrodisierende Gefühl, das dieser Duft auslöste. Aber nein, nicht heute. Nicht heute.

»Meinst nicht, dass das riskant ist? Du hast keine Beweise, du gehst nur nach deinem Gefühl, und da rufst du gleich die Grazer an und bestehst drauf, dass sie heraufkommen? Meinst nicht, dass du einfach runterfahren und diese Lemberg auf einen Kaffee einladen solltest? Wär halt einfacher, denk ich mir. Wennst sie schon kennenlernen willst.«

»Landerdinger, du bist so ein Depp«, schüttelte der Graf den Kopf. »Mir geht's ja gar nicht um die Lemberg.«

»Ja glaubst, das weiß ich nicht? Es sind nur ein paar Körperteile, die dich an ihr interessieren.« Er rollte mit den Augen, ließ es ansonsten aber dabei bewenden, schließlich machte der Kollege ja einen extrem aufgeregten Eindruck.

Der Graf telefonierte lang. Zuerst ein kurzes Gespräch, bei dem er sich ständig räuspern musste, mit der Lemberg, und dann wurde der Hörer weitergereicht, und er sprach mit Trost persönlich.

Er kannte ihn jetzt schon ein wenig, immerhin hatten sie zuletzt einen aufsehenerregenden Fall quasi gemeinsam gelöst, weil ein Serienmörder in Graz umging und er zufällig anwesend war. Ja, zufällig. Na ja, der Graf hatte es sich halt zur Angewohnheit gemacht, die Lemberg zu beschützen, wenn er schon einmal in Graz war. In Graz konnte er halt nicht anders. Da hatte er den Beschützertrieb. Ist ja auch eine große Stadt. Eine gefährliche.

Und ja, es passierte in letzter Zeit extrem viel in der Gegend, was seine Chancen, nach dem Chargenkurs direkt in die Mordgruppe zu kommen, nur noch erhöhte. Davon war er überzeugt. Vor allem nach diesem Tag.

»Geh bitte, ist das ein Scheißtag«, murrte Trost ins Telefon und seufzte ausgiebig. Dann war es so lange ruhig, dass der Graf schon befürchtete, er habe grußlos aufgelegt. Doch irgendwann quälte sich die Stimme dann doch wieder an die Oberfläche der Jetztzeit und murrte: »Aber ich reiß ihnen den … ach, schon gut. In einer Stunde bei Ihnen.«

In einer Stunde …

Tatsächlich, die Grazer kamen wieder nach Frohnleiten.

Die Zierlich klatschte in die Hände. »Mei, mein Märchenprinz, das ist aber eine Ü… Und wer ist das? Und das?«

Jetzt stemmte sie die Fäuste in die Hüften.

»Interessant. Ich glaub, wir reden ein andermal miteinander, ich bin nicht eingerichtet auf so viel Besuch.«

Doch natürlich ließ er sich jetzt nicht die Tür so einfach vor der Nase zuknallen und bat die Rosenfrau mit sanftem Druck, sie alle einzulassen. Landerdinger, Lemberg, Trost und ihn selbst natürlich auch.

Und da standen sie nun, inmitten all der Blumen, umhüllt vom Duft Hunderter, Tausender Rosen. Die Rosenfrau Zierlich in ihrer Mitte, und er, der Graf, wusste gar nicht, wo er hinschauen sollte. Zu ihr oder zur Lemberg. Oder in sein Bücherl.

»Also«, blitzte ihn Trost grantig an. »Bringen wir das jetzt hinter uns oder wollten Sie uns nur Ihre Zukünftige vorstellen?«

»Also ich bitt Sie«, hob die Rosenfrau an. Jetzt sahen alle, dass sie ein bisschen rot geworden war. Der Graf übrigens auch, aber ihn beachtete in diesem Moment zum Glück gerade keiner.

»Schon gut, schon gut, ich zieh die Bemerkung zurück und entschuldige mich in aller Form. So viele Rosen auf einen Blick machen mich nur ein bisserl meschugge. Da kann man ja an nichts anderes mehr denken, als an …«

Lembergs Räuspern unterbrach den Chefinspektor, und der Graf begann, sich an die Rosenfrau wendend, unsicher zu sprechen. »Ja also«, hob er an, »ich bin Ihr Märchenprinz, nicht wahr, so nannten Sie mich doch. Von Anfang an.«

»Ja«, die Rosenfrau lächelte. »Das sind Sie auch. Das darf ich doch vor allen Leuten sagen, oder? Obwohl, jetzt weiß ich nicht mehr, was ich von Ihnen halten soll. Sie bringen mir da ja einen ganzen Haufen Fremder in die Wohnung. Alles Polizisten noch dazu.«

Doch der Graf hörte nicht auf sie, begann stattdessen seinen Streifzug durch die Wohnung, und die anderen folgten ihm artig. »Sie gestatten?« Er betrachtete die Blütenpracht, schloss die Augen und sog die Luft ein, befühlte die Blüten.

Trost erinnerte er damit an Kevin Costner in »Der mit dem Wolf tanzt« im Kornfeld. Die Rosenfrau hatte sinnliche Assoziationen, Lemberg schaute ihm mit Interesse zu, und Landerdinger amüsierte sich köstlich. Wie man sich zum Narren machen kann.

»Kollege? … Herr Kollege …? Kollege Hinterher, ich bitt Sie«, rief Trost schließlich. »Brauchen wir jetzt einen Botaniker, oder geht's um Mord oder was?«

Hinterher, Reinhard Maria Hinterher, das war sein eigentlicher Name. »Graf« nannten sie ihn nur wegen seines Gehabes. Seiner Art aufzutreten, die eben mitunter an die Manieren und Manierismen eines Grafen erinnerten.

Trost seufzte: »Ma, ich muss gehen, bitte.«

Doch der Graf ignorierte die ihm geltende Schelte. Ließ sich nicht beirren, und schließlich, als wäre er gegen eine unsichtbare Tür geprallt, blieb er stehen und hob die Hand.

»Verehrteste!«, rief er, und als er sich umdrehte und der Rosenfrau in die Augen sah, bemerkte er es wieder. Das Funkeln.

Eines hatte ihm Trost aber noch nicht erzählt: dass dem Täter im Moment der Entlarvung der Unterkiefer aufklappt.

Die Rosenfrau stand jetzt mit offenem Mund da, und aus dem Funkeln wurde ein flehentliches Glühen. Sie hätte jetzt alles dafür gegeben, das wusste der Graf. Und er wusste in diesem Moment auch, wie knapp er vorbeigeschrammt war in den letzten Wochen. Denn jedes Mal, wenn er hier gewesen war, hatte sie ihn umgarnt, eingehüllt. Mit dem Duft der Rosen und ihrer eigenen Pracht. Kurz war er davor gewesen, sich zu verlieben. Sich wirklich Hals über Kopf in sie zu verlieben. Und dann? Wäre er dann auch noch so vor ihr gestanden? So anklagend? So erhaben?

Schweigend kam nun auch Trost näher und musterte die Frau. Dann warf er dem Grafen einen Blick zu, dem die Überraschung anzumerken war, und schließlich bemerkte Trost die Rose, vor der der Graf zum stehen gekommen war. »Die ist aber schön.«

»Ja, darf ich vorstellen«, sagte der Graf. »Die ›Gebrüder Grimm‹, gezüchtet von Wilhelm Kordes & Söhne. Ein Märchen von einer Rose. Und jedes Märchen braucht seinen Märchenprinzen.«

Und nun blickte er Trost direkt an: »Ein seltsames Funkeln in den Augen, der Wunsch des Täters nach Offenbarung seiner Tat. Die List der Sprache. Ich, der Märchenprinz, die ›Gebrüder Grimm‹ und der Satz ›Mein Mann ist mir so nahe wie meine Rosen.‹« Und wieder zur Rosenfrau gewandt: »Verehrteste, wir werden jetzt schaufeln. Aber verraten Sie uns schon jetzt, was wir unter der ›Gebrüder Grimm‹ finden werden?«

Die Rosenfrau ließ sich auf einen Stuhl fallen. Strich verträumt mit den Fingerkuppen über eine Blume, die den Titel »Louis XIV.« trug, und kam sich selbst vor wie eine Königin. Eine gefallene Königin. Ihre schlichten Worte fürs Protokoll: »Und wer, bitt'schön, wird sich jetzt um meine Rosen kümmern?«

AGATHE BAUER

ELKE PISTOR

Agathe Bauer rückte ihren Aluhut zurecht. Es klingelte erneut. Sie trat vom Türspion zurück, drehte den Schlüssel ihrer Wohnungstür dreimal um und entsicherte den Panzerriegel. Sie war bestens vorbereitet und geschützt. Gegen die Strahlung und alles, was da kommen wollte. Die Fenster mit schweren Plastikplanen abgehangen, davor eine dicke Schicht Schaumgummi und zum Abschluss mit Alufolie umwickelte Kartonagen. Sie bedauerte es ein wenig, dass sie deswegen auf elektrisches Licht aus der Lampe angewiesen war und den Stromkasten nicht ausschalten konnte. Um sich trotzdem nicht den Hyperschallfeldern auszusetzen, hatte sie alle ihre Energiesparlampen mit zwei parallel angeordneten Drahtringen versehen und die Zuleitung zum Stromkasten mit Alufolie umwickelt. Erst kürzlich hatte sie die Zusammenhänge erkannt, als wegen eines defekten Gerätes der FI-Schalter herausgesprungen und sie selbst dann zur weiteren Sicherheit noch alle Sicherungen ausgeschaltet hatte. Der Effekt war unbeschreiblich gewesen. Der in ihrem Körper gespeicherte Strom floss durch die Beine in den Boden. Der Druck im Herzen ließ nach, und zum ersten Mal seit Monaten spürte sie ihre Fußsohlen wieder. Ein herrlich befreites Gefühl.

»Ja?« Sie öffnete die Tür so weit, wie die Sicherheitskette es gestattete, und schaute durch den Türspalt.

»Mein Name ist Lemman. Peter Lemman und Sie bekommen heute Besuch von Antenne Steiermark, Frau Bauer. Schönen Nachmittag!«

»Aha.« Agathe rührte sich nicht. Der junge Mann vor ihrer Haustür starrte auf ihren Hut und wirkte sichtlich irritiert. Es entstand eine Pause.

»Ja.« Er trat von einem Fuß auf den anderen, sammelte sich kurz und setzte dann erneut an.

»Antenne Steiermark. Ihr Radiosender. Sie wissen schon – ›Immer einen Hit voraus‹«, sagte er mit viel Schwung in der Stimme. »Wir waren verabredet.«

»Haben Sie einen Ausweis?« Agathe runzelte die Stirn.

»Hatte meine Kollegin Sie nicht telefonisch informiert, dass ich komme?«

»Doch, natürlich. Vor einer Stunde.« Pause. Schweigen.

Peter Lemman griff in die Brusttasche seiner Lederjacke und zog seine Geldbörse hervor.

»Hier. Mein Presseausweis. Leider verknittert.« Er kramte in der Börse. »Und hier, mein Mitarbeiterausweis. Das Foto ist schon etwas älter. Verzeihung.«

Agathe musterte eindringlich abwechselnd ihn und seine Ausweise. »Sie ja auch«, sagte sie. »Passt schon.« Wieder entstand eine Pause.

Schließlich räusperte sich Peter Lemman. Er lachte etwas gezwungen. Das konnte ja heiter werden. Aber er durfte sich nicht beschweren. Schließlich war er selbst schuld, jetzt hier zu stehen. Immer dieser Ehrgeiz. Besser sein zu wollen als die Kollegen. Das kleine bisschen Mehr auf die Beine zu stellen. So wie Thomas Axmann. Mit seiner »Axi auf Achse«-Aktion hatte er über 75.000 Euro für einen guten Zweck zusammenbekommen. Sen.Sa.Tionell! Das war mal eine stattliche Summe. Jetzt war er nur noch auf der Suche nach dem richtigen Dreh. Kinder, Tiere und alte Leute gingen doch irgendwie immer. Von Agathe Bauer hatte er eine kurze Polizeinotiz in der Zeitung gelesen. Die alte Dame hatte sich erfolgreich gegen einen unerwünschten Besucher gewehrt. Das inspirierte und reizte ihn sehr.

»Kein Wunder, dass Sie den Trickbetrüger überwältigt haben, Frau Bauer. So rüstig und wachsam, wie Sie sind.« Er machte einen Schritt auf die Wohnungstür zu. »Kann ich denn reinkommen? Wir wollten doch das Interview mit Ihnen führen.«

Agathe schlüpfte in ihre Filzpatschen – die Wolle schützte gegen Strahlung von unten – und öffnete die Tür so weit, dass der Besucher eintreten konnte. Sobald er in ihrem Vorzimmer stand, schloss sie die Tür wieder, legte die Sicherheitskette ein und schob den Türbolzen vor.

»Bitte.«

Peter Lemman folgte ihr ins Wohnzimmer. »Was ist das?«, wollte er wissen und berührte interessiert eine schillernde Pyramide auf dem Sideboard, in deren Innerem sich Halbedelsteine befanden. Lockere Konversation zu Beginn des Besuchs, um die Stimmung zu entkrampfen und das Gegenüber Vertrauen entwickeln zu lassen.

»Ein Orgonit. Er bringt meine Lebensenergie in Bewegung und verwandelt negative in positive Energien.« Agathe blickte streng und wirkte ganz und gar nicht entkrampft.

Peter Lemman bekam den Eindruck, ihre positiven Energien hätten sich gerade irgendwo in dem Glitzerding verkeilt. »Ah ja.« Peter Lemman nickte. »Sehr schön.« Er ging zu einem Sessel, setzte sich hin und holte sein Aufnahmegerät aus der Jackentasche. »Dann wollen wir mal, Frau Bauer.«

»Möchten Sie einen Kaffee?« Agathe Bauer ignorierte sein Bemühen und griff nach der Thermoskanne, die auf dem Tisch stand.

»Gerne. Aber machen Sie sich bitte keine Umstände. Also erzählen Sie doch mal. Wie war das? Der Betrüger hat an Ihrer Haustür geklingelt. Und dann?«

»Mit Milch?«

»Nein danke. Die vertrage ich nicht.« Er hüstelte. »Also, um aufs Thema zu kommen: Die Verbrecher haben versucht, sie reinzulegen. Können Sie mir kurz schildern, wie …«

»Erdnüsschen?« Agathe Bauer hielt ihm eine Schale unter die Nase.

»Nein danke. Auch keine Erdnüsschen.«

»Sind die Ihnen zu salzig?«

»Bitte? Nein, ich bin allergisch.« Peter Lemman war zunehmend gereizter. »Und außerdem würde mich viel mehr interessieren, wie Sie den Betrüger denn nun überwältigt haben.« Er schaltete das Aufnahmegerät ein. »Viele Menschen Ihrer Generation stehen dem Ganzen oft hilflos gegenüber und werden zum Opfer dieser skrupellosen Machenschaften«, sagte er mit der schönsten Sprecherstimme, zu der er fähig war.

Agathe stellte die Erdnüsse zur Seite und musterte ihn scharf. Sie setzte sich in den gegenüberstehenden Sessel. »Sie haben mich doch gewarnt. Also, nicht Sie persönlich. Aber Antenne Steiermark.«

Peter Lemman stutzte und überlegte kurz. »Jaja, das stimmt natürlich. Wir berichten regelmäßig über solche …«

»Nein, nein. Das meine ich nicht. Ich meine die Sendung, die nur für mich ausgestrahlt wird.«

Peter Lemman schaltete das Gerät wieder aus. So ging das nicht. »Die nur für Sie ausgestrahlt wird?« Diese seltsame alte Dame ging ihm langsam wirklich auf die Nerven. Auch wenn er sich das natürlich niemals hätte anmerken lassen. Der Professionalität wegen und so. Und wie das hier aussah. Überall diese Alufolie und die vielen Spiegel. In der Mitte des Raumes hing an einem Silberfaden eine eiförmige Glaskugel von der Decke, in der trübes Wasser hin und her schwappte.

»Agathe Bauer«, sagte Agathe Bauer, folgte seinem Blick zur Decke mit wissendem Lächeln, sagte aber nichts. »Ihre Sendung ›Agathe Bauer‹. Dort, wo Ihre Zuhörer anrufen können und die Botschaften erklären können.«

»Botschaften?«

»Die Botschaften in den Liedtexten. Die nur die Eingeweihten hören.«

»Ach so.« Peter Lemman lachte erleichtert auf. Jetzt fühlte er sich wieder auf sicherem Terrain. »Sie meinen den Agathe-Bauer-Song.«

Agathe beugte sich vor. »Es sind geheime Botschaften«, raunte sie. »Wie damals. In meiner Jugend.« Sie setzte sich gerade hin und ergänzte: »69.« Ihr Blick verklärte sich. »Als sie herausgefunden haben, dass Paul McCartney tot ist. In ›Revolution Number Nine‹. Wenn man die Platte verkehrt herum abspielt, hört man ganz deutlich ›Turn me on, dead man‹. Und am Ende von ›Strawberry Fields Forever‹ sagt John Lennon ganz klar, dass er Paul beerdigt hat. Und später auf dem Cover von Abbey Road, da ist Paul barfuß. Und«, sie hob ihre rechte Hand und bildete mit Mittel- und Zeigefinger das Victoryzeichen, führte sie zum Mund und machte ein saugendes Geräusch, bevor sie weitersprach, »er hielt die Zigarette in der rechten Hand. Dabei weiß doch jeder, dass Paul McCartney Linkshänder ist.« Sie ließ die Hand wieder sinken. »Beziehungsweise war. Nicht ist. Sie haben ihn ja ausgetauscht. Paul ist schon lange nicht mehr Paul.« Sie musterte ihr Gegenüber eindringlich. »Solche hieb- und stichfesten Beweise sind doch nicht von der Hand zu weisen.«

Peter Lemman war einen kurzen Moment sprachlos. »Ach, Sie meinen das Rückwärtsabspielen der Schallplatten? Aber …«

»Kein Aber, junger Mann.« Agathe wirkte plötzlich sehr lebhaft. »Seitdem das mit dem Rückwärtsspielen nicht mehr so einfach ist wegen der CDs und dieser seltsamen Dateien, werden die Botschaften in den Liedern ja anders versteckt, und man muss schon sehr genau hinhören.« Sie griff nach ihrem Kaffeehäferl. »Das erste Mal ist es mir aufgefallen, als diese junge Frau von ›Zahahnwehh, Zahahnweeh‹ sang und prompt darauf am nächsten Tag mein Backenzahn abbrach.« Sie trank einen Schluck. »Und dann kam ein paar Tage später im Radio ›Du bist aber locker durchzufriern, du‹, und sie haben mein Fenster aufgemacht. Mitten im Dezember.«

»Wer hat Ihr Fenster aufgemacht?«

»Die Freimaurer. Und die Illuminaten. Sie wollen die Weltherrschaft.«

»Frau Bauer.« Peter Lemman rückte auf seinem Sessel ein Stück weiter nach vorne und beugte sich zu Agathe Bauer hinüber. »Ich erinnere mich an das Lied von Enrique Iglesias. Es heißt ›El perdón‹. Und ganz am Anfang hört es sich so an, als ob er das mit dem Frieren singt. Aber er singt es nicht. Es sind spanische Wörter, die nur so …«

»Natürlich singt er es. Sonst würde man es doch nicht hören«, unterbrach Agathe ihn. Sie hob wortlos eine Augenbraue und spitzte die Lippen. Peter Lemman lehnte sich wieder in seinen Sessel. Beiderseitiges Schweigen.

»Gut, Frau Bauer«, lenkte Peter Lemman schließlich ein, schaute sie intensiv an und drückte erneut auf den Aufnahmeknopf. »Der Trickbetrüger. Er gab sich also als Herr vom Wasserwerk aus und behauptete, er wolle ihre Wasseruhr kontrollieren. Ich würde gerne wissen, wie Sie …«, versuchte er es erneut, aber Agathe sprang auf.

»Kommen Sie, junger Mann. Kommen Sie. Ich muss Ihnen etwas zeigen.« Sie griff nach seiner Hand und zog ihn mit sich in die Küche. »Bitt schön!« Sie stemmte die Hände auf die Hüften. »Schaun S' doch selbst.«

»Was soll ich schauen?«

»Das Bild von Ihrem Radiosender.« Sie zeigte auf eine gerahmte Fotografie an der Wand neben der Garderobe. Nur vereinzelte breite Kondensstreifen zogen sich durch einen strahlend blauen Himmel. Ein rot-weißer Sendemast ragte hoch hinaus. Die verschiedenen Gebäudeteile daneben schimmerten zartgelb im Sonnenlicht.

»Das ist der Sender Dobl. Von dort aus hat ›Antenne Steiermark‹ 20 Jahre lang gesendet. Bis 2015«, sagte Peter Lemman. Er lächelte, als er sich an die Jahre seiner Jugend erinnerte. »Antenne Steiermark war der Pionier des österreichischen Privatradios.«

»Richtig.« Agathe Bauer ging zu dem Bild und hob die Hand. »Aber darum geht es nicht. Sehen Sie das denn nicht?«

»Was soll ich sehen?«

»Hier.« Sie zeigte mit dem Finger auf die Spitze des Sendemastes. »Wenn man von hier aus«, sie strich mit dem ausgestreckten Zeigefinger über das Bild, »jeweils eine Linie zu den gegenüberliegenden Kanten des langen Daches zieht, ergibt sich doch ganz deutlich ein Dreieck.« Sie wechselte auf die andere Seite des Bildes. »Und die Dächer der anderen Gebäude bilden ebenfalls Dreiecke.«

»Nun. Das haben Dächer so an sich. Sie wirken häufig wie Dreiecke.«

»Papperlapapp. Das sind die geheimen Zeichen der Freimaurer. Und der Illuminaten«, fügte sie noch rasch hinzu.

»Der Sender ist aber 2015 umgezogen«, widersprach Peter Lemman aus einem Reflex heraus. Sofort bereute er seine Worte.

»Ja. Genau. Umgezogen in das Styria Media Center in Graz.« Sie lachte laut auf und kniff dann die Augen zusammen. »Haben Sie sich denn mal die Fassade genauer angesehen? Wenn man genau im rechten Winkel unter dem Überhangdach steht, bilden die weißen Striche auf den Fassadenelementen ein was?« Sie reckte das Kinn hervor.

»Ein Dreieck?«, gab Peter Lemman zaghaft zur Antwort.

Agathe nickte bedeutungsschwer. »Die Zahlen sprechen ebenfalls dafür.« Nun kam richtig Leben in Agathe. »Antenne Steiermark ging am 22.09.1995 on air und hat heute 45 Mitarbeiter. Wenn Sie davon die Quersumme ziehen, ergibt das 46.« Sie schaute ihn triumphierend an.

Peter Lemman kniff die Augen zusammen. In ihm reifte der Entschluss, diesen Versuch auf der Stelle abzubrechen und wieder nach Hause zu fahren. Hier war definitiv nichts zu holen. Er konnte das Ding sicher auch ganz anders aufziehen. Es woanders noch einmal versuchen. Aber wie kam er hier wieder raus? »Ähhh«, sagte er entgegen seiner sonstigen Gewohnheit, sich jegliche Füllwörter zu verkneifen und bewegte sich langsam rückwärts Richtung Küchentür.

»Und der Sender hat zwei Jahrzehnte in dem Gebäude residiert, richtig?«

»Jaja. Sie haben völlig recht, Frau Bauer.« Verrückten sollte man immer zustimmen, bevor die Situation eskalierte.

»Nun. Das ist doch ganz klar. 46 geteilt durch zwei ergibt 23.« Wieder der triumphierende Blick.

»Richtig, Frau Bauer. Völlig richtig.« Peter Lemman nickte heftig.

»23 ist die Zahl der Illuminaten. Sie ist die Zahl des Bösen und des Unheils. Das sehen Sie ja schon allein daran, dass Wien in 23 Bezirke unterteilt ist.«

Peter Lemman stand auf. »Danke, Frau Bauer. Das ist ja alles sehr interessant.« Er schaute auf seine Armbanduhr. »Aber ich glaube, ich muss dann langsam wieder …« Er tastete sich rücklings vorsichtig weiter.

»Vergessen Sie die Chemtrails nicht!« Agathe Bauers Gesicht glühte jetzt. »Die Regierungen versprühen mit jedem Flugzeug Chemikalien, um das Wetter zu manipulieren, und wir bekommen die ganzen Nanopartikel ab. Sie machen uns komplett krank.«

Sie kam auf ihn zu. Ihre Augen flackerten. »Das weiß sogar der Herr Hofer. Er ist der einzige Politiker, der das ernst nimmt und 2013 beim Parlament danach angefragt hat.«

»Komplett krank. Das glaube ich Ihnen aufs Wort, Frau Bauer.« Peter Lemman legte die Hand auf die Klinke und drückte sie langsam nach unten, als die Tür in seinem Rücken plötzlich aufschwang. Er sprang zur Seite. Eine junge Frau fiel ihm direkt vor die Füße. Ein Polster lugte unter ihrem Pullover hervor. Die Frau war kreidebleich und rührte sich nicht.

»Was zur Hölle …?« Peter Lemman starrte mit offenem Mund auf die Leiche.

»Sie haben aus Versehen den Wandschrank geöffnet.« Agathe lächelte ihn freundlich an. »Die ist von letzter Woche. Kam hier an, tat so, als ob sie schwanger sei, und wollte ein Glas Wasser haben, weil ihr angeblich schlecht war. Ich habe sie natürlich sofort durchschaut.«

Peter Lemman versuchte zu sprechen, aber mehr als ein Röcheln gelang ihm nicht. Er drehte sich um und öffnete die nächste Tür, von der er hoffte, sie führte ihn in die Freiheit. Die Hoffnung trog. Er stand in der Besenkammer und konnte sich nicht mehr rühren. Wegen Überfüllung geschlossen. Ein Polizist in Uniform und ein Mann mit Staubsauger hockten zusammengekauert drin. Beide mausetot.

»Der Polizist wollte kontrollieren, ob meine Wertgegenstände auch sicher aufgehoben sind, und der andere mir einen Staubsauger vorführen.« Agathe Bauer legte ihre Hand auf Peter Lemmans Schulter. Er zuckte zusammen und fuhr herum.

»Aber ihr Brüder könnt mich nicht austricksen. Ich erkenne euch.«

»Wie …? Was …?« Peter Lemman zitterte am ganzen Leib. Wie konnte sie das herausgefunden haben? Er wollte sich doch nur beweisen, dass er besser war als alle anderen.

»Ihr habt einen starren Blick, blinzelt nicht, und eure Pupillen sind oval, nicht rund wie bei Menschen«, krächzte Agathe Bauer nun mit tiefer Stimme und kam drohend auf ihn zu. Ihre Augen rollten.

»Aber ich …« Peter Lemmans Stimme brach.

»Was?« Agathe Bauer griff hinter sich. Als ihre Hand wieder zum Vorschein kam, umklammerte sie ein stahlblitzendes Tranchiermesser. »Leugnest du etwa, auch ein Reptiloid zu sein? So wie die da? Eines dieser Schlangenwesen, die uns Menschen nur als Biomasse betrachten? Als Diener und Nahrung? Du hast die Milch verweigert und die gesalzenen Nüsse. Untrüglichere Zeichen gibt es nicht.«

»Ja, nein … ich …« Das war alles zu viel für ihn. Ihm wurde schlecht, und er spürte, wie seine Knie nachgaben.

Das Letzte, was Peter Lemman hörte, war ein Lied der Red Hot Chilli Peppers im Küchenradio. »Wo ist der Peter?«, verstand er ganz deutlich aus dem englischen Text, bevor die Ohnmacht ihn gnädig umfing.

»So. Den hätten wir erledigt.« Agathe strahlte über das ganze Gesicht. Der Polizist und der Staubsaugervertreter in der Besenkammer öffneten die Augen, grinsten breit und kämpften sich aus ihrer unbequemen Sitzposition hoch. »Das war wirklich großartig, Frau Bauer. Und wir haben alles im Kasten. Zum Glück haben die Mikrofone alle einwandfrei funktioniert. Das wird eine wunderbare Radiosendung.«

»Die Bilder sind auch super geworden«, ergänzte die junge Frau. »Sehr schönes Material für unsere Homepage.« Sie stand auf und zog den Polster unter dem Pullover hervor.

»Wie gut, dass Sie sich sofort bei uns gemeldet haben, als der Anruf des Betrügers kam. So hatten wir genügend Zeit, um rechtzeitig fünf Minuten früher bei Ihnen zu sein.«

Agathe lächelte. »Man tut, was man kann, nicht wahr, um allen Verbrechern das Handwerk zu legen.«

»Sie haben diesen ganzen Schmarrn aber auch äußerst glaubhaft dargestellt«, sagte der als Polizist verkleidete Radiomoderator. »Botschaften in Liedern – großartig!«

»Chemtrails über Österreich«, ergänzte die junge Frau und kicherte.

»Illuminaten im Styria Media Center – ganz großes Kino!«

Der Dritte im Bunde lachte laut.

Agathe unterbrach ihn und griff nach dem Tranchiermesser. »Schmarrn? Was meinen Sie denn mit Schmarrn?«

Agathe Bauer rückte ihren Aluhut zurecht.

NACKT

CONSTANZE DENNIG

»Nackt bist du geboren, nackt wirst du sterben!«

Welch wahres Wort spricht da die Natur! Treu diesem Grundsatz habe ich mein ganzes Leben verbracht. Nicht die gesamte Lebensspanne selbstverständlich, denn in der widerwärtigen Zivilisation duldet man keine gottgegebene Freikörperkultur. Da muss man sich wohl oder übel zeitweise der diktatorischen Kostümierung unterwerfen. Zu meiner Nudistenehre muss ich mir wenigstens zugestehen, dass ich für meine Überzeugung oft genug die Härte eines Gefängnisbettes in Kauf genommen habe. Beinahe 70 Jahre habe ich – auch gegen den Widerstand der Obrigkeit – meinen Grundsatz der Freikörperkultur gelebt. Die ersten zehn Jahre, bevor ich die nackte Wahrheit erkannt habe, haben mir meine Eltern eingebrockt, die in ihrem katholischen Wahn jegliche Art von Entblößung bekämpft haben. Doch dann, noch Kind, aber schon an der Schwelle zum Erwachsenen, erleuchtete mich der Funke der Befreiung, als ich – nur bedeckt mit einem Badetuch – aus einem Bach stieg, der an unserer Bauernkeusche vorbeifloss. Im Spiegel der besonnten Wasseroberfläche betrachtete ich einen mageren bleichen Jungenkörper, der mit dem Fetzen Stoff über den noch lächerlich winzigen Genitalien wie der Körper Christi am Kreuz aussah. Ab da wusste ich, diesen Körper zu bedecken, bedeutet, das Geheimnis des »Bösen« zu verbergen.

Nur wer unter der Nacktheit das »Böse« vermutet, der ist auch der Schöpfer des »Bösen«.

In diesem Augenblick begann mein Kampf gegen das Verbergen. Anfangs war es gar nicht so einfach, meine Vision zu leben. Probieren Sie es selber, ziehen Sie sich doch, kaum haben Sie die Schwelle des Elternhauses verlassen, um in die Schule zu gehen, komplett aus! Weniger deshalb, weil die ungemütliche Kälte einem bis in die Gedärme kriecht, sondern vor allem deshalb, weil die anderen Mitbürger, sobald sie eines nackten Kindes ansichtig werden, sofort zu einer Decke greifen und es trotz Widerstand in selbige einhüllen wollen. Worte und Schreie fruchten da gar nichts! Bis zu meiner Volljährigkeit konnte ich meinem Freiheitskampf zumeist nur in den umliegenden Wäldern heimlich frönen. Doch auch da stand ich unter der Kuratel der Mitbürger. Man brachte mich mehrmals auf eine Psychiatrie, wo man durch Schläge – es war noch eine andere Zeit als heute, wo Gewalt gegen Kinder geahndet wird – und Medikamente meine angebliche Geisteskrankheit zu beseitigen trachtete. Das hat aber nur meine Überzeugung gefestigt. Erst spät erkannte ich, dass mir nichts anderes übrig bleiben würde, als zu tarnen und zu täuschen. Drum entdeckte ich für mich die Pseudonacktheit. Pseudonackt ist man, wenn man unter einem weiten Umhang, der wie ein Vorhang die Bühne der Körperoberfläche kaschiert, nicht bekleidet ist. Ich gebe es zu, es ist eine Kompromisslösung, aber unter Menschenmengen ist es die einzige Möglichkeit, die Überzeugung zu leben. Es war mir bald klar, dass ich für mich und die möglichen anderen Anhänger der Freikörperkultur ein Refugium schaffen müsste, das uns eine noble, gottgewollte Umgebung der körperlichen Unantastbarkeit gestattet. Jeden Schilling, den die »normalen« Mitbürger in Kleidung und Heizung investieren, habe ich in dieses Projekt hineinsteckt. Und dann – erst mit 30 hatte ich es geschafft – konnte ich diesen Garten Eden auf dem Pleschkogel erwerben. Mitten im Wald, nur zu Fuß erreichbar, liegt meine Waldheimat, wo ich unbedeckt von jeglichen Textilien einherwandeln kann und das »Böse« von der Natur verschluckt wird. Hier habe ich die letzten 40 Jahre verbracht, manchmal allein, manchmal auch in Gesellschaft von Gleichgesinnten. Selbst eine weibliche Nudistin hat mich eine Zeit lang begleitet. Leider ist sie vor 14 Jahren mitten im Winter an ihrer zivilisatorischen Verfrorenheit gestorben. Tja, die Abhärtung muss auch mit der nötigen Ausdauer geübt werden.

Jetzt lebe ich wieder allein. Es ist nicht das schlechteste Dasein, zumindest ist keiner da, der auf mich einen Schatten wirft!

Alles war gut, und ich dachte, ich hätte meinen Frieden gefunden. Ich war sogar schon beinahe daran, auch meinen Frieden mit der bösartigen Umwelt zu schließen. Und jetzt das!

Zuerst kamen nur Männer, die um mein Gelände schlichen, was mich wenig verwundert, denn sensationsgierige Zeitgenossen kommen hie und da, um den »Wahnsinnigen« zu schauen. Die durchdringen aber niemals meinen Stacheldrahtzaun, dafür sind sie zu feige. Allerdings sind unter denen auch welche – Journalisten und ähnliches Pack –, die, unter dem Vorwand, selber Nudisten zu sein, danach trachten, sich einzuschleichen. Diese Sorte erkenne ich sofort an ihrer nicht wettergegerbten Haut, denn eintreten lasse ich nur jemanden, der sich schon am Eingang auszieht.

Tja, selbst das Gesäß ist bei einem Vollzeitnackten von der Sonne geledert!

Bräune kann sich jeder schnell einmal im Solarium anzüchten, aber die Runzeln und Furchen, die Spuren der ganztägigen UV-Bestrahlung über Jahre hinweg, die kriegt man nicht so schnell mal eben hin. Mir macht keiner was vor!

Die herumstreunenden Männer packten dann ihre Vermessungsgeräte aus. Da schwante mir schon Übles. Wozu kartografieren? Wollten die eine Straße, ein Bauwerk, eine Mauer … wollten die irgendetwas bauen? Neben mir, mitten im Wald, in der Stille, meine Einschicht zerstören, mich umkreisen, mich vertreiben? Abwarten sagte ich mir, wart mal ab, nicht vorpreschen, die werden sich schon melden, die werden mir schon kundtun, wenn was passieren soll.

Dann sind sie verschwunden, und ein Jahr ist vergangen. Vorige Woche sind sie wieder zurückgekehrt. Andere, kommt mir vor, nicht dieselben, aber die gleiche Art von Männern: Bürokraten, Pflichterfüller, Anzugträger, wenn auch nicht im Wald – hier Nässe abweisende Parkaträger. Diesmal wollten sie mit mir sprechen, das heißt, eigentlich nur einer von denen, anscheinend der Oberbürokrat, die anderen haben ihn nur begleitet. Die sind hinter ihm gestanden, als er vor meinem Eingangstor in herrischem Ton nach Herrn Blunzmüller rief. Ich habe diesen Namen schon immer gehasst und hätte ihn sicher ändern lassen, wenn ich in der Zivilisation geblieben wäre. So aber bestand keine Notwendigkeit, ganz im Gegenteil, ich hatte schon vergessen, dass ich unter diesem Namen ins Taufregister eingetragen wurde.

Zuerst habe ich gar nicht reagiert. Wozu auch? Ich will den gar nicht kennenlernen, aber dann, als einer der anderen an meinem Gartentor rüttelte, und ich besorgt war, dass es beschädigt würde, bin ich erschienen, nackt natürlich.

Die Männer haben sogleich ihren Blick zu Boden gerichtet, als ich ihnen zur Begrüßung gleich einmal meinen Hintern vors Gesicht gehalten habe. Leider hat sie das nicht davon abgeschreckt, Einlass zu verlangen: »Guten Tag, Herr Blunzmüller, dürfen wir eintreten? Wir hätten was zu besprechen«, hat der Oberbürokrat gemeint.

»Ich aber nicht«, habe ich geantwortet und mich noch einmal gebückt, um meiner Aussage mit meinem Hinterteil Gewicht zu verleihen.

»Wir kommen wohl ungelegen«, hat der Anführer gemeint und dann hinzugefügt, »also, wenn es Ihnen morgen lieber ist, dann kommen wir morgen noch mal vorbei. Dauert nicht lange, nur eine Information. Also wann morgen? Um neun? Passt das?«

Da ich schon so lange nicht mehr mit einem Menschen gesprochen hatte, habe ich viel zu langsam reagiert, um ihm mitzuteilen, dass sie ganz und gar ungelegen kämen. Sie machten abrupt kehrt und mein »… hab keine Zeit …« verhallte zwar nicht ungehört, aber unbeantwortet.

Die letzte Nacht habe ich dann mehr oder weniger schlaflos verbracht, und das hat nicht am Balzgeschrei meiner Waldohreule gelegen, sondern daran, dass ich mir eine Abwehrtaktik gegen eine Gefahr von außen zurechtlegen musste. Denn dass diese Herren, insbesondere ihr

Anführer, eine Bedrohung für meine Existenz darstellen, ist gewiss. Obwohl ich am Berg lebe, lebe ich geistig nicht hinter dem Berg. Die wollen mich vertreiben, das ist sternenklar! Aber ich gebe mich nicht kampflos geschlagen.

Als es heute pünktlich um neun – ich besitze eine Sonnenuhr, die immer richtig geht – wieder vom Eingang her »Herr Blunzmüller, Herr Blunzmüller!« ertönt, bin ich gewappnet. Um den Herrn, der allerdings ganz allein aufgetaucht ist, nicht zu verschrecken, habe ich mir sogar einen Lendenschurz – mein Leidenskostüm – umgebunden. Damit will ich ihm Vertrauen einflößen. Schon von Weitem winke ich ihm freundlich zu. Er winkt, augenscheinlich erleichtert, ebenfalls freundlich zurück.

»Schön, dass Sie für mich Zeit erübrigen, Herr Blunzmüller«, begrüßt er mich in verlogen amikalem Ton. Diese Art zu kommunizieren lernt man in Coachingkursen für Manager. Das weiß ich von meinem ehemaligen Nudistenkollegen, der so eine Ausbildung auch absolviert hat. Zu seinem Verhängnis hat er auch mit mir so gesprochen, um mich vom Freikörperkulturthron zu stürzen. Gestürzt ist er selber – in den Abgrund. Jedenfalls kenne ich mich mit solchen Schleimern aus und kann ganz gut zurückschleimen: »Habe die Ehre, Herr …?«, entgegne ich höflich.

»Ingenieur Wisent. Grüß Gott! Freut mich, Sie kennenzulernen. Darf ich kurz rein?«

Wisent, das passt zu dem! Ein urzeitliches Rindvieh im Geiste, wahrlich ein entsprechender Name.

»Selbstverständlich, Herr Ingenieur, was verschafft mir die Ehre?«

Noch habe ich das Tor nicht geöffnet, denn es ist immer gut, sein Gegenüber ein wenig schmoren zu lassen. Er muss so richtig gierig darauf werden, meine Eremitage zu schauen. Also bleibe ich ihm gegenüber noch ein Weilchen stehen, ohne den Schlüssel ins Schloss zu stecken, so lange, bis er demütig »bitte« sagen wird.

»Darf ich?«, dabei deutet er auf das Tor. »Darf ich eintreten?«

»Selbstverständlich …«, antworte ich, ohne auch nur einen Finger zu rühren. Das verwirrt ihn augenscheinlich, denn er rüttelt am Gitter: »Es ist verschlossen. Könnten Sie …?«

»Selbstverständlich.« Noch immer lasse ich ihn draußen warten.

»Aber … es ist zu. Könnten Sie …?«

»Selbstverständlich kann ich …«

Schließlich kapiert er, dass man mir nicht mit Kommandos, nur mit Bitten kommen kann, denn er blickt mich flehentlich an und endlich, endlich fragt er: »Könnten Sie mir *bitte* öffnen?«

Sofort stecke ich den Schlüssel ins Schloss und drehe ihn herum. Auch wenn es quietscht und knarrt, das Gartentor springt auf. Ich versuche mich zu erinnern, wann ich das letzte Mal Besuch hatte. Das wird wohl jener des schleimig gecoachten Kollegen gewesen sein, und der ist auch schon zwei Jahre her. Es gab also seither keinen Grund, die Tür zu schmieren. Ich selber verlasse mein Areal kaum, denn alles, was ich zum Leben brauche, bietet mir die Natur. Ich bin ein Selbstversorger. Ich belaste keine Sozialtöpfe, fülle sie allerdings auch nicht. Diese ganze selbstverliebte Zivilisation dient nur dazu, solchen unnützen Schmarotzern wie dem, der gerade vor mir steht, eine bequeme Existenz zu sichern. Wahrscheinlich ist der heutige Tag der mühevollste seines bisherigen Berufslebens, denn immerhin musste er sich zu Fuß den Berg heraufquälen.

Mit aufgesetzt verbindlichem Lächeln betritt er mein Heiligtum. Ich kann problemlos unterscheiden, ob einer aufgesetzt oder ehrlich lächelt. Nur wenn sich rund um die Augen die Fältchen runzeln, ist ein heiteres Gesicht echt. Der verstellt sich schlecht, der kann sein vorgeschrieben berufliches Begehren nicht einmal professionell kaschieren. Ein Stümper! Wenn ich schon jemanden hintergehe, dann wenigstens mit ambitionierter Leidenschaft. Ich merke schon, mit dem habe ich leichtes Spiel. Dem fehlt es an Enthusiasmus für seine Sache. Davon abgesehen wirkt er sowieso wie eine mausgraue Existenz, die nur durch ihre Funktion überhaupt lebt. So einer, dessen Gehirn mit unreflektierten Anordnungen seiner übergeordneten, ebenfalls mausgrauen Bürokratievollzieher gefüllt ist.

»Sehr freundlich, Herr Blunzmüller, könnten wir uns irgendwo in Ruhe zusammensetzen, um die Sache zu besprechen?«

Die Sache, also ein Thema, vor dem er sich fürchtet, es klar auszusprechen. Sein Coach hat ihm sicher beigebracht, dass man unangenehme Nachrichten am besten vermittelt, indem man sie nicht beim Namen nennt. Ich warte mal ab, ich werde mit der »Sache« auch nicht überhapps herausrücken. Immerhin brauche ich ebenfalls Zeit.

Ich weise ihm mit meiner rechten Hand den Weg Richtung Gartenhütte. Davor habe ich mir einen Tisch mit Eichenbank gebaut. Eine Idylle, von der ich weit ins Land schauen kann. Von da oben sehe ich die Rauchschwaden der Papierfabrik in Gratkorn, die dort unten alles einräuchert. Mich ficht das nicht. Bis zu mir bequemt sich nicht einmal der Ausstoß dieser Giftschleuder herauf. Selbst die Abgase sind zu bequem, den Aufstieg auf den Hohen Plesch zu machen.

Vor meiner Hütte angekommen, schleimt er munter weiter: »Schön haben Sie es hier. So was von Natur, da könnte man echt neidisch werden. Aber wünschen Sie sich nicht auch manchmal ein bisserl Komfort?«

Aha, jetzt startet die Bestechung. Das soll ein Tausch werden, Gemeindebauwohnung mit Strom und Wassertoilette gegen meine Latifundien. Aber ich lass ihn mal kommen: »Mögen Sie sich nicht setzen und was trinken?«

Ich merke, dass der Gesandte erleichtert ist, dass er – entgegen den schlimmen Gerüchten, die seine Kollegen über mich verbreitet haben – vermeint, mit mir leichtes Spiel zu haben.

»Zu liebenswürdig, ist gar nicht nötig, aber einen Schluck Wasser … ist ja ein steiler Aufstieg zu Ihnen … schweißtreibend. Wie kann das ein älterer Mensch wie Sie schaffen? Sie müssen gut trainiert sein.«

»Ich gehe nicht runter. Ganz einfach.«

»Tja, aber der Einkauf, ein Arztbesuch …?«

Du Einfaltspsychologe, glaubst wohl, du kannst mir mit meiner Alterszukunft Angst machen? So ein Dilettant!

»Brauche ich nicht«, antworte ich, während ich aus meiner Regenwassertonne eine Tasse mit Wasser fülle und sie vor ihn hinstelle. Gleich merke ich, dass ihm graust, vermutet wohl, dass Typhus- und Cholerabakterien in meinem Reservoir schwimmen. Der arme Tropf traut sich aber nicht abzulehnen, da er es sich mit mir nicht verscherzen will. Drum nippt er nur zaghaft an der Tasse.

»Schmeckt fein, eben gar nicht gechlort«, kommentiert er, während seine Mimik das Gegenteil erzählt.

»Gell, das ist was anderes als aus der Wasserleitung?«

Er nickt und tut wieder so, als ob er trinken würde. Betreten rutscht er auf der Bank hin und her, nicht wissend, wie er das Gespräch auf den Grund seines Kommens bringen soll.

»Herr Blunzmüller, wenn ich mich hier so umschaue – Sie haben es zwar sehr romantisch, aber denken Sie nie daran, wie es sein wird, wenn Sie einmal gebrechlich werden? Da würde doch ein bisschen Komfort Ihr Leben erleichtern. Ich denke da an eine Versorgung mit Strom, vielleicht ein Telefon, Wasser aus der Leitung, ähm … ich meine nur das Warmwasser. Das würden wir Ihnen zur Verfügung stellen. Stellen Sie sich vor, wie angenehm es wäre, wenn Sie am Abend einfach die Lampe aufdrehen, wenn Sie sich unter eine warme Dusche stellen könnten, wenn Sie …«

An diesem Punkt muss ich ihn einbremsen, schon aus ideologischen Gründen – warme Dusche, bah, soweit kann ich mich nicht verstellen, auch wenn es vernünftiger wäre, ihn rascher auf den Punkt kommen zu lassen. »Warmduscher sind zu einem frühen Tod verurteilt«, korrigiere ich ihn.

»Na, dann eben kalt, aber … ich denke prinzipiell an eine Erleichterung Ihres Lebens. Wir von der Landesfachabteilung, wir sind für alle Menschen da, auch für jemanden wie Sie.«

So jetzt ist es raus, ein elektrikinfizierter Landesbeamter, noch schlimmer als ein beamteter Landesbeamter. Der sitzt doch nicht da, um mir einen Elektrizitätsvertrag anzudrehen, der führt doch was anderes im Schilde. Vorsicht, stoß ihn nicht vor den Kopf, bevor er sein Ansinnen ausgespuckt hat, er muss Vertrauen schöpfen!

»Sie meinen, ich sollte elektrisch und so, so einfach Schalter an und geht …«

»Genauso meine ich es, so bequem könnte es für Sie werden. Stellen Sie sich mal vor, wie wunderbar! Kein Holz mehr mühsam hacken und schleppen zum Heizen und Kochen, am Abend unter der Lampe sitzen und ein Buch lesen, oder gar eine lustige Fernsehshow anschauen, selbst das Putzen könnten Sie sich erleichtern … mit … mit, ähm, zum Beispiel einem Staubsauger. Ich könnte noch eine Reihe von Vorteilen für Sie aufzählen, aber ich bin sicher, da fällt Ihnen schon selber was ein.«

»Sauna?«

Er runzelt die Stirn, das hat er jetzt nicht gleich kapiert. Plötzlich dämmert es ihm: »Klar, Sauna auch, ein Knopfdruck, und schon wird's warm.«

Dazu muss ich bemerken, dass ich ein Saunafanatiker bin. Ich besuche täglich diesen wohlig warmen Ort, wo sich das Nacktsein am ursprünglichsten erleben lässt. Dieses Gefühl, wenn die Schweißperlen vorerst nur an der Brust, dann am Nacken und der Stirn langsam die Haut entlangrollen, bis sie auf die rohen Holzplanken tropfen. Wenn die Schenkel ein leises Schmatzgeräusch von sich geben, wenn sie sich berühren, die Gedanken im Kopf einem dumpfen Nebel weichen und die unbezwingbare Ermattung von meinem Körper Besitz ergreift. Es gibt kein genussvolleres Erlebnis.

Mein Saunahäuschen hat nur Platz für *einen* liegenden Menschen, und der bin ich. Der gecoachte Kollege und die nicht abgehärtete Dame haben vergeblich versucht, ihn mir abspenstig zu machen.

Obwohl ich, wie gesagt, diese Hitzestube liebe, würde ich niemals eine, die auf Knopfdruck funktioniert, besuchen. Der Erwärmungsprozess muss von mir selber, durch die Kraft meiner Natur erzeugt werden. Ich kenne jedes einzelne Holzscheit, das ich mit meiner selber geschärften Axt zerteilt habe. Da baut sich eine Beziehung auf. Manche Holzpflöcke verdienen es nicht anders, als vernichtet zu werden. Das sind die, die meinem Willen vehement Widerstand leisten – meistens sind sie von etlichen Astlöchern durchbohrt – die unter Aufwand all meiner Kraft zertrümmert werden. Dann gibt es die weiblichen, meist mit weißlichem Holz, die sanft Gehorsam leisten, wenn die Klinge in sie eindringt. So soll es sein, wie auch bei Mann und Frau. Wenn ich ehrlich bin, dann muss ich gestehen, dass es für mich immer eine Überwindung bedeutet, dieses edle bleiche Holzfleisch zu zerstören. Dann denke ich mir: »Schon wieder so eine falsche Hexe«, und gleich ist mein schlechtes Gewissen beiseitegeschoben. Denn dass in jeder Frau, wie weiß ihre Haut auch sein mag, eine Hexe steckt, ist sonnenklar. Dieses bedeutende Detail eines Saunabesuchs werde ich dem Herren, der da so bescheuert auf meiner Bank sitzt, aber nicht verraten.

»Mögen Sie auch Sauna?«, frage ich ihn.

Der Wisent ist kurzfristig verunsichert, weiß er doch anscheinend nicht, was er, um mein Wohlwollen nicht zu verspielen, antworten soll. War wahrscheinlich noch nie da drinnen, und wenn, dann nur in so einem Wellnessdampfbad, wo die Temperatur nicht auf mehr als 50 Grad steigt.

»Gerne, wenn es sich ergibt. Im Hotel oder, wie gesagt, einmal bei Freunden. Ich bin, ähm, aber ich ... ich würde öfter, wenn ... aber Sie wissen, die Gelegenheit und dann nicht so heiß«, dazu verzieht er seinen Mund zu einer verkrampften Grimasse.

»Tja, nicht jedermanns Sache. Ich hoffe, dass Sie nicht einer von denen sind, die halb angezogen – so wie die Amerikaner – in der Kabine sitzen. Da können Sie das Saunieren ja nicht lieb gewinnen. Nur nackt!«

»Nein, nein, immer ausgezogen. Haha«, lacht er, auf amikal tuend, »nein, nein, in der Kabine, da bin ich auch ein Anhänger der Freikörperkultur. Sozusagen ein Kollege von Ihnen.«

Also lieber Freund, zum »Kollegen« eines Pioniers der Nacktheit braucht's ein wenig mehr, als nur auf einem Handtuch sitzend zu schwitzen.

»Na dann. Dann möchten Sie sicher gerne einen Saunagang mit mir machen? Ich heize Ihnen ein. Das wäre doch was, wenn Sie schon mal da sind. Im Warmen redet es sich auch leichter. So von Adam zu Adam.«

Das mit dem Adam hat ihn offensichtlich verwirrt, denn er schaut mich pikiert an, traut sich aber noch nicht abzulehnen. Sein Begehr an mich gestattet es ihm nicht, es sich mit mir zu verscherzen.

»Eigentlich habe ich nicht so viel Zeit, aber ein anderes Mal gerne.«

»Das kann ich nicht gelten lassen, Sie haben mir doch gerade eine Sauna auf Knopfdruck versprochen. Da müssen Sie sich schon ein bisschen Zeit nehmen, um das mit mir zu besprechen.«

Ich merke, dass er innerlich mit sich kämpft. Vergrämen darf er mich nicht, bevor er sein Ziel nicht erreicht hat. Was er ja noch nicht einmal mitgeteilt hat, aus lauter Angst, ich könnte gleich mal ablehnen. Muss sich um eine wichtige Sache handeln, die ihn, falls er sie nicht zufriedenstellend erledigt, seinen Job kosten kann.

Also macht er auf kooperativ: »Na ja, wenn es nicht zu lange dauert, bis es warm wird?«

Ich schüttle den Kopf: »Ich heize ein, und in einer halben Stunde hat es 100 Grad. Oder wollen Sie es *wärmer*?« Das »wärmer« formuliere ich absichtlich ein wenig zweideutig, um ihn noch mehr zu verunsichern.

»Nein, nein«, schüttelt er den Kopf, »ich bin es nicht so heiß gewöhnt.«

Ich nicke liebevoll. »Na dann machen wir es für den Anfang sanfter.«

Sein Blick zeigt seine Verwirrung, ich kann seine Gedanken lesen: Oh Gott, Sauna und dann möglicherweise sogar Sex? Was soll ich tun? Wie komme ich wieder aus der Situation raus? Was ist mir wichtiger, Job oder Ehre?

Um ihn bei der Stange zu halten – nicht dass ihm die Ehre doch wichtiger als der Job wird – komme ich wieder auf den Grund seines Erscheinens zu sprechen: »Ich heize jetzt ein, und bis es warm ist, können wir uns über alles unterhalten.«

Der beamtete Vasall nickt beglückt, sieht er sich doch einen Schritt weiter auf dem Weg, von mir die Einwilligung in was auch immer zu erlangen.

»Ich richte mal die Papiere her, damit Sie sich informieren können, worum es geht«, dabei fasst er nach der Aktentasche, die er vom Boden auf den Tisch hievt.

»Jaja, und ich heiz uns ein.«

Meine Saunahütte steht ein schönes Stück weit weg von den restlichen Gebäuden. Das deshalb, weil direkt daneben ein Bächlein vorbeiführt, das mir zur Abkühlung dient. Als ich mich am Weg dahin kurz umschaue, sehe ich, dass der Wisent sein Handtelefon gezückt hat und aufgeregt auf der Tastatur herumdrückt. Wahrscheinlich will er seiner Frau erklären, warum er nicht rechtzeitig zum Abendessen da ist. So einer ist das, der sich schon in die Hose macht, wenn sie mal ein wenig ungehalten ist.

Da wirst du ihren Groll in Kauf nehmen müssen, lieber Freund, hier oben gibt es nämlich keinen Empfang! Hier haben schon etliche vergeblich versucht, sich schnurlos aus ihrer Bredouille herauszutelefonieren.

Heizen ist für mich Routine, aber nicht nur, sondern auch Freude an den bunten Flammen, am vor Schmerz knisternden Holz, am Geruch des männlichen Rauchs, der als letztes Andenken an ein hölzernes Leben in den Himmel steigt. Jedes Mal durchzuckt mich ein Adrenalinstoß des Triumphs, weil ich wieder einmal Sieger über die Materie geworden bin. Zu vernichten ist genauso ein Beweis der Stärke wie zu erschaffen. Je schneller und geräuschvoller die Teile von Jahrzehnte alten Baumriesen zu Asche zerfallen, desto befriedigter fühle ich mich. Ich bin der Herr über Leben und Tod.

Von diesem Gefühl berichte ich meinem Besucher natürlich nicht, sonst würde er womöglich draufkommen, dass mein Interesse nur vorgetäuscht ist. Ganz im Gegenteil, als ich wieder bei ihm bin, lasse ich mich mit einem tiefen Seufzer der Erschöpfung auf meine Bank fallen.

»Mühselige Arbeit?«, meint er verständnisvoll. »Sehen Sie, das könnte für Sie bald vorbei sein.«

Ich nicke zustimmend: »Und wie?«

Der Bürokrat schiebt mir die Papiere über den Tisch: »Lesen Sie, dann werden Sie wissen, wie.«

Ich überfliege den Akt. Da steht summa summarum, dass ich einverstanden bin, dass man auf meiner Waldparzelle eine Windkraftanlage im Sinne der »Energiestrategie 2025« errichten darf, andernfalls werde ich im Interesse der Öffentlichkeit enteignet.

Mein Gegenüber wartet geduldig, bis ich mich durch den Paragrafendschungel durchgeplagt habe. Mit einem priesterlich wohlwollenden Lächeln verfolgt er meinen Blick, der quer über die Seiten schießt. Als ich durch den ganzen Sermon durch bin, schiebe ich ihm den Vertrag wieder zurück. Erwartungsvoll meint er: »Und?«

Ich schaue ihm offen in die Augen, während ich mit der Schulter zucke: »Und wenn nicht?«

Er wird unruhig: »Dann … dann haben Sie es nicht gelesen? Das wäre nur unter den … also, wenn es keine andere Möglichkeit gäbe, dann … Aber so weit wird es nicht kommen, wir werden uns schon einig werden, oder?«

Ich nicke zustimmend: »Was bekomme ich dafür?«

»Wie ich schon angedeutet habe, einen Strom- und Wasseranschluss, möglicherweise sogar lebenslang ohne Bezahlung. Ich kann noch mit meinem Abteilungsvorstand verhandeln, ob wir nicht sogar einen Internet- und Telefonzugang installieren können. Dann hätten Sie endlich Kontakt zur … also eben zur Außenwelt … ein bisserl weniger einsam wären Sie dann.«

»Und wer garantiert mir, dass das auch geschieht, wenn ich unterschrieben habe?«

Wisent steht auf, legt die rechte Hand zur Brust und

die linke zum Schwur in die Höhe: »Ich! Ich stehe dafür ein. Wieso sonst hätte ich mich heute noch einmal allein zu Ihnen heraufbemühen sollen? Ich wollte, dass wir die Sache in Frieden klären. Ich sagte mir, so kann man nicht über einen Mitbürger drüberfahren. Dazu müssen Sie wissen, dass alle meine Kollegen dafür waren, sofort ein Enteignungsverfahren einzuleiten. Ich aber bin, ohne jemanden einzuweihen, zu Ihnen gekommen, weil ich wusste, dass wir uns einigen würden.«

Dann beugt er sich über den Tisch zu mir, ergreift meine Hände und schüttelt sie. »Auf unsere Abmachung!« In seiner Begeisterung bemerkt er gar nicht, dass ich ja noch gar nicht zugestimmt habe.

»Mir scheint, die Sauna ist schon warm. Wir können loslegen.«

Erst als er wieder daran erinnert wird, dass er, um zu seiner Unterschrift zu kommen, noch meine Schwitzhütte aufsuchen muss, legt sich seine Euphorie wieder. Mit einem verhaltenen Seufzer beugt er sich seinem Los.

»Aber nachher … dann … ich lasse die Akten hier liegen … zum Unterschreiben.«

Ich beruhige ihn: »Dann, ja dann bei einem Schnaps, dann kommt es zum Vertrag. Vorher können wir uns noch über das wie, wann und wo unterhalten.«

Diese Ansage beruhigt ihn wieder, denn mit forschem Schritt setzt er an, sich in Richtung Saunahaus zu begeben, nach dem Motto: Bringen wir es hinter uns!

Ach wie leicht sind solche Menschen zu durchschauen.

Hemmungen und Peinlichkeiten zu überwinden, ist nur eine Frage der Belohnung, und die winkt ihm in Form meiner Unterschrift. Also entledigt er sich flott seiner Bekleidung, die er ordentlich auf einen Holzstoß aufschichtet. Zum Vorschein kommt ein bleicher Körper, geformt von einem Schreibtischleben mit Rundrücken und vorgewölbtem Unterbauch. Erbärmlich! Ich dagegen protze mit meinem durch harte Arbeit gestählten Oberkörper und einem knackigen Arsch, dem man unter seiner gebräunten Oberfläche das Alter nicht ansieht.

Zu meinem Bedauern kann mein Gegenüber meinen ästhetischen Körper nicht würdigen, da er ohne zu zögern das von mir gereichte raue Leinentuch fasst und damit in der Hütte verschwindet. Drinnen angekommen nimmt er auf dem Stofffetzen Platz und blickt erwartungsvoll durch die offene Tür, auf dass ich mich zu ihm geselle.

Aber ich geselle mich nicht, sondern schließe die Tür. Drinnen sitzt der Wisent, noch unwissend, dass er alleine schwitzen wird. Noch lächelt er mich durch das Fenster freundlich an, denkt wahrscheinlich, dass ich, nachdem ich nachgeheizt habe, an seiner Seite Platz nehmen werde. Klar, nachheizen werde ich, Platz nehmen aber nicht. Bevor ich mich dem von außen zu befeuernden Ofen zuwende, verkeile ich, vom bereits hochroten ökoenergetisch aufgeheizten Antlitz ungesehen, die Eingangstür der Kabine. Das ist nicht schwierig, denn ein Holzpflöckchen zwischen Boden und Türstock hineinzudrücken reicht, um ein Öffnen von innen zu verhindern. Als ich ausreichend weibliches Holz nachgeheizt habe, winke ich meinem Freund durchs Fenster zu und deute ihm, dass ich ihm sogleich Gesellschaft leisten werde. Solange er noch gut bei Kräften ist, möchte ich ihn nicht panisch werden lassen.

Dann hocke ich mich im Schneidersitz mit Ausblick auf die Dampfschwaden der Papierfabrik auf meine Wiese, schließe die Augen, falte die Hände und werde solange meditieren, bis mich ein erstes vorsichtiges Klopfen am Fenster wecken wird. Aus Erfahrung weiß ich, dass er in Bälde angeschmort sein wird. Beim Versuch, nach außen zu gelangen, wird er vorerst vermuten, dass die Tür klemmt, und mich zu Hilfe holen wollen.

Der Wisent scheint aber ein misstrauischer, ängstlicher Mensch zu sein, denn nicht wie bei seinen Vorgängern, die vorerst sanft Auslass forderten, hämmert er sofort mit weit aufgerissenen Augen gegen das Fenster und schreit: »Lassen Sie mich raus, was soll das? Sind Sie wahnsinnig?«

Ich mache mir erst gar nicht die Mühe, mich aus meiner erdigen Position in die Höhe zu hieven, denn was sollte das schon ändern? Es würde bei ihm nur unnötig die Hoffnung schüren, dass er befreit wird. Drum öffne ich nur kurz meine Augen und vertiefe mich dann wieder in meine Zwiesprache mit dem nackten Gott der Natur. Der ist mein wahrhaftiger Einflüsterer über Gut und Böse. Was er mir rät, vollführe ich, denn er ist der Herr über das Universum. In diesem ökoenergiestrategischen Oberbürokraten hat er sofort die Vorhut eines zerstörerischen Mückenschwarms erkannt, der seine Weltordnung durcheinanderbringen möchte. Auch wenn diese menschlichen Moskitos selbstverständlich niemals über den nackten Gott siegen werden, so sind sie doch lästig und gehören ausgeräuchert.

Dumpf klingt es in meinem Ohr, als diese angebrutzelte Mücke mit den Beinen gegen die Tür tritt – natürlich vergeblich. Bald wird er den Inhalt des Aufgusskübels austrinken, da ihn sein Durst dazu zwingt, jegliche Flüssigkeit in sich hineinzuschlabbern. Das wird ihm den Rest geben, da ich ihm eine hochkonzentrierte Kochsalzlösung hingestellt habe. Die Idee mit dem Salzwasser ist mir einst gekommen, als mir die Warterei, bis meine Schmorbraten endlich ihr lästiges Geschrei einstellen, auf die Nerven ging.

»Raus … raus … biitte …«, schluchzt er, »bei der Seele meiner Kinder, erbarme dich, Erbarmen …«

Brav, brav! Dieses flehentliche Betteln genieße ich außerordentlich, wenn die Kräfte meiner Opfer zu Ende gehen und sie nur mehr die pure Angst aus ihren Seelen spucken können.

»Mein Baby, ein Mädchen … es ist erst ein halbes Jahr. Lassen Sie mich raus. Was wollen Sie? Ich werde die Windkraftanlage verhindern, mir fällt schon was ein. Ich schwöre …«

Noch jeder hat geschworen und jeder hätte seinen Schwur gebrochen. Für wie gutgläubig hältst du mich, du Weichei?

Der nackte Gott der Natur meint, dass ich ihm noch mehr Gas geben sollte, drum lege ich noch mal nach. Im Vorbeigehen weide ich mich an seiner entsetzten Fratze, die sich hinter Glas wie gerahmt präsentiert. Wie sich seine blauen, prall gefüllten Adern gegen das bereits silbern glänzende Antlitz abheben! Lange braucht er nicht mehr. Das erkenne ich daran, dass das Blut bereits aus seinem Gesicht weicht, was so viel bedeutet, dass bald sein Kreislauf zusammenbrechen wird. Dann wird erst mal Ruhe sein, und es heißt nur mehr ein Stündchen in Ruhe abzuwarten, bis endgültig Schluss ist.

Wenn ich Zwiesprache mit meinem Nudistengott halte, vergeht die Zeit im Nu. Ganz im Gegenteil, ich muss mich manchmal in meinem Bedürfnis nach Aussprache einbremsen, da ich um mich herum alles vergesse.

Heute besteht diese Gefahr ebenfalls, da ich mit meinem göttlichen Gesprächspartner wieder einmal diese harmonische Übereinstimmung erlebe, die mich in meiner Meinung über die Welt bestätigt. Wir sind uns einig, dass wir »unnatürliche« Energie ablehnen, ja sogar hassen.

Mein Opfer stört unsere Kommunikation schon seit einiger Zeit nicht mehr mit seinem Geschrei. Das verstummte schon kurz, nachdem ich zum letzten Mal sein Schweben zwischen Leben und Tod durchs Fenster beobachtete. Da lag er bereits teilweise bedeckt mit meinem Leinentuch wie ein Mehlsack am Boden, gekrümmt wie ein zusammengerollter Wurm.

Ein weiterer Blick durchs Fenster bestätigt mir, dass seine Lebensflamme erloschen ist. Jetzt geht's ans Entsorgen. Ein mühsamer Arbeitsakt, der behutsamer Vorgangsweise bedarf. Ich bediene mich üblicherweise meiner Axt, die mir ohne zu großen Kraftaufwand diese erbärmlichen Korpusse zerstückelt. Doch zuerst muss der Leichnam aus der engen Kabine geschafft werden. Ich öffne die Tür, schiebe die Beine in eine genehme Position, um die Knöchel zu fassen. Der Körper muss geradlinig mit vor der Brust gefalteten Händen aus der Sauna gezogen werden, damit sich keine schlaffe Extremität im Türstock verfängt. Ich beuge mich dafür über diesen unappetitlichen Körper, greife nach der Linken meines Opfers, aber …? Oh nein, da pulst noch ein Leben am Handgelenk, oder oder fühle ich den meinen? Da …?

Wieso trifft mich seine Rechte mitten ins Gesicht? Mit einem Stein? Und noch mal schlägt er zu und noch mal und noch mal. Der Saunastein, der heiße Stein, der … ich kann nichts sehen … mein Auge … es birst, es rinnt über meine Wange. Bin ich blind?

Der … das kann nicht sein … der ist doch hinüber? Die Hitze, zu wenig Hitze, der war noch nicht durch.

Da explodiert was? Mein Schädel explodiert. Mein Gott, lass dieses Dröhnen aufhören, so ein Krach, wo ich doch die Stille liebe. So ein Sakrileg, mich … erschlagen … wo ich doch von Natur aus immer der Stärkere bin!

Du mein Gott, das kannst du nicht zulassen! Nicht bei deinem ergebenen Diener, nicht mit deinem nackten Gläubigen. Erschlagen! Mein Kopf geborsten … doch nicht durch die steinerne Hand eines beamteten Herrn Wisent. Nur weil du … du mein abscheulicher Schöpfer, das Feuer hast erlöschen lassen.

SELBST DIE VERRÜCKTEN

GÜNTER NEUWIRTH

»Und wissen Sie, Herr Kollege Schandor, warum in den vielen Dienstjahren bei der Polizei Ihre Karriere nicht vom Fleck gekommen ist?«

»Ich habe keine Ahnung.«

»Denken Sie scharf nach.«

Fredi Schandor fasste sich ans Kinn und grübelte. »Ich komme nicht dahinter. Was ist es?«

Oberst Hansjörg Strommer nickte bedeutungsschwer. »Deswegen.« Er zeigte auf den Hemdzipfel, der über den Gürtel ragte. »Und deswegen.« Er deutete auf den kleinen Senfklecks auf dem Hemd des Landpolizisten. »Und ganz besonders deswegen.« Er wies mit dem Finger direkt nach unten.

Schandor schob den Stuhl ein Stückchen zurück und schaute zu Boden. Was meinte der Herr Oberst bloß? Dann kam er drauf. »Sie meinen, weil ich einen schwarzen und einen braunen Socken anhabe?«

Oberst Strommer sog lautstark Luft ein und gab seiner Miene einen leidenden Ausdruck.

Schandor lachte. »Das ist nur eine Ausnahme. Heute früh habe ich beim Anziehen gesehen, dass der linke Socken ein Loch hat, also habe ich in der Schublade gewühlt und einen einzelnen Socken gefunden. Der war braun. Und weil ich ein bisschen in Eile war, hab ich halt den braunen Socken angezogen. Ist das so schlimm?«

»Es ist entsetzlich!«

»Geh, hören Sie auf! Entsetzlich?«

»Eine Katastrophe! Sie sind im Dienst! Sie sind ein Vertreter der Republik Österreich! Ein Aushängeschild!«

Schandor kratzte sich am Kopf. »Fix noch mal, jetzt bin ich auch noch ein Aushängeschild.«

»Alleine einen schwarzen und einen braunen Socken zu tragen, ist in meinen Augen eine Dienstverfehlung, aber damit nicht genug.«

»Was, noch immer nicht genug?«

Oberst Strommer knirschte mit den Zähnen. Seine Stimme klang heiser und bedrohlich. »Sie tragen Sandalen, Herr Kollege. Sandalen!«

Fredi Schandor winkte ab. »Ach das. Kann ich Ihnen leicht erklären, Herr Oberst.«

»Bitte, ich höre, erklären Sie.«

»Das ist wegen der Schweißfüße. Wenn ich den ganzen Tag in den festen Schuhen stecke, dann kriege ich Schweißfüße. Jetzt ist Mai, die Temperaturen gehen wieder ordentlich in die Höhe. Na was glauben Sie, wie meine Füße duften, wenn ich nach dem Dienst nach Hause komme, mich an den Tisch setze und warte, bis meine Frau das Essen aufträgt. Und ich mir dann die Schuhe ausziehe. Das kann ich meiner Frau nicht zumuten. Also trage ich in der warmen Jahreszeit ganz gerne Sandalen.«

Oberst Strommer schien zu hyperventilieren.

»Ist alles in Ordnung, Herr Oberst?«

»Das. Ist. Indiskutabel.«

»Ist das so?«

»Die Uniform eines Polizisten ist kein Faschingskostüm.«

»Eh nicht, weiß ich doch.«

»Was ist, wenn ein Notruf hereinkommt und Sie in Sekundenbruchteilen zu einem Tatort müssen? Die Bankräuber warten mit ihrer Flucht nicht darauf, bis der Herr Postenkommandant die Schuhbänder gebunden hat.«

Wieder winkte Fredi Schandor ab. »Ach, bei uns da auf dem Land gibt es eh keine Banküberfälle. Der letzte war 1972. Da waren Sie noch gar nicht auf der Welt, Herr Oberst. Damals hat der Bruder vom seinerzeitigen Kirchenwirt mit der Ehefrau vom Landmaschinenmechaniker, die ja ein richtig fesches Dirndl war, ein Gspusi angefangen, was wiederum dem Bürgermeister, der ja ein Schwager der Apothekerin war, so aufgeregt hat, dass …«

»Das interessiert mich nicht!«

»Ach nicht?«

Oberst Strommer legte die Fingerspitzen der rechten Hand an die Fingerspitzen der linken, warf seine Stirn in 1.000 Falten und fixierte Schandor. »Sie sind ein intelligenter Mann, Herr Schandor, das weiß ich. Ich habe Sie längst durchschaut. Sie sind schlau, aber faul und schlampig. Der Dienst bei der Polizei ist ein Dienst an der Ordnung des Lebens! Vergessen Sie das nicht.«

»Herr Oberst, Sie sind ja ein Philosoph.«

»Und mit Ihren Fitnesswerten, Herr Postenkommandant, schaut es ja auch ganz, ganz düster aus.«

Fredi Schandor legte die Hände auf seinen wohlgerundeten Bauch. »Na ja, die Jahre halt, Herr Oberst, die legen sich an. Ich bin ja nicht mehr der Jüngste. Und meine Frau, wenn die kocht, da muss ich einfach essen. Das würde Ihnen auch schmecken.«

»Und wenn Sie einen Täter verfolgen müssen?«

»Das machen eh meine Buben und mein Mädel. Flink wie die Wiesel sind die. Der Peter ist sogar Bezirksmeister im Sackhüpfen geworden. Und die Steffi hat schon dreimal die Frauenwertung beim Sauzipf-Lauf gewonnen.«

»Ich rede ja nicht von den Fitnesswerten Ihrer Truppe. *Sie* sind das Problem!«

Schandor verschränkte trotzig die Arme. »Ich bin kein Problem, Herr Oberst! Das können Sie so nicht behaupten. Ja stimmt, so schnell wie früher bin ich nicht mehr, die Knie und das Kreuz wollen da nicht mehr mit, aber wenn Sie wollen, können wir jetzt sofort aufstehen und losmarschieren. Weil beim Gehen macht mir keiner was vor. Na los, marschieren wir. In drei Stunden sind wir auf dem Reinischkogel. Kein Problem. Ich geh jede Woche in die Berge. Mit Sandalen oder Bergschuhen, das ist mir wurscht.«

Oberst Strommer rollte mit den Augen und erhob sich. »Ich verstehe nicht, dass es Polizisten Ihres Schlages überhaupt noch gibt. Sie kommen mir vor wie so ein Gendarm aus einem Hans-Moser-Film.«

»Ich bin größer als der Hans Moser. Eher Paul Hörbiger. Der war auch fesch und hat die Herzen der Damen gerührt.«

»Ich muss wirklich im Innenministerium anrufen und nachfragen, warum bei der letzten Polizeireform diese verschlafene Dienststelle nicht geschlossen worden ist. Das ist eigentlich unerklärlich.«

Schandor zuckte mit den Schultern. »Was weiß ich, was sich die Großkopferten in Wien so ausdenken. Und Rationalisierungen sind halt auch so eine Sache. Das ist nicht immer gescheit.«

Oberst Hansjörg Strommer packte seine Siebensachen und verabschiedete sich von Schandor und den jungen Polizisten.

Schandor begleitete den Herrn Oberst zum Auto und winkte bei der Abfahrt. Jedes Jahr das gleiche Theater. Na ja, über die Mühen des Beamtendaseins regte sich Schandor schon lange nicht mehr auf. Die Vorschriften und Schikanen kamen und gingen, jeder Innenminister und jeder Polizeipräsident dachte sich seine eigenen Verrücktheiten aus, aber hier in der Weststeiermark ging jeden Tag die Sonne auf, und jeden Tag ging sie auch wieder unter. So etwas schaffte Beständigkeit in einer Welt, die vor lauter Tempo, Hektik und Kopflosigkeit ohnedies schon knapp vor dem Durchdrehen stand.

Junginspektor Peter Grabenbauer trat neben seinen Vorgesetzten. »Hättest du das auch wieder geschafft.«

»Tja, spätestens in zwölf Monaten kommt der Herr Oberst eh wieder zur Inspektion.«

»Außer, er kriegt eine Beförderung. Leute wie der Strommer kriegen doch dauernd Beförderungen.«

»Wäre schade. Ich mag die Nervensäge irgendwie.«

»Du magst ja alle Leute.«

Schandor nickte bestätigend. »Vielleicht ist das ja der Grund, weswegen ich keine Beförderungen kriege.«

»Das und deine Sandalen.«

Die beiden lachten herzlich.

»Habt ihr noch was vom Apfelstrudel übrig gelassen?«, fragte Schandor.

»Wir haben ihn noch gar nicht angeschnitten.«

Schandor schaute seinen jungen Kollegen überrascht an. »Habt ihr etwa auf mich gewartet?«

»Freilich wohl.«

Schandor grinste über beide Ohren. »Der Klugscheißer von Oberst wird nie verstehen, wie man am Land lebt. Ich koche den Kaffee.«

*

»Was mich immer wieder fasziniert, ist die Tatsache, dass wir uns hier auf uraltem Siedlungsgebiet befinden. Seit 6.000 Jahren leben hier Menschen. Faszinierend.«

Cordula Kainz funkelte den Mann an. Was hatte sie nicht schon für Komplimente über ihre großen, schönen blitzblauen Augen erhalten. Bereits in der Volksschule hatten die Lehrerinnen und die Eltern ihrer Schulkameradinnen von der hübschen kleinen Cordula geschwärmt. Später, in den Jahren ihrer aufblühenden Weiblichkeit, waren die Buben der höheren Jahrgänge in den Pausen am Schulhof praktisch pausenlos außer Rand und Band gewesen und hatten durch Rempeln, Muskelspannen, durch meterweites Spucken und durch tolldreiste Streiche um ihre Aufmerksamkeit gebuhlt. Und als Cordula schließlich fand, dass es Zeit für eine feste Beziehung mit Ring und Trauschein war, hatte sie aus einer erklecklichen Anzahl mehr oder weniger geeigneter Aspiranten wählen können. Wenn eine junge Frau allerdings von der Natur mit höchst gefälligem Aussehen, aber leider mit geringem Urteilsvermögen bei gleichzeitig überbordender Eigenwilligkeit ausgestattet ist, kann sich in unserer ungerechten Welt ein verschlungener Lebensweg ergeben.

Cordula war mittlerweile 45 Jahre alt. Sie hatte vier Berufsausbildungen begonnen, aber nicht eine abgeschlossen. Sie schaute auf drei Ehen mit reichen Männern zurück, deren Scheidungen ihr immerhin finanzielle Sicherheit gebracht hatten. Und doch hatte sich ihr Herz nicht dem Glück und der Schönheit des Lebens verschlossen. Schön fand sie ihn, den jungen Herrn Doktor aus Kiel, der aus dem dunklen Norden in die sonnige Weststeiermark gekommen war. Das fand ja Cordula so frappierend, dass nämlich ein Doktor der Archäologie so fesch sein konnte. Unglaublich. Sie hatte gedacht, dass Archäologen alte Männer mit weißen Bärten waren, die entweder in Archiven verstaubten oder mit Schaufeln in den Wüsten Ägyptens nach antikem Krempel stocherten. Nein, der Herr Doktor war groß, blond, blauäugig, schön wie ein germanischer Königssohn aus der Zeit der Völkerwanderung. Na ja, er war auch schon 38 Jahre alt, dennoch wirkte er frisch und jugendlich, so richtig zum Verknallen.

Vor vier Wochen hatte der Herr Doktor als wissenschaftlicher Berater im Auftrag der Steiermärkischen Landesregierung und auf persönliche Einladung des Grafen ein kleines Zimmer im Schloss Stainz bezogen. Sein archäologischer Auftrag war, die neuen Grabungen auf dem Lethkogel zu begleiten. Doktor Heiner Ostenhoff hatte sich durch mehrere Artikel in wissenschaftlichen Fachzeitschriften einen Namen als Kenner der Lasinja-Kultur gemacht. Und kaum überraschend war vor genau vier Wochen ein Raunen durch die weibliche Bevölkerung der Marktgemeinde Stainz gegangen. Wobei allerdings die meisten Frauen einsehen mussten, dass bei so einem Mann für sie nichts zu holen war. Immerhin war Doktor Ostenhoff verheiratet und hatte einen kleinen Sohn, dort oben in der kalten und flachen und trostlosen Tundra des nördlichen Tieflandes. War das überhaupt noch Europa oder schon ein geheimnisvolles Land jenseits des polaren Wendekreises? So genau wusste man das in der Weststeiermark nicht. War auch egal, weil kein Steirer freiwillig auf die Idee gekommen wäre, ein Land zu bereisen, dessen höchste Erhebung der füllige Bauch des Bürgermeisters von Weißderteufelwo beim Mittagsschlaf war.

Cordula nun war amourös angespornt, dem Herrn Doktor Ostenhoff den Aufenthalt in der Weststeiermark so angenehm wie möglich zu gestalten. Und selbst, wenn sie sich nach drei Anläufen, das Herz und den Hosenstall des Mannes zu öffnen, noch nicht am Ziel sah, so war ihr völlig klar, dass nur noch ein kleiner Ruck fehlte.

»Ja, total faszinierend. So lange schon leben hier die Menschen. Das Leben besteht doch in erster Linie aus der Liebe. Ist das nicht auch Ihre wissenschaftliche Meinung, Herr Doktor?«

Ostenhoff lachte. »Natürlich. Die vom Homo sapiens so bezeichnete *Liebe* ist ja eine Funktion der Fortpflanzung im System der biotischen Prozesse. Und die Kontinuität der Generationsfolge ist ohne die Fortpflanzungsleistungen der Arterhaltung nicht möglich.«

Cordula seufzte. Wie intelligent der Herr Doktor doch war. Bloß in Sachen Romantik hatte er noch Luft nach oben. Kommt Zeit, kommt Rat, dachte sie, die Romantik würde sie ihn schon lehren.

Die beiden näherten sich der Stainzer Warte. Der mit dem Spitzdach 39,5 Meter hohe Aussichtsturm auf dem Lethkogel bot bei schönem Wetter einen kolossalen Rundumblick über die Weststeiermark. Nach Westen hin konnte man zu den ansteigenden Bergen der Koralpe blicken, nach Norden hin sah man bei guter Sicht bis zur Teichalm, nach Osten überblickte man das Tiefland des Grazer Beckens, und nach Süden hin war schon die Grenze zu Slowenien erahnbar. Auf einer Seehöhe von 608 Metern lag der Lethkogel noch durchgängig im Bereich des Laubwaldgürtels, der im sonnenreichen Süden Österreichs neben den in den Alpen allgegenwärtigen Buchen und Eichen auch reichhaltigen Bestand von Kastanien bot. Doktor Ostenhoff war von Anbeginn seines Aufenthalts von der natürlichen Schönheit dieses Landstriches begeistert gewesen.

Cordula hatte natürlich längst recherchiert, dass Ostenhoff seine Arbeitstage bei den Grabungen mit einem flotten Fußmarsch vom Schloss Stainz zum Lethkogel begann. Egal bei welchem Wetter. Und offenbar hatte der Mann aus dem Flachland überhaupt keine Probleme mit den Höhendifferenzen. Nun, während der Studienzeit hatte er im Fußballteam der Universität gespielt, danach sich auf regelmäßiges Joggen und Radfahren verlegt, sodass er die Mühen des Auf- und Abstiegs dank seiner großartigen Kondition problemlos meisterte. Cordula hatte zwar im Laufe der Jahre das eine oder andere Pfund des Lebens auf sich geladen, aber als schönheitsbewusste Frau sich im Fitnesscenter in Schwung und in optisch ansprechender Form gehalten.

Die beiden sahen, wie eben der Kleinbus mit dem Grabungsteam anhielt. Fünf Personen entstiegen dem Fahrzeug, zwei Männer und drei Frauen. Allesamt wissenschaftlich geschultes Personal, die ihren nordischen Kollegen begrüßten. Da der alte Herr Professor, der wegen seines elenden Rückens kaum noch den Spaten heben konnte, dafür aber mit Akribie Fundstücke reinigte und mit unendlichem Sachverstand katalogisierte. Dort die Frau Dozentin, die die eigentliche Chefin der Grabungen war und alles, was das Team benötigte, organisierte. Und dann noch drei junge Mitarbeiter, die für ein Butterbrot die eigentliche Arbeit erledigten.

Cordula fluchte in sich hinein. Jetzt hatte sie in aller Herrgottsfrüh den Wecker läuten lassen, um den Herrn Doktor »ganz zufällig« bei der Fußgängerbrücke über den Stainzbach zu treffen, und war mit ihm plaudernd an den Feldern entlang bis zum Jägersteig marschiert, war mit ihm den Bergpfad hochgestiegen und hatte ihn noch immer nicht dazu bewegen können, sie zu packen und hinter ein Gebüsch zu zerren. Langsam verlor sie die Geduld mit dem spröden Wissenschaftler. Wenn er nur nicht gar so fesch gewesen wäre!

Und dann fror ihr Blut trotz der Hitze des flotten Aufstiegs.

Diese Berührung war verdächtig! Was heißt verdächtig? Eindeutig!

Dafür hatte sie ein Auge.

Der Herr Doktor hatte beim Schließen der Heckklappe des Kleinbusses einer jungen Kollegin tief in die Augen geblickt, an die Schulter gefasst und dabei gelächelt.

Angeblickt! Angefasst! Angelächelt!

Mitarbeiter eines wissenschaftlichen Projekts hatten einander nicht zu berühren, verdammt noch mal! Wurscht ob Männchen oder Weibchen. Die Hand eines Mannes hatte auf der Schulter einer Frau nichts zu suchen. Vor allem, wenn die Hand dem Doktor Heiner Ostenhoff gehörte und die Schulter einer brünetten Frau unter 30 mit glutvollen Augen, einer süßen Stupsnase und offensichtlich fülligen Rundungen unter ihrem viel zu knappen T-Shirt. Und dann lächelte dieses Weibsbild den Herrn Doktor auch noch auf diese ganz gewisse Art an. Dieses Lächeln kannte Cordula nur allzu gut. Sie fühlte aufsteigende Eifersucht.

*

Das frühlingshafte Morgenlicht hob sich über die Weststeiermark. Schandor war im Begriff, sich die Berichte von gestern vorzunehmen. »Du, Peter!«

Keine Reaktion.

Schandors Blick schob sich gemächlich von Zeile zu Zeile durch den Bericht über einen Verkehrsunfall mit Personenschaden. Es war Mai geworden. Die Motorradfahrer flogen wieder tief, da oblag Rettungsdienst, Feuerwehr und der Polizei die ehrenvolle Aufgabe, die Blutspritzer und Fettflecken vom Asphalt zu schrubben. »Peter! Hörst du mich?«

Peter Grabenbauer rührte sich nicht. Mühsam erhob sich Schandor und verließ sein Büro. Natürlich, Grabenbauer vergaß wieder einmal die Welt um sich und wischte auf seinem Handy herum. Schandor trat leise an seinen Untergebenen heran und klatschte fünf Zentimeter neben dem linken Ohr des Jungpolizisten in die Hände.

»Ah! Was erschreckst du mich so? Bist narrisch geworden, Chef?«

»Nur keine Insubordination in aller Früh! Was ist, machst du schon wieder Statusabfragen im Club der einsamen Internetherzen?«

Grabenbauer legte peinlich berührt sein Smartphone weg. »Du bist ja schon verheiratet.«

»Wie wäre es, wenn du mal ins Tanzlokal gehst? Oder zum Feuerwehrfest? Da kannst du eine Julia kennenlernen, Romeo.«

»Tanzen und Feuerwehrfest ist total retro. Vergiss es. Außerdem war ich erst letzten Samstag im Tanzlokal. Bei der Schlägerei.«

»Ohne Uniform, du Rindvieh. Du sollst tanzen, nicht Streithanseln festnehmen. Aber ich wollte dich was fragen.«

»Und zwar?«

»Wo sind die Essiggurkerl?«

Grabenbauer verdrehte die Augen und erhob sich.

»Essiggurkerl zum Frühstück. Echt jetzt, Chef, wie kriegst du so was runter?«

»Mit einem Wurstbrot und recht viel Mayonnaise. Geht ganz leicht.«

Das Telefon klingelte.

Die beiden Polizisten starrten auf den Apparat. Bewegungsunfähig.

Es klingelte weiter.

»Soll ich abheben?«, fragte Grabenbauer.

Schandor wiegte den Kopf. Er hatte da ein ganz ungutes Gefühl im Bauch. »Ob der Staat Österreich uns genug Gehalt dafür bezahlt?«

*

Die Schönheit und Stille des Lethkogels lag nicht zuletzt darin, dass keine asphaltierte Straße zum Gipfel führte, sodass alle Besucher der Stainzer Warte zumindest ein paar Schritte zu Fuß gehen mussten. Für Fredi Schandor war das kein Problem, er war in der Lage, trotz seiner Jahre und Leibesfülle auf den Bergen ausdauernd zu marschieren. Anders lag die Sache bei Schandors altem Freund Doktor Karl Schmölzer.

Der schwere Geländewagen des Amtsarztes rumpelte über den Schotterweg heran. Um die letzten paar Meter zu bewältigen, musste Schmölzer allerdings seinen Modellkörper in Bewegung setzen. Modellhaft daran war, dass Schmölzer als hochgeschätzter Mediziner seinen Patienten als leuchtendes Vorbild in der Abwehr sämtlicher Zivilisationskrankheiten diente. Schmölzer verschlang Unmengen von Backhendln, trank Wein und Kaffee in ganz großem Stil, rauchte wie ein Schlot und war stets bester Laune. Und wie die Medizin längst wusste, entstanden Zivilisationskrankheiten ja durch negatives Denken. Aber beim Gehen tat sich Schmölzer schon schwer. Keuchend trat er in die Runde der versammelten Polizisten.

»Guten Morgen, Karl.«

»Ein guter Morgen schaut bei mir ganz anders aus, ihr Hornochsen.«

Da hatte Schmölzer recht. Was konnte an einem Morgen gut sein, wenn da eine junge Frau mit absurd verrenkten Gliedern mausetot am Fuß der Warte lag? Schmölzer und Schandor schauten zur Aussichtswarte hoch.

»Wenn sie zwei Meter weiter links runtergekommen wäre, hätte sie vielleicht überlebt. So ein Pech, nicht ins weiche Gras, sondern just auf den Felsen zu klatschen«, sagte Schandor.

Die Frau lag bäuchlings auf einer Platte aus dem für die Koralpe typischen Hartgneis. Der Name des Gesteins sprach Bände über dessen physikalische Eigenschaften.

Doktor Schmölzer kniete sich neben die Leiche und inspizierte sie. »Amtsärztliche Feststellung: Exitus. Todesursache: Frag mich lieber nicht.«

»Ich frag dich eh nicht, Karl, du bist nur wegen dem Papierkram da.«

Junginspektor Grabenbauer trat auf die beiden Männer zu. Er hielt sein Smartphone in Händen und strahlte über das ganze Gesicht.

»Hast du schon etwas herausfinden können?«, fragte Schandor.

»Freilich.«

»Ich bin hochinteressiert.«

»Also, die Aussichtsplattform ist auf 25 Metern Höhe. Wenn man die durchschnittliche Erdbeschleunigung von 9,81 Meter pro Sekunde hoch zwei durch die Fallhöhe von 25 Metern dividiert, vom Resultat die Wurzel zieht, hat man die Fallzeit. Mit der wird dann die Fallhöhe dividiert, was ja bekanntlich die Geschwindigkeit in Metern pro Sekunde ergibt, also herbei mit dem Umrechnungsfaktor von 3,6, und schon hat man die Geschwindigkeit in Kilometern pro Stunde. Sie hat, wenn ich mich nicht komplett verrechnet hab, fast 144 Kilometer pro Stunde draufgehabt. Und das von der Stainzer Warte runter! Auf der Autobahn hätte sie ein Strafmandat gekriegt.«

Schandor und Schmölzer starrten den Junginspektor mit kalten Blicken an.

»Der Bursche muss im früheren Leben ein recht lustiger Physiker gewesen sein«, ächzte Schmölzer.

»Und ich werde ihn gleich in sein nächstes Leben befördern«, knurrte Schandor.

Grabenbauer war über die schlechte Laune der beiden älteren Männer verwundert. »Aber Chef, du hast doch gefragt, ob ich was herausgefunden habe.«

»Eh, Peter, bist ein braver Bub. Und du hast für deine höchst aufschlussreiche Recherche nur eine halbe Stunde auf deinem Telefon herumgewischt. Ich bin sehr zufrieden. Und jetzt fährst du runter zum Kaufhaus Hubmann und holst uns ein paar Wurstsemmeln.«

Grabenbauer wusste, was das bedeutete. Um Wurstsemmeln wurde er immer dann geschickt, wenn sich sein Vorgesetzter gerade noch zurückhalten konnte, ihm nicht den Kragen umzudrehen. Beleidigt zog der junge Mann ab.

Stimmengewirr erregte Schandors Aufmerksamkeit. Junginspektorin Steffi Neuhold führte eine Gruppe von rustikal gekleideten Leuten heran, hieß sie aber in Sicherheitsabstand anzuhalten. Neuhold kam näher.

»Wer ist das?«, fragte Schandor.

»Das sind die Archäologen, die dort unten den Wald umgraben. Sie vermissen eine junge Kollegin, die just gestern Bluejeans, ein rotes T-Shirt und eine grüne Jacke angehabt hat.«

Die grobe Beschreibung der Kleidung passte haargenau auf die Kleidung der Leiche. Schandor seufzte. Jetzt wurde der Fall wissenschaftlich.

*

Fredi Schandor brummte der Kopf vor lauter Zahlen, Fakten und Daten. In groben Zügen hatte er zuvor über die frühe Besiedelung seines Heimatlandes Bescheid gewusst, jetzt aber hätte er eine Dissertation aus dem Ärmel schütteln können. Nach Fundorten im kroatischen Lasinja war die erste bäuerliche Kultur der Steiermark benannt. Knapp 1.000 Jahre waren diese Bauern der Kupfersteinzeit von Kärnten bis Westungarn und ins nördliche Kroatien ansässig gewesen. Diese Menschen hatten die Verhüttung von Kupfer angewendet und waren somit die direkten Vorfahren der späteren Bronzekultur. Und gerade die sanften Hügel der Steiermark waren beliebte Siedlungsgebiete gewesen.

Schandor schaute auf seine Armbanduhr. Eine Person musste noch vernommen werden. Seine Kollegin Steffi führte gerade eine weitere Befragung durch und schien vom alten Herrn Professor detailliert in die Techniken der Konservierung von Artefakten aus biologischen Materialien eingeweiht zu werden. Die Arme.

»Wann kommen endlich die Leute vom LKA und übernehmen hier?«, rief Steffi Neuhold Hilfe suchend zu Schandor rüber.

»Weißt eh, die Grazer haben es oft nicht so eilig mit ihrer Arbeit.«

»Und wo bleibt der Peter?«

»Bestimmt hat er im Kaufhaus die Möglichkeit einer verdächtigen Handlung von ein paar jungen Mädchen entdeckt und muss jetzt strenge Leibesvisitationen vornehmen.« Schandor winkte dem groß gewachsenen blonden Mann.

»Kommen Sie näher. Jetzt sind Sie an der Reihe.«

Ostenhoff trat auf Schandor zu. Letzterer bemerkte sogleich die verkniffene Miene des Mannes.

»Also, was können Sie mir über das gestrige Verschwinden Ihrer Kollegin Eva Raunig sagen? Und bitte keine weiteren Ausführungen über die Stein-, Bronze- und Eisenzeit, weil dafür habe ich langsam keine Nerven mehr. Geschweige denn Zeit.«

»Also … Eva … wie soll ich sagen … Eva und ich …«

Schandor kniff die Augen zusammen, führte den Bleistift langsam an seinen Mund und feuchtete die Spitze an. Raus jetzt mit den Tatsachen.

*

Steffi Neuhold stieg auf die Bremse des Streifenwagens. Schandor und sie klappten die Türen zu und gingen zum Haus. Schandor klingelte. Schwungvoll wurde die Tür geöffnet. Schandor zog die Augenbrauen hoch. Cordula Kainz stand in voller Abendgarderobe vor ihnen. Dabei war es erst Vormittag.

»Aha, da seid ihr ja.«

»Ja, da sind wir.«

»Kommt rein. Ich habe schon fast alles vorbereitet.«

Schandor und Neuhold traten über die Schwelle ins Vorzimmer. Mit einem schnellen Blick zählte Schandor vier Koffer, zwei Reisetaschen, einen Korb mit Nahrungsmitteln und einen weiteren mit Zimmerpflanzen.

»Ich bin gleich so weit.« Cordula stöckelte aufgeregt herum und verrichtete diverse Handgriffe.

»Du, Cordula, willst du verreisen?«, rief Schandor ihr hinterher.

»Als ob du das nicht wissen würdest!«

»Was soll ich wissen?«

»Na, deswegen bist du doch gekommen, oder etwa nicht?«

»Bleib einmal stehen. Du machst mich ganz nervös.«

Cordula hielt in ihrem geschäftigen Treiben inne, warf sich in kecke Pose und lächelte Schandor anzüglich an.

»Na wenigstens einen Mann mache ich noch nervös. Auch wenn es ein alter, versoffener und übergewichtiger Polizist mit Senfflecken auf der Uniform ist.«

»Wohin willst du denn verreisen?«

»Bist du so blöd oder stellst du dich nur so blöd, Fredi?«

»Ich bin im Dienst, Cordula. Bitte keine allzu privaten Gespräche. Also, wo geht es hin?«

»In die Staatspension. Ins Gefängnis.«

»Ist das ein Geständnis?«

»Sie hätten ruhig einen fescheren Polizisten schicken können. Warum ist nicht der Harald Krassnitzer gekommen? Das wäre ein Mann nach meinem Geschmack. Nicht so ein Landei wie du.«

»Der Krassnitzer ist nur im Fernsehen ein Polizist.«

»Aber fesch ist er.«

»Und was willst du mit dem ganzen Gepäck?«

Cordula winkte drohend mit dem Finger.

»Wenn ich in der Zelle nicht ordentlich gekleidet sein darf, verklage ich die Republik Österreich beim Gerichtshof für Menschenrechte. Wollt ihr noch ein Glas Wein, bevor wir gehen?«

Schandor sah eine fast leere Flasche Schilcher am Wohnzimmertisch stehen.

»Am besten wird sein, du trinkst noch ein Glas, dann erzählst du uns, was passiert ist. Und dann schauen wir weiter.«

Cordula füllte das Glas mit dem Rest aus der Flasche. Sie nahm einen tüchtigen Schluck. »So ein fescher Mann, der Herr Doktor. Leuchtend blaue Augen. Und er duftet so gut. Nach knusprigen Fischstäbchen aus der Nordsee. Diese untreue Seele. Das ist das Kreuz mit den Männern. Ohne sie leben kann man nicht, mit ihnen aber schon gar nicht.«

»Hast du gesehen, wie der Herr Doktor sich mit seiner jungen Kollegin oben auf der Warte zum Stelldichein getroffen hat?«

»Ja. Den ganzen Tag habe ich im Gebüsch gesessen und hab die beiden Turteltauben beobachtet. Dabei ist der Mann verheiratet!«

»Lieber hättest du mit ihm geturtelt, nicht wahr?«

»Und am Abend sehe ich ihn, wie er sich so verdächtig umschaut und die Warte hochsteigt. Fünf Minuten später ist sie gekommen. Das steirische Busenwunder, diese Sexhexe.« Jetzt wurden Cordulas Augen wässrig. »Eine halbe Stunde sind sie oben gewesen. Eine halbe Stunde dem Himmel so nah. Und ich war nicht dabei. Da hab ich halt einen Hass gekriegt. Und dann ist der Herr Doktor runtergekommen. Gestrahlt hat er wie das Christkind am Heiligen Abend. Warum nur hat Gott der Allmächtige mir so einen Mann vorenthalten? Das ist doch eine Ungerechtigkeit!«

»Und du bist rauf, hast dich mit der Eva Raunig ein bisschen unterhalten, und ihr seid in Streit geraten. War es so?«

»Blödsinn! Geredet hab ich mit der aufdringlichen Kuh nicht. Ich hab sie gleich runtergestoßen. Da gibt's keine Extrawürste. Wenn ihr den Korb mit den Zimmerpflanzen nehmt, müsst ihr aufpassen, dass da ja kein Blatt abgeknickt wird. Es ist wahnsinnig schwer, ordentliches Personal zu kriegen. Den Koffer zuerst, da sind meine Schuhe drinnen. Meine Güte, ich habe meinen Pelzmantel vergessen! Werden Gefängnisse im Winter geheizt? Und wenn sie Leberknödelsuppe servieren, gibt's einen Riesenkrach. Ich hasse Leberknödelsuppe!«

Steffi Neuhold rempelte Schandor und zeigte zum Fenster. Schandor fiel ein Stein vom Herzen. Die Kripo aus Graz kam endlich an. »Eines muss ich dir noch sagen, Cordula.«

»Und zwar?«

»Im Galakleid schaust du einfach super aus.«

Cordula Kainz lächelte strahlend, trat auf Schandor zu und verpasste ihm zwei schmatzende Wangenküsse.

Ja, so lief das Leben in Schandors Heimat. Selbst die Verrückten durften hier glücklich sein.

LEIDFADEN

CHRISTIANE DIECKERHOFF

Magistra Steffi Ayrenhoff – 53 Jahre, verheiratet, zwei Kinder, Bibliothekarin, Stadtbibliothek Zanklhof

Ich erinnere mich noch gut daran, wie ich immer donnerstags mit meiner Mutter in die Stadtbibliothek gefahren bin. Sie war eine leidenschaftliche Leserin und hat schon auf der Rückfahrt in der Bim die Nase zwischen den Buchseiten gehabt. Einmal hat sie sogar die richtige Haltestelle verpasst, so vertieft war sie in ihren Roman.

Diese Leidenschaft für Bücher hat sich wohl auf mich übertragen, und nun bin ich hier und könnte mir keinen besseren Arbeitsplatz vorstellen. Ich liebe den Zanklhof. Er ist die schönste Bibliothek der steirischen Landeshauptstadt. Durch die Holzböden, Wandvertäfelungen und vor allem die reich geschmückte Galerie wirken unsere Räume alt und ehrwürdig, gleichzeitig aber auch heimelig. Zu dieser besonderen Atmosphäre tragen natürlich auch unsere behutsamen Modernisierungen bei. Die roten Sofas in der Sitzecke laden zum Schmökern ein, und der Kinder- und Jugendbereich ist hell und altersentsprechend gestaltet.

Früher in der Landhausgasse war das anders. Kaum betrat ich an Mutters Hand die heiligen Hallen, wanderte der Zeigefinger der Bibliothekarin zu ihren schmalen Lippen.

Weil ich eine rechte Landpomeranze war, hat mich diese Geste der imposanten Dame mit dem straffgezurrten Dutt immer tief beeindruckt und entsprechend eingeschüchtert habe ich mich, auf Zehenspitzen trippelnd, zwischen den Regalen bewegt.

Doch mit dem Umzug der Stadtbibliothek nach Gries hat sich nicht nur das Ambiente verändert, sondern auch der Geist. Wir Bibliothekarinnen verstehen uns nicht mehr als Gralshüterinnen, sondern als lebendiger Teil des Bezirks. Wir bieten zahlreiche Veranstaltungen an, die vom Erstlesealter bis hin zu Angeboten für Senioren reichen. Alle Altersgruppen anzusprechen, ist uns sehr wichtig, schließlich begleiten uns Bücher von der Wiege bis zur Bahre. Das spiegeln auch unsere thematisch wechselnden Auslagen in den Schaufenstern, die sich großer Beliebtheit erfreuen.

Über die Jahre haben sich immer wieder Leserunden gebildet. Unsere Sitzecke lädt einfach dazu ein. Gemütlich beieinandersitzen, eine Tasse Tee trinken und über Lyrik oder neue Literatur plaudern. Wir hatten sogar eine Harry-Potter-Lesegruppe. Am beständigsten sind allerdings die Crime-Ladys. Die Damen treffen sich seit mehr als zehn Jahren jeden Mittwoch in unserer Sofaecke. Betreut wurde die Gruppe von meiner Vorgängerin, Frau Beer. Ich bin ja nicht so krimiaffin, deshalb war ich froh, dass sie die Lesegruppe weiterhin begleitete, obwohl sie mittlerweile pensioniert war. Aber wahrscheinlich fiel ihr zu Hause eh die Decke auf den Kopf. Kurz vor ihrer Pensionierung war ihr Mann bei einer Wanderung in der Bärenschützklamm verunglückt. Wie so oft war er ohne sie unterwegs gewesen. Ich erinnere mich noch gut daran, wie die Gendarmen in den Zanklhof gekommen sind. Untröstlich war sie und wochenlang krank. Wirklich tragisch das Ganze. Wahrscheinlich hat Frau Beer sich ihren Lebensabend anders vorgestellt. Obwohl, wenn Sie mich fragen, war sie besser ohne ihn dran. Man hat ja so einiges gehört, kein Rock soll vor ihm sicher gewesen sein.

Die Crime-Ladys sind übrigens nicht so blutrünstig, wie der Name vermuten lässt. Thriller sind also nicht so ihr Ding. Sie lesen hauptsächlich Autorinnen wie Agatha Christie, Anne Perry oder Martha Grimes. Aber natürlich lesen sie auch andere Kriminalromane wie »Zwei Fremde im Zug«. Patricia Highsmith erzählt in diesem Roman, wie sich zwei völlig Fremde verabreden, ein Verbrechen zu begehen. Gruselige Vorstellung, nicht wahr? Ich erinnere mich deshalb so gut daran, weil es das erste Buch war, das im Lesekreis besprochen wurde. Die Damen lesen ja nicht nur gemeinsam, sie besprechen die Bücher auch. Dabei hat die Gruppe weniger einen literaturkritischen Ansatz als einen durchaus praktischen. Sie zerlegen den Plot sozusagen in seine Physiologie. Wie funktioniert was? Welches Alibi wackelt, wer macht wann was, und wo sind Fehler? Aber so sind Frauen eben. Immer praktisch, niemals den Kopf in den Wolken. Natürlich wechseln die Teilnehmerinnen. Manche verlieren das Interesse, andere ziehen weg, weil die alte Wohnung zu groß geworden ist, und manche versterben auch. Die ganz natürliche Fluktuation eben. Obwohl es schon einen festen Stamm an Crime-Ladys gibt.

Eines der Gründungsmitglieder ist Frau Doktor Felder. Sie ist begeisterte Bergwanderin und hat nach dem Tod von Doktor Hruschka seine Ordination hier in Gries übernommen. Frau Doktor Felder ist sozusagen für den medizinischen Teil der Diskussionen verantwortlich. Wenn geschossen wird oder jemand von der Klippe gestoßen wird, ist es relativ einfach. Jedem leuchtet ein, dass ein Schuss ins Herz tödlich ist, und so einen Sturz von der Klippe überlebt man in der Regel ja auch nicht. Aber oft verwenden gerade Autorinnen Gifte.

Man sagt ja, Gift sei die Waffe der Frau. Dieses nicht ganz von der Hand zu weisende Vorurteil soll auf einem uralten Mythos gründen, der im Paradies begann und mit der Vergiftung Adams endete. In frauenfeindlicheren Fortschreibungen wurde der Dritte des mythischen Bundes, die Schlange, gern zum Attribut der weiblichen Giftmischerin erhoben: »Blickt harmlos wie die Blume, doch sei die Schlange drunter«, umschrieb zum Beispiel Macbeth die in seinen Augen natürliche Allianz von Frau und Gift. Auf einem Lesezeichen, das ich einmal in einem zurückgegebenen Buch gefunden habe, stand, Gift sei die Waffe der Frau, weil es die Kinder nicht aufwecke. Auch eine mögliche Erklärung. Ich glaube ja eher, Gift ist die Waffe des Schwächeren.

So sieht es wohl auch Adelbert von Chamisso, denn er lässt in seinem Gedicht »Die Giftmischerin« die Delinquentin sagen:

Dies hier der Block und dorten klafft die Gruft.
Laßt einmal noch mich atmen diese Luft
und meine Leichenrede selber halten.
Was schauet ihr mich an so grausenvoll?
Ich führte Krieg, wie jeder tut und soll,
gen feindliche Gewalten.
Ich tat nur eben, was ihr alle tut,

nur besser; drum, begehret ihr mein Blut, so tut ihr gut.
Es sinnt Gewalt und List nur dies Geschlecht;
was will, was soll, was heißet denn das Recht?
Hast du die Macht, du hast das Recht auf Erden.
Selbstsüchtig schuf der Stärkre das Gesetz,
ein Schlächterbeil zugleich und Fangenetz
für Schwächere zu werden.

Vielleicht liegt uns Frauen der Giftmord aber auch deshalb im Blut, weil wir bei den Jägern und Sammlern, die wir menschheitsgeschichtlich über Jahrtausende hinweg waren, wohl immer eher für das Sammeln verantwortlich waren. Ich selbst kann auch an keinem Brombeerstrauch vorbeigehen, ohne gleich zu pflücken, und sobald die Pilzsaison anfängt, bin ich draußen im Wald. Wahrscheinlich ist also das Wissen um Gifte und deren Wirkung in unseren Genen verankert. Obwohl: Frau Doktor Felder sagt immer, dass viele Autorinnen heftig übertreiben. Doch bei Agatha Christie wundert selbst sie sich, wie exakt die Grande Dame der britischen Kriminalliteratur Symptome und daraus resultierende ärztliche Irrtümer beschreibt.

Ebenfalls von Anfang an dabei ist Frau Ebner. Ihrem Mann gehört die Apotheke in der Nähe der Weikhard-Uhr. Eine ganz reizende Frau, auch wenn sie so ein bisschen was von einer Erbsenzählerin hat. Aber vielleicht muss man so sein, wenn man Rezepturen herstellt. Das macht sie nämlich. So sind die beiden sich auch nähergekommen, also sie und ihr Mann, nicht sie und Frau Doktor Felder. Zwischen Aspirin und Zugsalbe ist eben einiges möglich.

Frau Ebner ist ein bisschen neidisch, dass Frau Doktor Felder immer weise mit dem Kopf nicken kann, während sie das Nachsehen hat, weil die Autorinnen so ungenau in ihren Angaben zu den Giften sind. Es schmerzt sie geradezu körperlich, wenn etwas nicht zu messen oder zu wiegen ist. Sie ist da sehr penibel. Anfangs ist sie übrigens immer mit ihrer Schwiegermutter gekommen. Auch eine reizende Person, obwohl sie mich an die Bibliothekarin meiner Kindheit erinnert hat. Sie wissen schon, die mit dem Dutt und dem Zeigefinger an den Lippen. Ich hatte einmal eine Diskussion mit ihr wegen eines beschädigten Einbandes. Sie wollte partout nicht bezahlen. Da musste man sich schon auf die Hinterbeine stellen, um gegen sie anzukommen. Wenn die behauptet hat, es regnet, ist sie nass geworden, selbst wenn die Sonne geschienen hat.

Einmal hat es wegen ihr einen richtigen Streit in der Gruppe gegeben. Auslöser war die Erzählung »Die Pralinenschachtel« aus »Hercule Poirots größte Trümpfe« – übrigens einer der ersten Fälle dieses belgischen Detektivs, der immer Angst vor Zugluft hat. In der Geschichte vergiftet Agatha Christie jemanden mit Pralinen. Und genau deshalb hat Frau Ebners Schwiegermutter die Geschichte auch so in Grund und Boden verdammt. Sie selbst äße regelmäßig Pralinen, und ihr und auch keinem anderen Pralinenliebhaber der Welt würde jemand eine vergiftete andrehen können. Noch nicht einmal, wenn es sich um Tabletten handelt, die mit Schokolade überzogen seien. Und überhaupt, sagte sie – wenn die alte Frau Ebner einmal in Fahrt war, bremsten sie nicht einmal die quadratischen Pfefferminztäfelchen, die zum Lesekreis gehörten wie der Tee – wo man so etwas schon gehört hätte? Ihre Stimme war so laut und durchdringend, dass sie noch an der Rückgabetheke zu hören war. Nitroglycerintabletten, die mit Schokolade überzogen sind. Das. Gibt. Es. Nicht. Die Worte klangen, als würde die alte Frau Ebner sie mit einer Axt zurechtschlagen. Weil die anderen Damen ihr widersprachen, ist sie dann nicht mehr zum Lesekreis gekommen, und ehrlich gesagt: Es hat sie auch keiner vermisst. Egal wie weit entfernt von ihr sich die Pfefferminztäfelchen befanden, spätestens nach der ersten gelesenen Seite standen sie auf ihrem Schoß, und die anderen Damen hatten das Nachsehen. Auch die junge Frau Ebner ist nach dieser Auseinandersetzung eine Weile weggeblieben. Wahrscheinlich wollte sie ihre Schwiegermutter nicht vor den Kopf stoßen.

Frau Ebner senior ist dann ganz plötzlich gestorben. Sie hat immer so Gruppenreisen gemacht, wissen Sie. Viel Kultur, wenig Erholung. Das kann schon anstrengend für eine alte Dame sein. Vor allem in Ägypten. Das ist doch viel zu heiß für unsereins. Das Buch, das sie sich extra für die Reise ausgeliehen hatte, hat dann Frau Ebner junior zurückgebracht. Ich war heilfroh, weil es ein Titel aus der Präsenzbibliothek war und ich ihn eigentlich nicht hätte herausgeben dürfen. Aber der alten Frau Ebner war ich einfach nicht gewachsen, das wissen Sie ja bereits. Das Buch war eine gut erhaltene Erstauflage der »Biographien der ausgezeichneten verstorbenen und lebenden Feldherren der königlich kaiserlichen österreichischen Armee aus der Epoche der Feldzüge 1788 bis 1821«. Wenn Sie mich fragen: Sie hat es nur mitgenommen, um den Mitreisenden zu imponieren.

Frau Ebner, also die junge, ist dann auch wieder zu den Crime-Ladys gekommen, aber über ihre Schwiegermutter sprechen wollte sie nicht. Was ich gut verstehen kann.

Wie die Sache in Ägypten passiert ist, hab ich dann von Frau Dunkl erfahren, die mit ihrem Mann zufällig im selben Hotel abgestiegen war. Ist das nicht putzig? Da reist man bis nach Afrika und trifft ausgerechnet Leute aus Gries. Sie hat mir erzählt, dass die alte Frau Ebner wohl der Schlag getroffen hat. Nach dem Abendessen habe man noch auf der Hotelterrasse gesessen, und Frau Ebner, also die alte, hat sich mit einem Kellner gestritten. Frau Dunkl konnte nicht einmal sagen, worum es bei dem Streit ging. Sie soll sich halt sehr ereifert haben, und weil die Schwarzen in Ägypten unser Steirisch nicht so gut verstehen, hat der arme Mann wohl gar nicht gewusst, wie ihm geschah. Plötzlich hat sie einen hochroten Kopf gekriegt und ist mit der Nase in ihrer Mousse au Chocolat gelandet.

Frau Dunkl hatte Tränen in den Augen, als sie mir das erzählte. Vielleicht, hat sie noch gesagt, wäre es nicht passiert, wenn sie ihr keinen Nachschlag geholt hätte. Aber sie habe es doch nur gut gemeint. Die alte Dame hätte ja so schlecht laufen können mit ihren geschwollenen Füßen. Man hat richtig gemerkt, dass die arme Frau sich Vorwürfe gemacht hat. Aber sie neigte schon immer dazu, alle Schuld der Welt auf sich zu nehmen. Sie war eben eine ziemlich verhuschte Person, selbst als sie noch Jacken und Mäntel in der Farbe unserer Sofaecke getragen hat. Ich konnte mir erst nie ihren Namen merken, für mich war sie lange Zeit BN 0X35722, die Susan Mallery rauf und runter liest. Früher habe ich immer gedacht, um Rot zu tragen, muss man entweder besonders mutig oder besonders jung sein. Weil beides auf Frau Dunkl so gar nicht zutraf, weiß ich nun, dass es noch einen dritten Grund gibt, auffällige Farben zu tragen. Man hat immer als Erstes auf den Mantel geschaut und nicht so sehr ins Gesicht. Obwohl man es schon sehen konnte. Wie oft die arme Frau beim Fensterputzen von der Leiter gefallen ist. Man macht sich ja kein Bild.

Kurz nach dieser unseligen Sache in Ägypten hat sie angefangen, Krimis zu lesen, und ist dann auch wenig später zu den Crime-Ladys gestoßen. Sie hat aber immer sehr darauf geachtet, pünktlich zu Hause zu sein, damit ihr Mann nichts merkt. Er mochte das nicht, dass sie in die Stadtbibliothek kommt, hatte wohl Angst, dass die anderen Frauen sein Hascherl aufhetzen und sie sich scheiden lässt. Dabei wollte sie das auf keinen Fall. Nicht aus Liebe zu ihm. Sondern wegen der Kinder, und das Haus wäre auch futsch gewesen.

Und dann ist er ganz plötzlich gestorben. Ich weiß gar nicht mehr so genau, wann das war. Es muss so vor zwei Jahren gewesen sein. Ja genau. Es war im Sommer, kurz nachdem Frau Hruschka zu den Crime-Ladys gestoßen ist. Eine sehr nette junge Frau, die ehrenamtlich als Bücherbotin tätig ist. Als Polizistin hat sie ja Schichtdienst und versorgt gerne die Grieser Senioren mit Büchern oder Zeitschriften. Durch sie hat die Gruppe angefangen, die Werke neuerer Autorinnen mit mehr Österreichbezug zu besprechen. Zum Beispiel den »Salzburger Totentanz« von Ines Eberl oder »Ausgekocht« von Eva Rossmann, übrigens eine gebürtige Grazerin. Obwohl in beiden Romanen Menschen durch Gifte zu Schaden kommen, merkt man schon, dass das Wissen um Gift nachlässt. Oder vielleicht ist das Mischen von Giften nicht mehr modern, seit man die Zutaten nicht mehr einfach so in der Apotheke kaufen kann. Belladonna ginge ja vielleicht noch, aber wie soll man heutzutage noch an Arsen, Antimon und Bleioxid kommen, den weiteren Bestandteilen des sagenumwobenen »Aqua Tofana«, das auch scherzhaft als »Thronfolgepulver« bezeichnet wurde. Solche Sachen kriegt man höchstens noch im Darknet, aber nicht mehr wie früher in der Apotheke ums Eck. Obwohl Frau Ebner sagt, man mache sich ja keine Vorstellung, was noch alles in alten Apothekenschränken lagere. Aber wie sollen die modernen Täterinnen da drankommen? Es kann ja nicht jede eine Apothekerin sein wie in dem gleichnamigen Buch von Ingrid Noll. Die Giftmörderin von heute sucht erst einmal im Internet. Obwohl, das kann auch schiefgehen. Frau Ebner hat erst kürzlich erzählt, dass eine Dame in ihrer Apotheke nach »Mukotodzin Forte« von der Bayern Lebkuchen AG gefragt habe. Sie hätte ein Problem mit Schildläusen und dieses Mittel auf Wikipedia entdeckt. Apotheker Ebner kannte weder das Produkt noch die Firma, und der Artikel war wohl eine Fälschung. Also musste die Kundin unverrichteter Dinge abziehen. Ich persönlich würde mich ja nicht aufs Internet verlassen. Es gibt so viel Gift in der Welt. Man muss ja nur in den Wald gehen und sich bücken. Ein falscher Griff, und man liegt im Spital oder auf dem Friedhof. Wissen Sie, dass allein in Österreich jedes Jahr 40 Menschen eine Pilzvergiftung erleiden? Wie schnell gerät ein Knollenblätterpilz zwischen die Champignons. Mir selbst würde das ja nicht passieren. Ich kenne mich wirklich gut aus, schließlich war ich schon als Kind mit meinem Großvater immer Schwammerl brocken.

Aber Frau Dunkl hätte sich fast selbst vergiftet. Ich weiß es von ihrem Mann. Das war kurz bevor er verstorben ist. Ich hab ihn bei Frau Doktor Felder in der Ordination getroffen. Er hat mir erzählt, dass seine Frau im

Krankenhaus sei und Infusionen kriegen würde. Die Ärzte hätten gesagt, ihnen sei wohl ein Dunkler Ölbaumpilz in die Schwammerlsuppe geraten. Die Kinder seien Gott sei Dank im Ferienlager und er selbst hätte nur wenig von der Suppe gegessen. Einmal oben und unten raus, und das sei's bei ihm gewesen, falls ich verstünde, was er meinte. Natürlich hab ich ihn verstanden. Aber ich fand, er sah immer noch schlecht aus, so richtig gelb in den Augen. Frau Doktor Felder sagt, das sei ein Symptom der Leberzirrhose. Es muss dann ganz schnell gegangen sein. Als Frau Dunkl aus dem Krankenhaus kam, war er bereits tot. Sie hatte schon Sorge, weil er sie nicht vom Krankenhaus abgeholt hat. Aber natürlich hat sie nicht gedacht, dass er tot ist, sondern, dass er seinen Rausch ausschläft. Also hat sie erst einmal das Badezimmer sauber gemacht, weil das wohl nötig war. Aber dann ist ihr die Sache doch spanisch vorgekommen und sie hat Frau Doktor Felder angerufen. Und obwohl die gute Frau Doktor ihre Ordination sofort im Stich gelassen hat und zum Haus der Dunkls gefahren ist, hat sie nichts mehr machen können, außer natürlich die Polizei anzurufen. Das sei eine ganz klare Sache gewesen, sagt Frau Hruschka. Sie ist damals mit einem Kollegen im Einsatz gewesen. Das Pilzgericht hat seiner Leber wohl doch mehr zugesetzt, als er im ersten Augenblick gemerkt hat. Aber so könne es gehen. Alkohol sei auf Dauer eben genauso tödlich wie Giftpilze. Nun ja. Nach dem Tod ihres Mannes ist Frau Dunkl nur noch kurze Zeit gekommen, es sah schon so aus, als würden die Crime-Ladys wie die Harry-Potter-Lesegruppe eingehen, vor allem, weil Frau Beer auch immer merkwürdiger wurde. Manchmal hat sie sich in dem kleinen Kammerl neben dem Kopiergerät versteckt und seltsame Dinge gesagt. Irgendwie haben sich die Geschichten in ihrem Kopf mit dem wirklichen Leben vermischt, und sie hat angefangen, die anderen Damen zu beschuldigen, sie umbringen zu wollen. Juveniler Alzheimer, hat Frau Doktor Felder gesagt. Sie hat sich wirklich rührend um Frau Beer gekümmert, ist mit ihr gewandert, und auch die anderen Damen haben alles getan, um Frau Beers Verstand wach zu halten. Frau Ebner hat ihr Stärkungsmittel zubereitet, und Frau Hruschka hat sie zu Hause besucht und ihr vorgelesen. Aber letztendlich hat es nicht funktioniert, und nun ist sie tot. Frau Ebner hat mich gefragt, ob ich nun die Leitung der Gruppe übernehmen möchte. Ich hab mir Bedenkzeit erbeten. Ich muss erst einmal mein Leben in den Griff kriegen. Ich habe ziemliche Probleme mit einem streitsüchtigen Nachbarn, die mich echt Zeit und Nerven kosten. Außerdem bin ich nicht so krimiaffin, wie es Frau Beer war. Aber Frau Ebner meinte, ich könnte der Gruppe vielleicht neue Impulse geben, und bei dem Problem mit dem Nachbarn würden mir die Crime-Ladys zur Seite stehen. Schließlich sei geteiltes Leid halbes Leid.

REISE MIT ROBERT

HERBERT DUTZLER

So hatte sie sich das nicht vorgestellt. Von einer Ausfahrt im Cabrio war die Rede gewesen. Sicherlich, sie hatte gewusst, dass es um eine Oldtimerrallye ging, aber das war dann doch etwas zu viel. Nicht etwa ein schickes Mercedes-Cabrio aus den 50er-Jahren, sondern ein Uraltmodell aus dem Jahre Schnee. Kaum gefedert. Steinharte Sitze. Und das Leder roch nach irgendetwas, sie konnte nicht sagen, was, aber es war sicherlich etwas Ekliges. Und dann ständig dieser heftige Fahrtwind, der ihr die Haare zerzauste. Sie war gewiss schon oft in Cabrios gesessen, doch so etwas hatte sie noch nie mitmachen müssen. Nicht einmal einen Make-up-Spiegel gab es in dieser Affenschaukel.

»Das ist doch das Coolste, was es überhaupt gibt!«, brüllte Robert unter seiner albernen Lederhaube hervor. Ihr hatte er auch so eine angeboten, die jedoch hatte noch schlimmer gemüffelt als das Auto selbst. Igitt! Ja, brüllen musste man, um sich in diesem Gefährt zu verständigen. Und was cool war, davon hatte sie völlig andere Vorstellungen. Sicherlich, er war einmal Innenminister gewesen. Aber was zu weit ging, ging zu weit. Dazu kam, dass sie nicht einmal auf der Autobahn fahren durften. Dafür war der Oldtimer zu langsam. So zuckelten sie über Landstraßen dahin und wurden sogar von Lkws überholt. Es war eine Schande.

Wenn sie wenigstens mit Erik hätte mitfahren können! Der fuhr hinter ihnen her, um das Vehikel, in dem sie saßen, wieder zusammenzuschrauben, falls einmal etwas auseinanderfallen sollte. Der durfte in einem bequemen, schicken Geländewagen sitzen. Der natürlich auch Robert gehörte. Es war eine Schnapsidee gewesen, sich auf diese Oldtimerrallye einzulassen. Aber was hätte sie machen sollen? Robert zahlte ihre Wohnung und nebenbei auch sonst noch allerlei angenehme Kleinigkeiten. Dafür musste sie wenigstens gelegentlich gute Miene zum bösen Spiel machen. Sie seufzte. Wie lange noch, das war die Frage. Erik war ein hübscher Junge, wenn er auch ein bisschen wenig sprach. Und wenn, dann etwas holprig. Er hatte ihr auch schon ein paar verstohlene Blicke zugeworfen, vor allem auf die Beine. Das war übrigens eine noch schlechtere Idee gewesen, den kurzen Rock und die High Heels anzuziehen. Sie fror. Jeans wären weit besser gewesen, aber Robert … Er konnte nicht genug davon bekommen, auf ihre Beine zu starren. Hoffentlich hatte er auch noch ein bisschen Konzentration für die Straße übrig.

»Unser erstes Ziel ist die Zotter Schokoladenmanufaktur! Wir sollten in ungefähr … na ja …«, Robert blickte auf die Rolex an seinem Handgelenk, »… zwei Stunden da sein! Jetzt geht es den Pass hinauf!«

Zwei Stunden? Wie sollte sie das aushalten? Und jetzt auch noch über einen Berg? Krachend schaltete Robert in den zweiten Gang. Jetzt würden sie nicht einmal mehr einen Traktor überholen können. Sie blickte zurück. Eine schwarze Rauchwolke aus ihrem Auspuff nebelte den Volvo hinter ihnen ein. Erik winkte ihr schüchtern zu. Ob er ihr Lächeln sehen konnte? Sie brauchte dringend einen

Kaffee. »Robert, ich muss aufs Klo!« Sie wusste, wenn sie nach einem Kaffee fragte, würde er nicht stehen bleiben. »Du wirst deinen Kaffee schon noch erwarten!«, würde es dann heißen. Wenn sie aber dringend aufs Klo musste, hatte er keine andere Wahl als anzuhalten, wo es eines gab. Wenn sie nicht alles täuschte, begann es jetzt auch noch zu regnen. Sie hatte eben einen Tropfen gespürt.

»So, Schatzi!«, schrie Robert, als er auf dem Parkplatz auf der Passhöhe anhielt. »Jetzt kannst du Pipi machen gehen!«

Sie maß ihn mit einem abschätzigen Blick. Manchmal behandelte er sie wie ein Kleinkind. Außer im Bett, dachte sie hämisch. Da war es ihm ganz recht, wenn sie sich nicht wie ein kleines Mädchen aufführte. Mühsam schälte sie sich aus dem Ledersitz. Auch Robert ächzte und stöhnte, bis er sich aus dem Fahrersitz gequält hatte. Selber schuld. Das Klo war weder sauber noch komfortabel. Der Spiegel fleckig. Schlechtes Licht. Nur mit Mühe gelang es ihr, das Make-up etwas auszubessern. Da musste sie Staub und fettigen Dreck ins Gesicht bekommen haben. Kein Wunder, bei dieser Strapaze.

Draußen warf sie einen Blick nach oben. Die Wolken hatten sich verdüstert. Nicht einmal eine Ahnung von Sonnenschein war mehr zu sehen. Erik stand neben der Fahrertür des Volvo und rauchte. Er lächelte schüchtern. Und glotzte wieder auf ihre Beine. Sie stellte sich vor ihn und schob ein Bein etwas vor, damit er mehr zu sehen bekam.

»Alles in Ordnung mit dem MG?«, fragte er und warf seinen Zigarettenstummel weg.

Sie zuckte mit den Schultern. »Was weiß ich? Er stinkt, raucht und rüttelt. Ist das in Ordnung so?«

Erik lächelte.

»Ich würde lieber im Volvo mitfahren, das kannst du mir glauben.«

Erik warf einen Blick über ihre Schulter. »Da hätte der Herr Minister sicher etwas dagegen«, flüsterte er.

»Weiter geht's! Schwing deine Haxen in unser Schmuckstück!«

Manchmal konnte Robert recht grob sein. Fast ordinär. Sie fragte sich, ob er sich bei Staatsbesuchen auch so ausgedrückt hatte. Und von wegen Schmuckstück. Ihr tat das Kreuz ja schon beim Gedanken an die harten Sitze weh. Zu allem Überfluss sprang der MG nicht an. Nach mehreren Versuchen begann Robert zu fluchen, und plötzlich war das Schmuckstück eine Mistkarre. Erik stieg noch einmal aus. Öffnete die Motorhaube und begann darunter herumzuwerkeln. Nun begann es tatsächlich zu regnen. Sie warf dem Volvo sehnsüchtige Blicke zu. »Könnte ich nicht vielleicht …?« Sie deutete nach hinten.

»Ganz im Gegenteil!« Robert hielt ihr den Lederhelm hin, den sie bereits bei Beginn der Fahrt zurückgewiesen hatte. »Jetzt wird's erst richtig lustig!«

Sie seufzte. Wenn er es denn unbedingt wollte. Das Hotel bezahlte schließlich auch er. Dort wenigstens, so hoffte sie, würden sich ihre Ansprüche an ein entspanntes Wochenende erfüllen lassen. Er hatte von fünf Sternen, Gourmetrestaurant und Wellness geredet. Wenigstens was das Gourmetrestaurant anbetraf, konnte man sich auf ihn verlassen. Robert aß gerne, gut und viel. Da durfte es an nichts fehlen. Ebenso wenig beim Wein. Das Beste war gerade gut genug. Man sah es ihm auch an. Seine Backen hingen schlaff herunter, und sein Doppelkinn bedeckte bereits den Krawattenknoten. Es gab Angenehmeres, als im Bett auf einem schwabbeligen Bierbauch herumzuturnen. Sie ertappte sich dabei, wie sie Eriks Hintern musterte, dessen Kopf und Oberkörper im Inneren des MG verschwunden waren.

»Probieren Sie jetzt mal zu starten, Herr Minister!«, rief er. Und tatsächlich. Unter lautem Knallen und Entwicklung einer gewaltigen Rauchwolke sprang das Gefährt rumpelnd an. Erik tauchte mit ölverschmierten Armen wieder auf und grinste. Hübsche Tattoos hatte er auf seinem rechten Unterarm. Muskulös war der außerdem. Sie fragte sich, ob Erik zärtlich sein konnte.

Sie kramte ihre Regenjacke aus dem Koffer und stülpte sich mit Todesverachtung den stinkenden Lederhelm über. Was blieb ihr anderes übrig? Im Hotel würde sie sich zuerst einmal die Haare waschen müssen, soviel war sicher.

Während der Fahrt bot die Frontscheibe wenigstens ein bisschen Schutz gegen den Nieselregen. Zwei Stunden würde die Tortur noch dauern. Sie warf Robert einen Blick zu. Er hing grinsend hinter dem Steuer, wühlte gelegentlich im Getriebe herum und schien die feuchte Rüttelpartie richtig aufregend zu finden. Männer, dachte sie, waren manchmal wie kleine Kinder.

Plötzlich schrak sie auf. Robert hatte angehalten, das Poltern des Motors war erstorben. Sie musste eingenickt sein. »Schokoladenmanufaktur!«, rief Robert.

Was? Das durfte nicht wahr sein. Sie hatte fix damit gerechnet, zuerst ins Hotel …

»Nimm den blöden Helm ab! Die Sonne scheint!«

Tatsächlich. Die dunklen Wolken hatten sich verzogen, zwischen weißen Wattewölkchen blinkten Sonnenstrahlen hindurch. Wenigstens etwas. »Gibt es hier irgendwo ein Bad oder so? Ich muss mir die Haare richten.«

»Du immer mit deinen Haaren! Die sind doch auch so schön!« Er strich ihr mit geöffneten Fingern über den Kopf. Das hatte noch gefehlt. Seine Schweißfinger aus den alten Lederhandschuhen. Das Gebäude der Schokoladenmanufaktur sah futuristisch aus. Moderner Bau bedeutete auch modernes Klo. Sie raffte ihre Handtasche an sich. Erik war bereits wieder hinter ihnen aufgetaucht.

»Kommst du mit?«

Er erwiderte ihr Lächeln.

»Der passt auf die Autos auf! Dafür wird er bezahlt! Und kümmert sich um den MG, dass der auch wieder startet!« Robert warf seinen Mantel, den Helm und die Handschuhe auf den Fahrersitz, stapfte davon und drehte sich nicht einmal nach ihr um.

Die Toilette war okay. Abgesehen von ein paar furchtbar lauten Amerikanerinnen, die anscheinend entsetzlich aufgeregt darüber waren, dass sie bald Unmengen von »chocolate« würden verkosten dürfen. Sie kannte Zotter-Schokoladen und war sich dessen bewusst, dass sie in diesem Punkt äußerst leicht verführbar war. Was für Robert Wein, das war für sie Schokolade. Sie durfte sich nicht hinreißen lassen, das wusste sie. Wenn man in ihrer Branche einmal Fett ansetzte, war es vorbei. Sie wollte ja schließlich nicht ewig Moderatorin beim Provinzfernsehen bleiben, vielleicht war doch noch mehr möglich. Aber nur, wenn sie eisern an ihrer Figur arbeitete. Schließlich hatte sie Robert auch nur kennengelernt, weil sie einer älteren, rundlicheren Kollegin einen Moderationsjob weggeschnappt hatte. »Iss, Mädel!«, sagte Robert immer, wenn sie halbgefüllte Teller zurückgehen ließ. Er wollte sie fülliger, mehr Busen, mehr Hintern. Aber sie wusste es besser. Keine Schokolade. Am besten, sie blieb hier im Waschraum. So schlimm war es mit ihren Haaren gar nicht. Sie roch an ein paar Strähnen. Alles okay. Sie musste nur ein paarmal durchbürsten, das Make-up ausbessern.

Dann stand sie doch, mit einem Keramiklöffel in der Hand, vor dem ersten Schokobrunnen. Kakaorohmasse. Die war hoffentlich ohne Fett und ganz gewiss ohne Zucker. Konnte man kosten. Schmeckte … interessant. Bitter. Dass daraus Schokolade werden konnte? Robert war … Ach was! Was kümmerte sie Robert. Er musste vor ihr sein. Grundsubstanzen kosten? Konnte sie auch. Kokos, Himbeeren. War noch immer kein Zucker drinnen.

Als sie den Verkostungsraum mit der fertigen Schokolade erreichte, war es mit ihrer Beherrschung vorbei. Alles drehte sich, Seilbahnen mit Schokoladen zogen an ihr vorbei, Schokobrunnen, ein Schokoladenlift. Es war unglaublich. Schokolade war wie eine Droge. Orangen. Räucherfisch. Whisky … Sagenhaft, welche Kombinationen man hier probierte. Sie würde das Abendessen auslassen und stattdessen ein paar Runden zügig schwimmen. Eine Stunde. Dann konnte sie auch noch … Die Pralinen waren einfach umwerfend! Okay, sie konnte auch morgen noch fasten. Essen wurde sowieso überbewertet … aber Schokolade!

Oben auf dem Turm, von dem man eine grandiose Aussicht über das ganze Gelände, das ganze Hügelland der Südsteiermark hatte, traf sie Robert wieder. »Ich brauch jetzt ein Bier!«, stöhnte er. »Das ganze süße Zeug, das ist nichts für mich.«

Sie zuckte mit den Schultern. Sie erinnerte sich, dass sie auch Bockbierschokolade gekostet hatte.

Draußen hatte sie Gelegenheit, einmal durchzuatmen. Es war ein Anfall gewesen, ein Ausbruch einer lange unterdrückten Sucht. Wahrscheinlich musste sie eine Woche lang fasten. Inzwischen waren 20, 30 weitere Oldtimer eingetroffen, sie standen in einer langen Reihe nebeneinander auf dem Parkplatz. Die Fahrer standen in Grüppchen beisammen und diskutierten angeregt. Die Beifahrerinnen lehnten meist gelangweilt an den Fahrzeugen. Sie waren durch die Bank hässlich. Erik stand allein an der geöffneten Motorhaube des MG.

»Läuft er?«, fragte sie.

Erik nickte. »Wie ein Glöckerl!« Er klappte die Haube zu und wischte sich seine kräftigen Arme an einem schmutzigen Handtuch ab.

Schmutz, fand sie, hatte was. Auf solchen Armen. Wenn er von der Arbeit kam.

Wahrscheinlich hatte Robert doch noch irgendwo Bier aufgetrieben. Er war nirgends zu sehen. »Gehst du mit mir eine Runde spazieren?«

Zuerst sah Erik sie unsicher an, dann nickte er. Auf dem Gelände der Zotter-Schokoladenmanufaktur gab es sogar einen kleinen Zoo. »Essbarer Tiergarten« nannte er sich. Ihr gefielen die dunkelbraunen Schweine am besten. »Was machst du eigentlich sonst?«, fragte sie Erik, als sie vor dem Ziegengehege standen.

Er zuckte mit den Schultern. »Automechaniker«, sagte er. So, als ob es ihm peinlich wäre. Aber er hatte so Augen … gar nicht wie ein Mechaniker. Er war sicher kein Macho. Tiefgründige Augen waren es, voller Sehnsucht und Zärtlichkeit.

Sie wandte sich von ihm ab. Sie durfte ihm keine Hoffnungen machen, es war unfair.

Robert stand mit verkniffenem Gesicht hinter dem MG, als sie zurückkamen. »Was treibt ihr denn?«, fragte er misstrauisch. »Du solltest dich um das Auto kümmern«, fuhr er Erik an, »und nicht lustwandeln da! Ist er fahrbereit?« Er deutete mit einer Geste auf den MG.

Erik nickte. »Zum Hotel jetzt?«, fragte er.

»Mmh«, brummte Robert.

Endlich.

Anscheinend wurde für die Etappe zum Hotel die Zeit gestoppt. Robert ließ den MG zu einer Startlinie rollen, über der ein großes Transparent noch einmal an die Zotter-Schokoladen erinnerte. Die ihr jetzt schwer im Magen lagen. Sie hätte, wie sie es ursprünglich vorgehabt hatte, gar nicht erst hineingehen sollen. Sie hatte sicherlich zwei Kilo zugenommen. Zumindest fühlte sie sich so.

Auf der Etappe zum Hotel ließ es Robert ordentlich krachen, sodass ihr angst und bange wurde. Er hielt sich nicht einmal in Ortschaften an das gesetzliche Tempolimit. Sie krallte sich am Sitz fest, wenn er durch Kurven schlitterte. Jeden Moment konnte er die Kontrolle über das Fahrzeug verlieren. Die schmalen Reifen, dessen war sie sich sicher, boten nicht viel Halt. »Du spinnst komplett!«

Auf dem Hotelparkplatz waren sie mit einer schwarzweiß karierten Flagge abgewunken worden, wie bei einem Rennen. Robert saß schwer atmend und zusammengesunken im Fahrersitz.

Sie würde jetzt ihren Koffer nehmen, zur Rezeption gehen und sich den Zimmerschlüssel geben lassen. Was er machte, war ihr völlig egal.

So war es besser. Der Hotelpool war so groß, dass man tatsächlich darin schwimmen konnte. Und sogar Sprudelliegen gab es. Und ein paar Saunen. Eine Stunde musste sie mindestens schwimmen. Schnell. Und auf das Abendessen verzichten. Das machte ihr keine großen Sorgen, sie war es gewohnt. Robert war natürlich sauer gewesen, dass er ohne sie zum Essen musste. Aber er würde unter den anderen Fahrern und ihren Begleiterinnen schon Tischgesellschaft finden, dessen war sie sich sicher. So eine Sprudelliege im warmen Wasser tat gut. Vielleicht konnte sie auch etwas gegen die hässlichen Vertiefungen tun, die sie kürzlich hinten an ihren Oberschenkeln entdeckt hatte. Robert hatte zwar behauptet, da wären gar keine, aber der hatte ja keine Ahnung.

Ein Mineralwasser ohne Kohlensäure, und ab ins Bett. Das war jetzt genau das Richtige. Nach diesem anstrengenden Tag. Im Nieselregen durch halb Österreich, ohne Dach und auf einem steinharten Sitz, der auch noch ständig durchgerüttelt wurde. Wenigstens war der Wetterbericht für morgen besser. Sie hatte es sich vor dem Fernseher bequem gemacht, als Robert ins Zimmer kam.

»Hoffentlich hast du dich gut ausgeruht, mein Schatz!« Er war unsicher auf den Beinen und hatte schon etwas Zungenschlag. Vielleicht vergaß er den Sex, den sie normalerweise pflichtgemäß abzuliefern hatte. »Komm, mein Schatz! Reit auf mir!«

Hatte er leider nicht. Sie mühte sich eine Zeit lang ab.

»Mädel, du musst essen!«, stöhnte er, als er seine Hände auf ihre Brüste legte. »Du fällst mir ja vom Fleisch! Da ist ja gar nichts mehr da!« Er drückte zu fest, tat ihr weh. Sie rutschte von ihm herunter.

»Ich mag nicht mehr!«

Er grunzte, fummelte noch ein wenig an ihr herum und schlief ein. Schnarchte.

Sie konnte nicht einschlafen. Vorhin, nach dem Schwimmen, als sie wohlig warm im Bett gelegen war, wäre es gegangen. Nun musste sie an Erik denken, der im Zimmer nebenan schlief. Robert hatte zwar gejammert, dass er ihm ein teures Zimmer im Wellnesshotel zahlen musste, aber es war kein billiger Gasthof in der Nähe verfügbar gewesen. Außerdem wollte er Erik bei seinen Autos haben. Sie schaltete den Fernseher wieder ein, konnte sich aber nicht auf die Talkshow konzentrieren, die gerade lief. Robert schnarchte.

Sie schaltete den Fernseher ab, stand leise auf, streifte den Bademantel über und huschte auf Zehenspitzen zur Tür. Nahm die Schlüsselkarte aus dem Schlitz neben der Tür, drückte vorsichtig die Klinke hinunter und stand auf dem Gang. Niemand zu sehen. Sie schlich eine Tür weiter und klopfte. Wenige Sekunden später öffnete Erik im Pyjama. Sie drückte die Tür auf und schubste ihn zurück ins Zimmer.

Robert schnarchte noch, als sie aufwachte. Draußen war es schon hell, die Sonne schickte ihre Strahlen durch den dünnen Vorhang direkt auf ihren Polster. Sie stand auf, zog sich aus und stellte sich unter die Dusche. Ließ das Wasser auf sich herunterprasseln. Sie musste Eriks Geruch von sich abspülen, Eriks Hände, Eriks Zunge. Er war sehr zärtlich gewesen. Obwohl er ein wenig nach Schmieröl gerochen hatte. Erst als sie sich angezogen, frisiert und geschminkt hatte, wachte Robert auf. Als sie die Balkontür aufstieß, um einen Schwall kühler, frischer Morgenluft ins Zimmer zu lassen.

»Jetzt schon?«, brummte er und drehte sich nach seiner Uhr um. »So früh? Wir fahren doch erst um halb elf!«

»Wie du meinst!«, antwortete sie, betrat den Balkon, klappte einen Liegestuhl auf und legte sich in die Sonne.

»Wir wär's mit ein bisschen Morgensex?«

Sie tat so, als hätte sie nichts gehört. »Stell dir vor, wen ich gestern noch kennengelernt habe!«, rief er ihr auf den Balkon nach. »Die Miss Salzkammergut! Sie ist die Beifahrerin vom Doktor Seiersberg, du weißt schon, der Primarius. Sehr charmant!«

Sie antwortete nicht. Das musste eine der Tussis sein, die gestern an den Autos gelehnt waren. Wenn es nach ihr ging, konnte er ruhig seine Miss Salzkammergut vögeln. Sie musste an ihre Wohnung denken. Die würde sie aber nicht an die Miss abgeben, keinesfalls.

Als sie in die Tiefgarage kamen, war Erik noch dabei, den MG zu polieren. Sein verhaltenes »Guten Morgen!« erwiderte sie, ohne ihn anzusehen. Erst als er zu seinem Volvo ging, sah sie ihm hinterher. Er drehte sich noch einmal um, wandte den Blick aber sofort wieder ab, als er auf ihren traf.

»Die Auffahrt zur Riegersburg wird ein Abenteuer, Schätzchen!« Robert gab sich aufgeräumt. »Das ist nicht viel mehr als ein Karrenweg!«

Das konnte ja heiter werden. Hoffentlich überanstrengte er sich nicht. Es musste nicht sein, dass er ihr im Fahrersitz mit einem Herzinfarkt zusammenbrach. Oben dann, ihretwegen. Wenigstens schien heute die Sonne. Das Gerumpel und Gerüttel war allerdings, wenig überraschend, das gleiche wie gestern. Wenigstens würde die Etappe nicht so lang werden. Eine Stunde, hatte Robert versprochen.

Seine Vorhersage über die Auffahrt zur Riegersburg erwies sich als zutreffend. Ein enger Weg, holprig gepflastert. Der Motor brüllte. Sie musste sich am Sitz festklammern, um nicht herumgeschleudert zu werden. Robert jauchzte vor Vergnügen. Der Lärm des Motors nahm infernalische Ausmaße an, wenn sie eines der zahlreichen Burgtore durchfuhren. Sie schwor sich: In dieses Auto würde sie nicht mehr einsteigen. Hinunter würde sie im Volvo fahren, da konnte Robert sagen, was er wollte. Wer konnte wissen, ob die Bremsen des alten Kübels die Abfahrt überhaupt überstehen würden?

Oben gebärdete sich Robert, als hätte er ein Rennen gewonnen. Er schien irgendeine Zeitvorgabe nahezu auf die Sekunde eingehalten zu haben. Wenigstens gab es Prosecco. Oder? Nein. Es war Sekt vom Weißburgunder. Auch recht. Sie ließ sich nachschenken, nachdem sie das erste Glas nahezu in einem Zug hinuntergestürzt hatte.

Robert unterhielt sich angeregt mit der Miss Salzkammergut. Dachte er, er konnte sie ignorieren? Die Miss sah höchstens durchschnittlich aus und war viel zu stark geschminkt. Wie man mit so einem Gesicht Misswahlen gewinnen konnte …

Eine Besichtigung der Riegersburg war natürlich auch vorgesehen. Eine Hexe, so hieß es, sollte hier gelebt haben. Man hatte sie, so las sie auf einer der Schautafeln, nur deswegen verbrannt, weil sie eine Pflanzenliebhaberin gewesen war, der es gelungen war, Blumen auch im Winter zum Blühen zu bringen. Und sie war nicht die Einzige, die hier im Vulkanland als Hexe gefoltert und hingerichtet worden war. Wie abscheulich!

»Früher haben sie die Hexen verbrannt«, flüsterte ihr Robert ins Ohr. »Heute darfst du statt einem Besen mich reiten.«

Sie zischte verächtlich. Nach der Vorstellung gestern hatte er keinen Grund zu protzen, nicht einmal einen bescheidenen. Was wohl Erik machte? Ob sich der auch die Burg ansah? Sie kam lange vor Robert aus der Riegersburg heraus, suchte sich eine sonnige Terrasse und genoss den fantastischen Ausblick in die Landschaft ringsum. Die Hügel, so hatte sie gelesen, waren früher Vulkane gewesen, aber schon Jahrtausende lang nicht ausgebrochen. Der vulkanische Boden sollte gut für den Weinbau sein. Ein Stück hinter ihr war ein Stand aufgebaut, da schien es etwas zu essen zu geben. Sie trat näher. Tatsächlich. Hier konnte man diesen Vulkanschinken verkosten, von dem ihr Robert schon so vorgeschwärmt hatte. Zehnmal besser als italienischer Prosciutto sollte der sein. Auch Weinproben gab es. Alles steirische Sorten. Plötzlich stand sie Erik gegenüber. Er hatte ein Stück Baguette mit Vulcano-Schinken in der Hand und biss gerade ab. In der anderen ein Glas mit einer leicht trüben Flüssigkeit. Traubensaft wahrscheinlich. Er grinste ihr mit vollem Mund zu, sie grinste zurück.

»Ich hol mir auch was!«

»Bitte sehr, gnädige Frau! Das ist ein einmaliger Schinken, 15 Monate gereift.« Der junge Mann, der den Stand betreute, konzentrierte sich auf ihren Busen statt auf den Schinken, den er schneiden sollte. Robert wusste gar nicht zu schätzen, was er an ihr hatte.

Ohne viel zu reden, standen sie sich schließlich kauend gegenüber. Der Schinken war wirklich ein Gedicht. Sie hatte sich ein Glas Sauvignon Blanc einschenken lassen. Zusammen mit den zwei Gläsern Sekt war ihr schon ein wenig beschwingt zumute. »Ich muss dann«, sagte sie schließlich. Robert konnte inzwischen aus der Riegersburg gekommen sein. Bevor er womöglich wieder in die Hände der Miss Salzkammergut fiel … Sie wandte sich von Erik ab.

»Möchtest du vielleicht auch einmal mit meinem Schmuckstück fahren?« Wie kam Robert darauf, Erik dieses Angebot zu machen? Er ließ doch sonst niemanden ans Steuer seines MG. War er besoffen, oder was? Sollte sie den Volvo fahren, weil er ihr nicht zutraute, den MG sicher den Berg hinunterzubringen? Allerdings, das musste sie sich selber eingestehen, darauf konnte sie gern verzichten. »Und du leistest ihm Gesellschaft!« Robert hielt ihr die Beifahrertür auf. Was war bloß mit ihm los? Erik starrte stur geradeaus, als sie einstieg. Sie zog den Rock nach unten, soweit es ging. Robert sollte ihr keinesfalls vorwerfen können, sie fordere Erik heraus.

Erik fuhr sanft. Die Fahrt hinunter schien ihr viel angenehmer, das Auto leiser. Anscheinend vermochte Erik den Wagen schonender zu behandeln. »Ein wunderbares Auto«, sagte Erik, als sie das erste Burgtor hinter sich hatten. »Und eine wunderbare Frau.« Er riskierte einen Blick.

»Schau lieber geradeaus!«, ermahnte sie ihn.

»Er kann mit beidem nicht umgehen«, murmelte Erik.

Sie dachte an seine Arme, seine Hände, seine Zunge.

Plötzlich knallte etwas.

»Verdammt!«, rief Erik. Der Wagen wurde immer schneller, das Gefälle steiler. Sie schrie. Vor ihnen lag eine

Kehre. Geradeaus gab es nur eine niedrige Mauer. Dahinter nichts außer den Wipfeln hoher Bäume. Erik ächzte, versuchte einen niedrigeren Gang einzulegen, mehr Krachen, der Wagen raste den Abhang hinunter. Sie schrie und krallte sich am Sitz fest. Noch ein lauter Knall, dann ein Schlag. Splitter, irgendetwas flog gegen ihren Kopf. Sie wurde gegen die Scheibe geschleudert. Dann nur mehr schwarz.

»Mein Mechaniker!«, schrie Robert. »Er ist mit dem MG auf dem Weg hinunter! Da muss was passiert sein!« Er hatte sein Weinglas fallen lassen, als der laute Knall ertönt war. Nun konnte man von dort, wo er gerade stand, eine schwarze Rauchwolke in den Himmel steigen sehen. »Schnell, fahren wir hinunter! Nimm deinen Koffer mit!«

Die Miss Salzkammergut hielt sich die Hand vor den Mund, ihre Augen waren vor Schreck geweitet. Doktor Seiersberg sprang mit seinem Notfallkoffer auf den Beifahrersitz, die Miss Salzkammergut saß hinten.

Es dauerte nur zwei Minuten, bis sie zur Kehre kamen. »Oh Gott!« Robert deutete auf die Stoßstange, mehrere verbeulte Metallteile und ein Vorderrad, die auf dem Weg lagen. Er sah nach unten. Flammen, eine dichte Rauchwolke. Es stank nach verbranntem Gummi, Leder.

»Ich schau einmal, ob ich noch was tun kann!« Doktor Seiersberg schnappte seinen Koffer und rannte den Weg hinunter, um eine Stelle zu suchen, von der aus er den Unfallort erreichen konnte.

»Oh Gott, das ist so schrecklich!« Die Miss Salzkammergut legte den Kopf an seine Brust. Er schloss die Arme um sie. So ein altes Fahrzeug, dachte er, durchschaue sogar ich, obwohl ich kein Mechaniker bin. Und die Bremsseile waren weder schwer zu finden noch entsprachen sie modernen Sicherheitsstandards. Die konnten schon einmal reißen. Vor allem, wenn der Wagen schlampig gewartet wurde. Wenn er wider Erwarten überlebte, würde er Erik zur Rechenschaft ziehen müssen.

HERZLICHEN DANK!

Als mein geschätzter Autorenkollege und »Nachbar« aus Stainz, Günter Neuwirth, im April 2016 verkündete, die Criminale, das größte alljährliche Branchentreffen der Autorengruppe »Syndikat« und damit an die 200 deutschsprachige Krimiautorinnen und -autoren, im Frühjahr 2017 nach Graz holen zu wollen, habe ich keine Sekunde lang gezögert, ihm meine Unterstützung zuzusagen. Obwohl der Zeithorizont, um ein sechstägiges Literaturfestival zu stemmen, doch recht ehrgeizig war. In diesem Sinn, erst einmal danke, Günter, für deine Initiative und die nachfolgende Koordination des lokalen Organisationsteams SOKO Graz – Steiermark, bestehend aus uns beiden, Robert Preis, Klaudia Blasl, Reinhard Kleindl und Constanze Dennig-Staub, der, wie ihrer Geschäftspartnerin Bettina Mitter, ein ganz besonderes Dankeschön gebührt. Nicht nur dafür, dass ihr eure wertvollen Kontakte in unser gemeinsames Projekt eingebracht habt, sondern auch, dass ihr mit eurem Theater am Lend als Veranstalter fungiert. Bedanken möchte ich mich auch bei den Kolleginnen und Kollegen des »Syndikat«, allen voran der so erfahrenen Criminale-Beauftragten Angela Eßer, den Sprecherinnen Jana Jürß, Sabina Altermatt und dem Sprecher Daniel Carinsson sowie Mariella Terzo, die für das umfangreiche kriminelle Tagungsprogramm verantwortlich zeichnet.

Von Anfang an war uns allen klar, dass nicht nur die

Grazerinnen und Grazer an der Criminale teilhaben sollten, sondern auch das krimiinteressierte Publikum in den umliegenden Regionen. Umso erfreuter waren wir, dass uns sowohl vonseiten der Stadt Graz als auch vom Land Steiermark auf Anhieb großes Interesse und Unterstützung entgegengebracht wurden. An dieser Stelle bedanke ich mich in unser aller Namen nochmals ganz herzlich bei unseren Förderern, allen voran bei Herrn Landesrat Christian Buchmann, beim Büro des Bürgermeisters der Stadt Graz, Siegfried Nagl, bei Graz Tourismus, bei Frau Stadträtin Lisa Rücker, beim Literaturhaus Graz, bei der Stadtbibliothek Graz und der Steiermärkischen Landesbibliothek.

Auch bei unseren Komplizen Antenne Steiermark, Kleine Zeitung, Media Event und dem Kreativbüro »Im Kollektiv« von Katrin Knilli bedanken wir uns für die großartige Unterstützung.

Nicht zuletzt gilt unser Dank allen Komplizen und Paten, die die vorliegende Anthologie ermöglicht haben: Energie Steiermark, Tourismusverband Riegersburg, Zotter Schokoladen Manufaktur, Wiener Städtische, Wohnpark Graz-Gösting, Stadtgemeinde Frohnleiten, Stadtgemeinde Gleisdorf, Verein K3 – Marktgemeinde Gratwein-Straßengel, Stadtgemeinde Leibnitz, Kulturinitiative StainZeit – Marktgemeinde Stainz und Kulturinitiative Kürbis – Marktgemeinde Wies.

Schlussendlich bedanke ich mich bei den Autorinnen und Autoren, die ihre kriminellen Beiträge zu dieser Anthologie geleistet haben – allesamt nachfolgend aufgelistet mit ihren Kurzbiografien –, bei meiner langjährigen Lektorin und Programmchefin Claudia Senghaas, bei meinem Verleger Armin Gmeiner sowie dem Team des Gmeiner-Verlags.

Claudia Rossbacher
Autorin und Herausgeberin
St. Stefan ob Stainz im Dezember 2016

GRAZ

TOURISMUS GRAZ

Das Land Steiermark

ENERGIE STEIERMARK

riegersburg

zotter Schokoladen

MIT FREUNDLICHER UNTERSTÜTZUNG DER CRIMINALE-KOMPLIZEN

BIOGRAFIEN SOKO GRAZ – STEIERMARK

ISABELLA ARCHAN

Nach vielen Jahren als Schauspielerin an Staats- und Stadttheatern in Österreich, der Schweiz und Deutschland, lebt Isabella Archan derzeit freiberuflich in Köln.

Hier beginnt auch ihre Laufbahn als Autorin. Ihre Krimis sind im Emons Verlag und im Conte Verlag erschienen. Neben eigenen Solo-Krimi-Programmen ist die gebürtige Grazerin immer wieder im TV zu sehen, unter anderem im Kölner Tatort und in der Lindenstraße.

www.isabella-archan.de

KLAUDIA BLASL

ist süchtig nach gutem Essen. Kaum hat sie Hunger, kommt sie auf böse Gedanken. Kein Wunder also, dass die gebürtige Steirerin vorwiegend als Kolumnistin und Kulinarikjournalistin tätig ist. Wegen ihrer kalorischen Triebhaftigkeit hat die Germanistin bereits die halbe Welt bereist, lange Jahre in Italien verbracht und als Zeitvertreib zwischen den Mahlzeiten mit dem »Morden« begonnen. Neben diversen »Auftragsmorden« zeugen vor allem ihre beiden – im fiktiven steirischen Damischtal angesiedelten – satirischen Kriminalromane »Miederhosenmord« und »Gamsbartmassaker« von sprachwitzigen Pointen, schwarzem Humor und bitterbösen Einblicken in die österreichische Provinz.

www.damischtal.at

CHRISTINE BRAND

geboren und aufgewachsen im schweizerischen Emmental, arbeitet als Redakteurin bei der »Neuen Zürcher Zeitung am Sonntag«. Zuvor war sie als TV-Reporterin und als Gerichtsberichterstatterin tätig. Nebst zahlreichen Kurzgeschichten hat sie einen Sammelband mit authentischen Kriminalfällen und vier Kriminalromane veröffentlicht. 2015 erschien ihr jüngster Krimi »Stiller Hass« (Landverlag), 2016 ihr neuestes Buch »Mond – Geschichten aus aller Welt« (Unionsverlag): ein Sammelband mit neu erzählten Sagen über den Mond aus 25 Ländern. Christine Brand lebt heute in Zürich.

www.christinebrand.ch

CONSTANZE DENNIG-STAUB

Fachärztin für Psychiatrie und Neurologie, Theaterleiterin des Theater am Lend in Graz und Autorin mehrerer Romane und Krimis (»Die rote Engelin«, »Eros«, »Omam und ich«, »Klonküsse«, »Wissenschaftliche Betrachtungen zur Katalogisierung des Homo touristicus«, »Abgetaucht«, »Erlöst«). Aus ihrer Feder stammen außerdem zahlreiche Drehbücher und Kurzgeschichten. Ihre Theaterstücke wurden – teilweise ins Russische übersetzt vom Goethe-Institut Moskau – in der Ukraine, Russland, Deutschland und Österreich aufgeführt.

www.constanzedennig.com

CHRISTIANE DIECKERHOFF

lebt am nördlichen Rand des Ruhrgebiets. Sie ist verheiratet und hat zwei mittlerweile erwachsene Kinder. Unter dem Namen Christiane Dieckerhoff schreibt sie

Spreewaldkrimis, die im Ullstein Verlag erscheinen, als Anne Breckenridge historische Romane, die bei Dryas erscheinen. Gemeinsam mit ihrem Mann, dem Musiker Eckhard Dieckerhoff, gestaltet sie unter dem Titel »Mord und Musik« zu den Büchern passende Bühnenprogramme.

www.krimiane.de

HERBERT DUTZLER

geboren in den 50ern in Schwanenstadt. Studium der Germanistik und Anglistik in Salzburg, Diplomarbeit zum neueren deutschen Kriminalroman der 70er- und 80er-Jahre. 33 Jahre Unterrichtstätigkeit in den Fächern Deutsch und Englisch. Daneben versuchte er 25 Jahre lang, KollegInnen, UnterrichtspraktikantInnen und StudentInnen in die Geheimnisse des Unterrichtens mithilfe von Computern einzuweihen, mit durchaus mäßigem Erfolg. Intensiver Kontakt mit der Schulbürokratie ließ es zwingend notwendig erscheinen, Gewaltfantasien in das literarische Schaffen abzuleiten. Bisher wurden fünf Altaussee-Krimis mit Inspektor Gasperlmaier veröffentlicht, zuletzt der Kriminalroman »Die Einsamkeit des Bösen«.

dutzler.wordpress.com

CHRISTIANE FRANKE

lebt an der Nordsee, wo ihre bislang 14 Romane und einige ihrer kriminellen Kurzgeschichten spielen. Da ein Teil ihrer Familie in Graz lebt, lag es nahe, auch in dieser Stadt eine gemeine Tat zu begehen. Franke ist Herausgeberin von Anthologien, war 2003 für den Deutschen Kurzkrimipreis nominiert und erhielt 2011 das Stipendium der Insel Juist »Tatort Töwerland«. Neben ihrer Serie mit den beiden Kommissarinnen Oda Wagner und Christine Cordes schreibt sie gemeinsam mit Cornelia Kuhnert eine humorige Krimireihe, die in einem beschaulichen Fischerdorf in Ostfriesland angesiedelt ist.

www.chrisitianefranke.de

CARSTEN SEBASTIAN HENN

geboren 1973 in Köln, studierte Völkerkunde, Soziologie und Geografie und während eines Auslandaufenthaltes in Adelaide/Australien auch Weinbau und Yoga. Er arbeitet heute als Restaurantkritiker und Weinjournalist für diverse nationale und internationale Publikationen (unter anderem als Chefredakteur des »Gault&Millau WeinGuide«). Der Bestsellerautor verfasste bereits über 30 Bücher, die zum Teil von Jürgen von der Lippe eingelesen wurden. In allen geht es um Kulinarik, oftmals auch um Wein. Der mehrfach prämierte Autor ist Mitglied in der »Fédération Internationale des Journalistes et Ecrivains des Vins et Spiritueux« (FIJEV) und bewirtschaftet mit Freunden einen eigenen Weinberg an der Mosel.

www.carstensebastianhenn.de

REINHARD KLEINDL

studierte Theoretische Physik in Graz. Sein Interesse galt, neben den Naturwissenschaften, der Philosophie, Mathematik, Musik, dem Theater sowie dem Schreiben, mit ausgeprägtem Schaffensdrang, der sich in der Veröffentlichung erster Kurzgeschichten niederschlug, bevor er mit dem Trendsport »Slackline« in Kontakt kam, der schon bald sein Leben bestimmte, und er Projekte wie die Überquerung der Victoriafälle auf einem gespannten

Kunstfaserband in Angriff nahm. Kleindls Begeisterung fürs Schreiben ist derweil ungebrochen: Seine Kriminalromane erscheinen im Haymon Verlag, zuletzt »Baumgartner kann nicht vergessen«. Kurzgeschichten wurden in den »Lichtungen« sowie in Science-Fiction-Magazinen (unter anderem in polnischer Sprache) und Krimianthologien veröffentlicht.

www.reinhardkleindl.at

BEATE MAXIAN

Die österreichische Autorin wurde in München geboren, verbrachte ihre Kindheit in Oberösterreich, Bayern und im arabischen Raum. Lebt als freie Autorin und Moderatorin in Oberösterreich und Wien, ist zudem Gastdozentin der Talenteakademie OÖ. Ihre in Wien angesiedelten Krimis um die Journalistin Sarah Pauli haben eine treue Leserschaft erobert und sind Bestseller in Österreich. Beate Maxian erhielt das Stipendium des Literaturhauses Wiesbaden und war mehrfach für den Leo-Perutz-Preis nominiert. Des Weiteren ist sie die Initiatorin und Organisatorin des ersten österreichischen Krimifestivals: Krimi Literatur Festival.at.

www.maxian.at

GÜNTER NEUWIRTH

wuchs in Wien auf. Nach einer Ausbildung zum Ingenieur und dem Studium der Philosophie und Germanistik zog es ihn für mehrere Jahre nach Graz. Der Autor verdient seine Brötchen als Informationsarchitekt an der TU Graz und wohnt am Waldrand der steirischen Koralpe. Günter Neuwirth ist Autodidakt am Piano und trat in jungen Jahren in Wiener Jazzclubs auf. Eine Schaffensphase führte ihn als Solokabarettist auf zahlreiche Kleinkunstbühnen. Seit 2008 publiziert er Romane, vornehmlich im Krimigenre.

www.guenterneuwirth.at

ALEXANDER PFEIFFER

geboren 1971 in Wiesbaden, studierte in Mainz. Er arbeitet als Autor, Herausgeber, Literatur-Veranstalter, Moderator und Leiter von Schreibwerkstätten. Neben zwei Bänden mit Kurzgeschichten und einem Gedichtband veröffentlichte er bislang vier Kriminalromane. Von 2010 bis 2012 gab er die Anthologiereihe »KrimiKommunale« heraus. 2014 erhielt er den Friedrich-Glauser-Preis in der Sparte Kurzkrimi. Zuletzt erschien sein Roman »Geisterchoral« (Emons Verlag, 2016).

www.alexanderpfeiffer.de

ELKE PISTOR

Jahrgang 1967, studierte Pädagogik und Psychologie. Seit 2009 ist sie als Autorin, Publizistin und Dozentin tätig. 2014 wurde sie für ihre Arbeit mit dem Töwerland-Stipendium ausgezeichnet und 2015 für den Friedrich-Glauser-Preis in der Kategorie Kurzkrimi nominiert. 2016 war sie bereits zum dritten Mal Jurymitglied des Jacques-Berndorf-Preises. Von 2014 bis 2016 war sie Sprecherin des »Syndikats«, der Autorenvereinigung deutschsprachige Kriminalliteratur. Zuletzt erschienen ihr Kriminalroman »Treuetat« und das in mehrere Sprachen übersetzte heitere Katzenlexikon »111 Katzen, die man kennen muss«. Elke Pistor lebt mit ihrer Familie in Köln.

www.elkepistor.de

ROBERT PREIS

geboren 1972 in Graz und dort aufgewachsen. Nach dem Studium in Wien und einem längeren Auslandsaufenthalt in Kroatien lebt er heute mit seiner Familie wieder in der Nähe seiner Heimatstadt. Er ist Redakteur einer Tageszeitung und dort unter anderem zuständig für historische Themen. Er schrieb zahlreiche Sachbücher und Romane und ist Initiator der Festivals »Straßengler Literaturfest« und des »Fine Crime™ Krimifestivals« in Graz. 2015/16 absolvierte er die Drehbuchwerkstatt in München und schrieb das Drehbuch zum Endzeit-Thriller »Zorn«. Zuletzt erschien sein Sammelband »Steirische Sagen« (Tyrolia Verlag, 2017) sowie der Krimi »Der Engel von Graz« (Emons, 2015).

www.robertpreis.com

CLAUDIA ROSSBACHER

geboren in Wien, studierte Tourismusmanagement, war Model, Texterin und Kreativdirektorin in internationalen Werbeagenturen. Heute arbeitet sie als freie Autorin in Wien und in der Steiermark. »Steirerblut« wurde für den ORF verfilmt. Weitere Verfilmungen ihrer Steirerkrimis, allesamt Bestseller in Österreich, sind in Arbeit. »Steirerkreuz« wurde zudem mit dem »Buchliebling 2014« ausgezeichnet. Zuletzt ist mit »Steirerpakt« der siebte Fall für LKA-Ermittlerin Sandra Mohr erschienen.

www.claudia-rossbacher.com

Weitere Krimis finden Sie auf den folgenden Seiten und im Internet:

WWW.GMEINER-SPANNUNG.DE

CLAUDIA ROSSBACHER [HRSG.]
Wer mordet schon in der Steiermark?

978-3-8392-1775-7 (Paperback)
978-3-8392-4813-3 (pdf)
978-3-8392-4812-6 (epub)

TOD IM GRÜNEN HERZEN Elf einschlägig vorbelastete Schreibtischtäter haben sich auf die Steiermark eingeschossen. Die exklusive Mischung reicht von Steirern über Wahl- und Exilsteirer bis hin zu jenen Autoren, die einen ganz persönlichen Bezug zu Österreichs grünstem Bundesland aufweisen.

Sie alle erzählen kriminelle Kurzgeschichten und geben wertvolle Freizeittipps. Ihre mörderischen Spuren führen von der Landeshauptstadt Graz kreuz und quer durch die steirische Provinz.

Das Neueste aus der Gmeiner-Bibliothek

Unser Lesermagazin

Bestellen Sie das kostenlose Krimi-Journal in Ihrer Buchhandlung oder unter www.gmeiner-verlag.de

Informieren Sie sich ...

www ... auf unserer Homepage:
www.gmeiner-verlag.de

@ ... über unseren Newsletter:
Melden Sie sich für unseren Newsletter an unter www.gmeiner-verlag.de/newsletter

f ... werden Sie Fan auf Facebook:
www.facebook.com/gmeiner.verlag

Mitmachen und gewinnen!

Schicken Sie uns Ihre Meinung zu unseren Büchern per Mail an gewinnspiel@gmeiner-verlag.de und nehmen Sie automatisch an unserem Jahresgewinnspiel mit »mörderisch guten« Preisen teil!